Anita Albus
Paradies & Paradox

Die Andere Bibliothek

Herausgegeben
von Hans Magnus Enzensberger

ANITA ALBUS

Paradies und Paradox

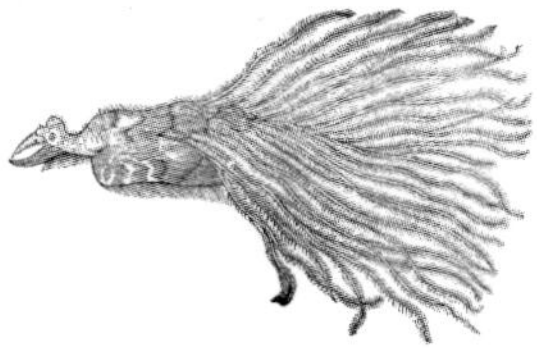

Wunderwerke
aus fünf Jahrhunderten

EICHBORN VERLAG
Frankfurt am Main
2003

Umschlagabbildung:
G. Hoefnagel: »Allegorie op A. Ortelius, 1593
Sammlung Museum Plantin-Moretus/
Stedelijk Printenkabinett
Foto © Peter Maes

Erfolgsausgabe
ISBN 3-8218-4735-2

Verlagsverzeichnis schickt gern:
Eichbornverlag, Kaiserstr. 66, 60329 Frankfurt am Main
www.eichborn.de

Inhalt

Inhalt

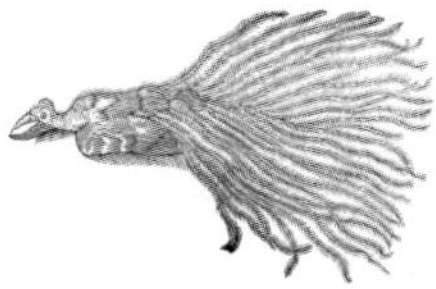

Für Claude Lévi-Strauss.

16. Jahrhundert

Wir sind darauf eingestellt, das 16. Jahrhundert als eine Etappe auf dem Weg in die aufgeklärte Welt der exakten Naturwissenschaften anzusehen. Wir bezeichnen Aldrovandi und Gesner als Väter der Zoologie, Belon als Vorläufer der vergleichenden Anatomie und Paracelsus als Wegbereiter der Iatrochemie. Um ihren Werken zu entnehmen, was heute allein noch zählt, haben wir weggeblendet, was in ihren Augen das Bedeutsame gewesen war. Was für den Naturwissenschaftler erhellend sein mag, stellt für den Kunsthistoriker eine Verdunkelung dar, die alles Lebendige schluckt. Dem Geschichtsblinden sind alle Werke grau. Hat man Joris Hoefnagel erst zum wissenschaftlichen Naturalisten erklärt, bleibt über seine Illuminationen nicht mehr viel zu sagen. Bei dem Versuch, die rätselhafteste seiner Kabinettminiaturen zu verstehen, bin ich auf Guillaume Postel gestoßen, der einst in ganz Europa so berühmt wie berüchtigt war. Wie sehr sich die Mentalität der Menschen des 16. Jahrhunderts von der unseren unterscheidet, kann niemand deutlicher machen als dieser dunkelste aller Streiter für ein irdisches Paradies. Zur Einstimmung in die ferne Zeit habe ich deshalb die Geschichte seines abenteuerlichen Lebens der seiner Leser Hoefnagel, Ortelius & Co. vorangestellt.

Portrait des Guillaume Postel, Kupferstich
aus: Martin Marrier, *Monasterii regalis Sancti Martini de Campis Paris. Ordinis Cluniacensis historia,* Paris 1636.
(Bayerische Staatsbibliothek München.)
Die Übersetzung der von Marrier in französische Versform übertragenen hebräischen Bildlegende lautet: »Eine Zunge sprach aus diesem Haupt in vielen Zungen, / Die Seele dieses Angesichts umgab jeglichen Ort, / Gelehrt unter großen Männern war dieser tiefgründigste Geist, / Und der Liebling der Lieblinge Gottes.«

»Was wir zu wissen begehren ist fast unendlich.«
JOHANNES REUCHLIN

Gottes Esel und die neue Eva

Guillaume Postel 1510 bis 1581

Guillaume Postel kam 1510 als Sohn armer Bauern in der Normandie zur Welt. In wessen Obhut sich der Achtjährige der Lektüre hingab, nachdem er seine Eltern durch die Pest verloren hatte, gab der Gelehrteste der Gelehrten später in keiner seiner zahlreichen Schriften preis.

Die Wißbegier des Knaben ist so groß, daß er über den Büchern, die er verschlingt, oft vergißt, zu essen und zu schlafen. Mit dreizehn unterrichtet er als Lehrer in einer Dorfschule und hat nach zwei Jahren genügend gespart, um sich zum Studium nach Paris zu begeben.

Scheinheilige Fremde, die im Wald von Saint Germain zu ihm stoßen, überwältigen ihn im Schlaf und machen sich mit seinem Geld und seinen Kleidern davon. Verwundet und nackt der Kälte ausgesetzt, zieht er sich eine schwere Krankheit zu, die ihn ein Leben lang plagen wird. Achtzehn Monate verbringt er im Hospital. Kaum genesen, verdingt er sich als Knecht bei der Getreideernte in der Beauce und hat bald die Mittel beisammen, neu eingekleidet nach Paris zurückzukehren.

Das Pariser Collège Sainte-Barbe nimmt ihn als Diener und Student auf. In der Nacht lernt er mit Hilfe einer hebräischen Grammatik und einer lateinisch-hebräischen

Ausgabe der Psalmen Hebräisch. Auch Arabisch studiert er allein. 1530 wird er zum Magister artium promoviert.

François I. und seine Schwester Margarete von Navarra, Beschützerin der Gelehrten, erweisen ihm ihre Gunst. 1535 reist er im Auftrag des Königs als Begleiter des Botschafters Jean de la Forest über Tunis und Kairo nach Konstantinopel. Er eignet sich sämtliche Sprachen der Länder an, die er durchquert, studiert die alten Handschriften, die er für die königliche Bibliothek erwirbt, und beschäftigt sich mit Botanik, Mathematik und Theologie.

1537 kehrt er über Venedig nach Paris zurück, schreibt eine Abhandlung über zwölf Sprachen, *Alphabetum XII linguarum,* verfaßt die erste arabische Grammatik und veröffentlicht seine ersten Bücher. Sein Werk über die Ursprünge oder das Altertum der hebräischen Sprache und des hebräischen Volkes *De originibus seu de hebraicae linguae et gentis antiquitate* widmet er dem Kardinal Jean du Bellay, dem Schirmherrn und Gönner von Rabelais. Wie die meisten Theologen der Zeit hält Postel Hebräisch für die Mutter aller Sprachen.

Zum *lector regius* berufen, unterrichtet er am Collège de France Griechisch, Hebräisch, Arabisch und Mathematik. Seine Vorlesungen ziehen mitunter so viele Hörer an, daß sie im Freien stattfinden müssen.

Den Gründer des königlichen Collège, den großen Humanisten Guillaume Budé, nennt er seinen Freund. Sein Gönner am Hof ist der Kanzler Guillaume Poyet, der ihm zum Ausgleich für ausstehende Gehälter ein Dekanat mit 32 Pfarreien zuschanzt.

Als der Kanzler beim König in Ungnade fällt, sinkt auch der Stern seines Schützlings. Daß Postel sich nicht scheut, bei François I. ein Wort für Poyet einzulegen, macht die Sache nicht besser. Seine erste religiöse Krise endet mit dem Beschluß, das Dekanat seinem ärgsten

Feind zu überlassen und die 4000 écus auszuschlagen, die der König ihm für eine weitere Reise in den Orient zum Erwerb kostbarer Handschriften angeboten hatte.

Besessen vom Traum eines Goldenen Zeitalters, in dem alle Religionen mitsamt allen Götzendienern Amerikas und Afrikas in der Kirche des wiedergekehrten Messias in Liebe versöhnt sind, verfaßt Postel innerhalb von zwei Monaten sein vierbändiges Werk *De orbis terrae concordia* in einem so harten Winter, daß er die Feder alle naslang mit seinem Atem anhauchen muß, um das Einfrieren der Tinte zu verhindern: 447 Seiten *in folio*. Im letzten Teil weist er die Übereinstimmung des Koran mit den Grundsätzen der Protestanten in achtundzwanzig Punkten nach. Wenn es zur Bestätigung der Religion keiner Wunder bedarf, wie Mohammedaner und »Cénévangélistes«[1] behaupten, sollte dann etwa der Teufel die Auferstehung besorgt haben? Wozu sollte es noch gute Werke geben, wenn einzig der Glaube den Menschen rechtfertigt? Ganz unbegreiflich ist seinem Apostelsinn die Idee, daß es vor Gott keiner Vermittler bedarf. Die siebenundzwanzigste Gemeinsamkeit ist die Verwerfung des freien Willens. Unerbittlich verurteilt er die Unerbittlichkeit auf beiden Seiten. Er bewundert Melanchton, aber in Luther und Calvin sieht er nur die Spaltpilze der einen, alles versöhnenden Religion.

Seinen Angriff auf die Spaltpilze mag er dem evangelischen Freund Oporin in Basel, der sein Eintrachtswerk druckt, nicht zumuten. So erscheint *Alcorani seu Legis Mahometi et Evangelistarum concordiae liber* auf Kosten des Autors 1543 separat in Paris.

De rationibus Spiritus sancti heißt sein nächstes Werk. Hunger spürt er nicht, und schlafen kann er kaum. Da hört er eine Stimme, die ihm vom Himmel herab gebietet, den König zu ermahnen, wenn er sich und sein Reich

[1] Nach dem griechischen *kenos,* »leer, hohl, eitel, nichtig«.

nicht reformiere, werde er des Thrones der universellen Monarchie in Jerusalem nicht würdig sein. Zunächst traut Postel seinen Ohren nicht. Eines Nachts, er rezitiert gerade den 6. Psalm: »Herr, strafe mich nicht in deinem Zorn, / und züchtige mich nicht in deinem Grimm! Sei mir gnädig, Herr, ich sieche dahin; / heile mich, Herr, denn meine Glieder zerfallen!«, breitet sich ein himmlisches Licht an dem Ort aus, an dem er im Vorjahr sein großes Werk der Welt-Harmonie schrieb, und nun zögert er nicht mehr, der Stimme zu folgen.

Will man dem Himmelsboten glauben, flossen viele königliche Tränen in Fontainebleau. Drei Tage hält die Melancholie des Königs an, dann ergibt er sich wieder seinen Maitressen. So jedenfalls erscheint es Postel, während François I. am Verstand seines *lector* zweifelt.

Es bleibt Postel nicht erspart, von den Zweifeln des Königs zu erfahren. Enttäuscht von seiner vergeblichen Mission, hofft er, in Ignatius von Loyola und dessen Schülern Verbündete zu finden. Um Weihnachten 1543 macht er sich bei Schnee und Sturm zu Fuß auf den Weg nach Rom, wo er im März ankommt und von Loyola als Novize aufgenommen wird. In der Ordensbibliothek findet er den christlich-kabbalistischen Stoff, der seinen Erleuchtungen Nahrung gibt. Ein äthiopischer Priester führt ihn in das Buch Henoch ein. Ein konvertierter Jude, Schützling der Jesuiten, hilft ihm beim Schreiben hebräischer Werke. Bald ist der inzwischen zum Priester geweihte Himmelsbote zum Engelpapst[1] aufgestiegen.

Seine Prophezeiungen mißfallen Ignatius. An den Engelpapst Postel mag der Spanier so wenig glauben wie

[1] Die Vorstellung eines Engelpapstes, der als Widersacher des Antichrist in der Endzeit die ursprüngliche Reinheit der Kirche wiederherstellt, geht auf Joachim von Fiore zurück und verbreitet sich im 13. Jahrhundert. Roger Bacon schreibt 1267, der Engelpapst sei seit 40 Jahren geweissagt. Der Franziskaner Petrus Galatinus (1460 bis 1540), dessen berühmte Schrift *De arcanis* Postel verschlang, erklärte sich selbst zum *Papa angelicus*.

an eine französische Universal-Monarchie, und erst recht geht ihm die Hochschätzung des Konzils gegen den Strich, das Postel über den Papst stellt. So steht der Prophet nach achtzehn Monaten im Orden wieder vor der Tür.

Andere Türen öffnen sich ihm. Er freundet sich mit Johann Albrecht von Widmanstetter an, dem berühmten Orientalisten, mit dem er zehn Jahre später in Wien an der Edition des syrischen Neuen Testaments arbeiten wird, und findet seinen engsten Freund in dem Orientalisten Andreas Masius aus Brüssel, der Jahrzehnte später als Mitarbeiter der Polyglotten Bibel in Antwerpen den abwesenden Postel vertreten wird.

Im Sommer 1546 zieht er predigend durch Umbrien. Dann begibt er sich für den Winter in die Stadt, in der er bei seiner Rückkehr aus dem Orient in den Hebraisten-Zirkel um den Drucker Daniel Bomberg aufgenommen worden war: Venedig.

Großes erwartet ihn da in Gestalt einer alten Schrift und einer alten Frau. Erstere ist die ihm durch den Bomberg-Kreis anvertraute Bibel der Kabbalisten: das Buch *Sohar*, das er aus dem Aramäischen übersetzt; letztere begegnet ihm im Armen-Hospital S. Giovanni e Paolo, wo er die Aufgaben eines Geistlichen übernimmt: Mutter Johanna, »ein kleines altes Frauchen von etwa fünfzig Jahren«, das sein jungfräuliches Leben der Armen- und Krankenpflege geweiht hat. Die venetianische Jungfrau ist Analphabetin, und doch ist sie es, die ihm die Mysterien des *Sohar* enthüllt. »Was sie mir in den achtzehn Monaten offenbart hat, in denen ich ihr Beichtvater war«, schreibt Postel in seiner Geschichte der *Vergine Venetiana*, »könnte von allen Menschen und Engeln nicht in tausend Jahren hinreichend verständlich dargelegt werden.«[3]

Es ist ganz nach seinem Geschmack, das Dunkle mit dem Dunklen zu erhellen. Da Mutter Johanna in die

[1] Zit. n. Weill, Secret 1987, S. 75.

Geheimnisse jüdischer Mystik eingeweiht ist, muß ihr der Schlüssel Davids gegeben sein. Ein Zweifel beschleicht ihn, als sie ihm anvertraut, sie sei der weibliche Engelpapst. Als sie aber den Beichtvater zu ihrem spirituellen Sohn erklärt, der aus ihrer Substanz und der ihres Bräutigams Jesus Christ als dritter Elija hervorgegangen sei, um der Welt die Wiederherstellung aller Dinge in ihrer ursprünglichen Vollkommenheit zu verkünden, weiß er sich mit ihr eins. Ohne Zweifel ist die abgezehrte alte Jungfer, deren Antlitz sich beim Empfang des heiligen Sakraments in das einer Fünfzehnjährigen verwandelt, die neue Eva und Mutter der Welt. Die Erleuchtung *à deux* beflügelt den Propheten. Als Schreibrohr der neuen Eva übersetzt er kabbalistische Texte und verfaßt zahlreiche lateinische Werke. Eines handelt vom Schlüssel der verborgenen Dinge, ein anderes kündet von der letzten Geburt des Vermittlers, ein drittes mit dem Titel *Panthenosia oder die Versöhnung aller Meinungsverschiedenheiten der Ungläubigen, Juden, Häretiker und Katholiken* erscheint unter dem Pseudonym Elias Pandochaeus. Die beiden letzteren sind den Vätern des Tridentinischen Konzils gewidmet, die er im Widmungsbrief nicht nur auffordert, mit der alten Gewohnheit der Exkommunikation zu brechen, sondern zu überzeugen sucht, niemanden mehr wegen ketzerischer Ansichten zum Tode zu verurteilen. Als Verfasser des hebräischen *Or nerot ha-Menorah,* »Das Licht der Lampen des Kandelabers«, nimmt Postel den Namen *Eliahu kol maskaliah* an, »Elija, der alle Geisteskraft besitzt«, während die lateinische Version *Candelabri typici* ohne Autor- und Druckername in Venedig erscheint.

Es kann jedoch der Frömmste nicht in Frieden bleiben, wenn es den bösen Nachbarinnen nicht gefällt. »Paulinische Heuchler« nennt Postel die frommen Schwestern des Hospitals, die Mutter Johanna von ihm trennen. Er beschließt, ins Herz der Welt, nach Jerusalem zu fahren. Bomberg stellt die Mittel für die Reise und den Erwerb orientalischer Handschriften zur Verfügung. Bevor Postel Venedig auf einem Pilgerschiff verläßt, schickt er seine lateinische Übersetzung des *Bahir* mit dem Untertitel »Offenbarungen der Mutter der Welt und neuen Eva« an Oporin in Basel und schreibt seinem Freund Masius über die verlorene Himmelpäpstin: »Es handelt sich um eine Jungfrau von fünfzig Jahren, in der die Fülle der Gottheit körperlich erscheint. Ich spreche nicht in Rätseln. Die Welt wird darüber lachen und sich lustig machen. Aber ich weiß, an wen ich geglaubt habe, was ich gesehen und gehört habe. Weil aber der Herr befiehlt, Schweigen zu bewahren, habe ich die Übersetzung des *Sohar* und den Kommentar zur Apokalypse noch nicht veröffentlicht.«[1]

In Jerusalem ist Bombergs Scherflein nach drei Monaten fast verbraucht. Von den kostbaren Handschriften, die Postel in Syrien entdeckt, kann er keine einzige kaufen. Da erfährt er von der Ankunft des französischen Botschafters Gabriel d'Aramont in Jerusalem. Der ist bereit, Postel zu unterstützen, wenn dieser sich der Gesandtschaft des Königs Henri II auf dem Weg nach Konstantinopel anschließt. Zu den Gelehrten, die d'Aramont begleiten, gehören auch der Apotheker und Zoologe Pierre Belon und der Kosmograph André Thevet, der 1585 den verstorbenen Freund und Reisegefährten Postel in seinem Buch über das Leben berühmter Männer portraitieren wird.

Nicht mit dem Schwert, mit einer Polyglotten Bibel plant der Prophet die Eintracht der Welt herzustellen. Die syrischen und arabischen Handschriften, die Postel dank d'Aramont im Orient erwirbt, bilden das Fundament dieses großen Projekts. Ganz beglückt über die antiquarischen Schätze, die er mit sich führt, kehrt er 1551 nach Venedig zurück und muß erfahren, daß Mutter Johanna gestorben ist.

[1] Vgl. Weill, Secret 1987, S. 90 f.

Nach Frankreich weitergezogen, erkrankt er einige Monate später. Sein Leiden beginnt ganz harmlos. An Schlaflosigkeit, Kopf- und Bauchschmerzen ist er gewöhnt. Aber allmählich lassen seine Kräfte nach. Eines Nachts ist er ganz zerschlagen. Die Eingeweide fühlen sich wie zusammengeschnürte Reisigbündel an und als wären sie nicht mehr da, wo sie hingehören. *Sentir le fagot* heißt ketzerische Meinungen haben. Aber das kommt ihm nicht in den Sinn, da er sich als guter Katholik versteht. Er betastet seinen Leib und sagt sich, »das bin ich«, aber weiß nicht, wer das ist. Er kennt den Geruch der Ausscheidungen Sterbender. Als es ihm immer schlechter geht, riecht er den Tod. Also macht er sein Testament und legt die Beichte ab. Er bekennt »die versteckte Bosheit des stolzen und hochmütigen Postel«, seine Glaubensüberschreitungen, Frevel und Diebereien: manch kostbares Buch hat er im Orient aus Ruhmsucht gestohlen.[1]

Grauenhaft ist der Schmerz, als sich *animus* und *anima* im Tod vom Körper trennen, furchtbar Gottes Zorn, als Postels Seele vor ihm erscheint.[2] Aber statt in die Hölle zu fahren, wird sie von allen Sünden erlöst und im Wunder der *immutatio,* das am 6. Januar im Jahre des Heils 1552 beginnt, dem alten Leib zurückgegeben, der nunmehr ein wiedergeborener und vom Brudermord erlöster Kain ist. Die Symmetrie verlangt, daß der Erstgeborene der neuen Eva die Sünde des Erstgeborenen der alten Eva tilgt.

Die Renaissance des wiederhergestellten Kain in Postel hindert ihn nicht, zugleich der Prophet Elija, ein neuer Adam und messianischer David zu sein. Viele Seelen kreisen im Gerechten und nicht nur in diesem. Die schlichte Vorstellung einer einfachen homogenen Seele, wie sie uns geläufig ist, war dem 16. Jahrhundert fremd.[3]

[1] Vgl. Weill, Secret 1987, S. 90f. [2] Ebd.
[3] Vgl. Febvre 1968, S. 177ff. und S. 186.

Die besondere Seelen-Ansammlung in Postel stimmt mit der *Gilgul*-Lehre der Kabbalisten überein, die besagt, »daß der Mensch unter Umständen Elemente verschiedener Seelen, von denen Funken in ihn eingehen, in sich trägt. (…) Die Einheit der Seele bleibt hier dadurch gewahrt, daß jene Funken anderer Seelen, die im *Gilgul* sind, sich mit ihr auf eine dem Bewußtsein nicht mehr unterscheidbare Weise verbinden. Die neue Seele ist die eigentliche, die aber wie ein Strom noch manches andere mit sich führen kann.«[1]

Die Seelen-Zirkulation ist in der Kabbala ein wesentlicher Teil der Restitution. Die Seelen haben auf ihrem Weg durch die Zeiten die Aufgabe, sich in Situationen zu bewähren, in denen sie im früheren Leben gescheitert waren. Erst wenn sie ihre Wanderungen durch die Körper der Menschen vollendet haben, kann der Messias geboren werden.[2]

In einer Erwiderung auf den Vorwurf der Häresie, den sich Postel als Prediger der Seelenwanderung zuzieht, erläutert er zehn Jahre nach seiner *immutatio* so umständlich wie besonnen seine Auffassung der Wiederverkörperung: »Es ist wohl wahr, die göttliche Macht und die Vernunft zwingen mich zu glauben, (…) daß dem einzigen und alleinigen Vermittler Jesus Christ das unsterbliche Leben innewohnt. Ich behaupte also, daß alles menschliche Leben, in welchem besonderen Menschen es auch immer war, ist und sein wird, ein Teil des einzigen Vermittlers des Lebens ist. So habe ich absolute Gewißheit durch einen Präzedenzfall der Heiligen Schrift, wo es heißt, daß der Geist, die Tugend und vollkommene Form des Elija in Johannes dem Täufer war, und mehr noch: in selbiger Heiliger Schrift steht geschrieben (…), daß Elija bei seinem Kommen alle Dinge wieder herstellen und zurechtrücken wird, also muß besagter Elija

[1] Scholem 1977, S. 214.
[2] Vgl. ebd., S. 201.

wenigstens dreimal beauftragt worden sein, in diese Welt zurückzukehren. (...) In diesem Sinne führe ich den Kreislauf oder die Wanderung der Seelen nicht auf Geister, spirituelle Kräfte oder Seelen zurück, die in sich keinerlei Qualität haben, durch die sie außer von ihrem Schöpfer erkannt werden können, sondern auf verschiedene Teile, Grade oder Unterschiede der Substanz eben desjenigen, von dessen Verständnis wir einzig und allein ausgegangen sind.«[1]

Christlicher läßt sich der *Gilgul* nicht denken. Aber schon im nächsten Satz verrät sich der Kabbalist durch den Zahlenzauber, den er aus einer Stelle des Alten Testaments zieht. »Sieh, alles das pflegt Gott zu tun, / zweimal, ja dreimal mit dem Menschen, / um fernzuhalten seine Seele von dem Grab, / um ihm zu leuchten mit dem Licht des Lebens«, heißt es im Buch Ijob.[2] Dreimal ist Postel nicht genug. In seinem Zitat werden die Seelen »dreimal oder dreimal zweimal, macht sechsmal, in diesem gegenwärtigen Leben der Finsternis entrissen.«[3]

Wie einst in Venedig, als Postel die jüdische Mystik aufsog wie ein Schwamm, ist es Mutter Johanna, die ihm in seiner Vision das Mysterium der *immutatio* enthüllt. Der selige Geistleib seiner »gloriosissima madre« herrscht an der Seite Jesu im himmlischen Jerusalem. Als christlicher Seelen-Wechselbalg verkörpert er die zehnte Sefira im System der Sefiroth, die *Schechina,* den weiblichen Aspekt der sich offenbarenden Gottheit.

Ursprünglich bedeutet *Schechina* »Gottes Gegenwart in der Welt«. Mit der Kabbala kam die Vorstellung eines weiblichen Prinzips in der Entfaltung Gottes auf. Nacht, Mond, Erde sind mit der *Schechina* assoziiert. »Im Osten ist das Schatzhaus der Seelen, die in die Sphäre der Schechina, die der mystische Westen oder die Vermischung ist, ausgesät werden.«[4] Im *Sohar* wird sie als Meer, in das

[1] Zit. n. Secret 1969, S. 81f. [2] Ijob 33, 28-30.
[3] Secret 1969, S. 82. [4] Scholem 1977, S. 201.

alle Flüsse strömen, als Rezeptakel aller göttlichen Potenzen dargestellt. Sie ist das Feld, in dem sich die schöpferischen Kräfte entfalten, nicht die Kraft selbst. »In ihr bricht sich der Strom des göttlichen Lebens und Lichtes im ›dunklen Spiegel‹.«[1] »Himmlische Donna« und »Lichtfrau« sind ihre Namen im *Sohar,* aber eindringlicher als ihre Verklärung erscheint die Schilderung ihrer dämonischen Seite: »Tausend Berge wachsen vor ihr auf, und alle sind vor ihr nur ein Windhauch; tausend mächtige Ströme rauschen vor ihr, und in einem Schluck verschluckt sie sie; ihre Nägel greifen aus nach tausendsiebzig Seiten; ihre Hände nach fünfundzwanzigtausend Seiten; nichts entgeht ihrer Herrschaft nach dieser oder der anderen Seite; viele tausend Gewalten des Gerichts haben ihren Ort in ihren Haaren.«[2]

Die dämonische Macht der *Schechina* scheint bei Postel in einem Brief auf, den er siebzehn Jahre nach seiner Begegnung mit der venetianischen Jungfrau an Masius schreibt: »... der Körper der Erde lag für sie offen bis ins Zentrum, so als wäre er durchsichtig.«[3]

Obwohl die *Schechina,* das Ewig-Weibliche, *in* allem wirkt, kann sie nur im Gleichnis als Person erscheinen. Dennoch sagt der spanische Kabbalist Josef Gikatilla: »Zur Zeit Abrahams hieß die Schechina Sara, zur Zeit Isaaks hieß die Schechina Rebekka und zur Zeit Jakobs Rahel.«[4]

Zur Zeit Postels hieß die *Schechina* Mutter Johanna. In kabbalistischer Manier verleiht sie ihrem seligen Sohn nach seiner Audienz bei Gott ein feinstoffliches Gewand, einen Ätherleib, der seine alte Haut umhüllt. Die *immutatio* des Erstgeborenen der Restitution, die seinem Herzen die Reinheit vor dem Sündenfall wiedergibt und seinem Geist die ursprüngliche Vollkommenheit, vollzieht sich jedoch nicht auf einen Schlag. Zunächst tut sie sich

[1] Ebd., S. 170. [2] Ebd., S. 186.
[3] Zit. n. Weill, Secret 1987, S. 203 f. [4] Scholem 1977, S. 177.

dadurch kund, daß er ohne zu blinzeln in die Sonne schauen kann.

Die Bedeutsamkeit dieses Phänomens ist Postel durch Pico della Mirandolas berühmte Rede *Über die Würde des Menschen* bekannt. »Dann sollen wir uns in der Naturbetrachtung daran gewöhnen, das noch schwache Licht der Wahrheit, gleichsam die ersten Strahlen der aufgehenden Sonne, auszuhalten, um schließlich, durch die theologische Frömmigkeit und den heiligen Gottesdienst, wie die Adler des Himmels den strahlendsten Glanz der Mittagssonne tapfer zu ertragen«, verkündet der erste und größte der christlichen Kabbalisten, den Postel als »göttlichen und wahrlich engelhaften und menschlichsten Geist« rühmt.[1]

Drei Monate brennt Postels Leib, und er meint, im qualvollen Prozeß der *immutatio* den Verstand zu verlieren. Man verabreicht ihm sechzig Unzen Arsen in Wein als Heilmittel, was er für einen Giftanschlag rachsüchtiger Protestanten hält. Aber das neue spirituelle Gewand hat sogar seinen Leib in Unsterblichkeit gehüllt. Von Hunger und Durst befreit, zieht er predigend durch Paris und muß sich bezähmen, seine messianische Botschaft den Scharen seiner Zuhörer nicht tanzend vorzutragen.

Von seinem gleichzeitigen Schreibfuror zeugt die Bibliographie seiner Schriften.[2] Zwanzig der sechsundsechzig zu seinen Lebzeiten gedruckten Werke sind im Jahr seiner *immutatio* erschienen. Sie spiegeln seine mathematischen, musik- und sprachtheoretischen, astronomisch-astrologischen, philosophischen und theologischen Interessen. Ein winziges Büchlein spielt unter den zwanzig eine zentrale Rolle: *Abrahami Patriarchae Liber Jezirah,* die lateinische Ausgabe des Buches der Schöpfung, *Sefer Jezirah.* Die Übertragung aus dem Hebräischen und seinen christlichen Kommentar hat Postel schon 1551 in

[1] Über die Würde, S. 31. Postel zit. n. Secret 1969, S. 80.
[2] François Secret, *Bibliographie des manuscrits de Guillaume Postel,* Genf 1970.

Paris fertiggestellt. Die im Druckjahr verfaßte Widmung zeichnet er als »Guilielmus Postellus restitutus, der schon im sechsten Monat des wahren Lebens wandelt«.[1]

»Jeder der in es schaut, dessen Wahrheit ist ohne Maß«, heißt es vom Buch *Jezirah*.[2] Der sprachverliebte Postel hätte seinen Allmachts-Wahn nicht besser schulen können als mit diesem alten Buch der Zahlen-, Buchstaben- und Wortmagie. Es lehrt, daß der konkreten Schöpfung eine ideelle vorausging. Alles Geschaffene ist aus den zehn *Sefiroth* oder Urzahlen und den zweiundzwanzig Konsonanten der heiligen Sprache hervorgegangen. »Zweiundzwanzig Buchstabenelemente: Er umriß sie, hieb sie aus, wog sie, kombinierte sie und wechselte sie aus und schuf durch sie die Seele alles Erschaffenen und alles, was irgend einst geschaffen werden würde.«[3]

Wie das Haus im Kopf des Architekten entsteht, bevor es verwirklicht wird, erläutert Postel in seinem Kommentar, so entstanden die Zahl- und Lautkombinationen aller Dinge in Gott, bevor sie Gestalt annahmen. Der Mensch aber bildet eine Ausnahme der Schöpfung. Ihm hat Gott als höchstes Vermögen die Gabe der Sprache verliehen. Das geschah durch den Heiligen Geist, den »Austeiler göttlicher Buchstaben«.[4]

Vor dem Sündenfall war die göttliche Wahrheit in Adam und Eva vollzogen. Am Ende der Zeiten geht aus den Buchstaben Schin und Mem, dem männlich-geistigen Prinzip des zeugenden Feuers und dem weiblich-stofflichen des fruchtbringenden Wassers, das Aleph hervor, welches niemand anders ist als der »erstgeborene Sohn der ganzen Natur«.[5]

[1] *Sefer Jezirah,* übersetzt und kommentiert von Guillaume Postel, Neudruck Stuttgart-Bad Cannstatt 1994, S. 70.

[2] Scholem 1973, S. 223.

[3] Ebd., S. 221.

[4] Vgl. Wolf Peter Klein, »Guillaume Postels Kommentar zu seiner Edition des Buches Jezirah: Erläuterungen«, in *Sefer Jezirah* 1994, S. 35.

[5] Ebd., S. 53 ff.

Immutatio heißt »Umbenennung« und entspricht in der Rhetorik der Metonymie. Mit dem Wunder der Umbenennung Postels in »René Cain« hat die restituierende Austeilung göttlicher Buchstaben begonnen. Die Wiederherstellung der Welt? Eine kleine Lautverschiebung! Aus der Buchstaben-Spekulation entsteht eine neue Wissenschaft, die Postel nach dem hebräischen *Emeth,* »Wahrheit«, Emithologie nennt. Als Entsprechung zum unaussprechlichen Gottesnamen JHWH heißt die neue Eva seit ihrer Himmelfahrt »Jehochanna«. Aus Postellus wird Postallus nach dem hebräischen *Pos Tal,* »Spender des Taus«. Die Wahrheit in Guilielmus tritt als Goelelmus ans Licht, nach *Goel,* »Erlöser«.

Aus der hebräischen Wurzel *Gal* zieht der Emithologe die Rechtfertigung der französischen Welt-Monarchie. Noahs Enkel Gomer, der erstgeborene Sohn Jafets, der das europäische Erbe antrat, nannte seine Nachkommen *Galli,* was in der heiligen Sprache »aus den Wellen gezogen« bedeutet.[1] Auf das Erstgeburtsrecht dieses Vorfahren der Gallier geht der Anspruch auf die Universal-Krone zurück. Das Zentrum Galliens muß nicht unbedingt Paris sein. Je nachdem, in welchem Teil Europas sich der Heilige Geist gerade offenbart, liegt es in Venedig oder in Belgien, in »Portu Gal«, der Schweiz oder der Normandie. Jedenfalls wird in messianischer Zeit in Jerusalem ein israelo-gallisches Lilienbanner wehen.

In *La loy salique, livret de la première humaine verité,* das Henri II gewidmet ist, appelliert Postel an den allerchristlichsten König, sein Reich auf die universelle Harmonie vorzubereiten: ein einziger Gott, ein einziger Glaube, ein einziges Gesetz, das im Einverständnis aller Untertanen gründet. Nicht der König, das Volk ist auserwählt, das er regieren soll. Also regiere er! Die Tugend sei

[1] Die These von der Abstammung der Gallier vom biblischen Gomer ist uralt. Der 636 gestorbene Isidor von Sevilla hat sie als erster vertreten. Vgl. Borst 1966, S. 28.

sein Mantel, die Weisheit seine Krone. Die Verheißung der Weltherrschaft ist mit finsteren Drohungen gegen jene Monarchen verknüpft, die nicht auf den Propheten hören. »Babylonische Fürsten«, die weder sich noch ihr Reich reformieren, wird ein gewaltsamer Tod ereilen, und beim Jüngsten Gericht werden sie Gottes Zorn zu spüren bekommen. Nicht anders wird es dem Papst ergehen, der sich über das Konzil stellt und sich damit als Antichrist entlarvt.

Das war Reisig genug für den Scheiterhaufen. Aber es sollte noch toller kommen. Anfang 1553 erscheint in Paris *Les tres merveilleuses victoires des femmes du nouveau monde, et comme elles doibvent à tout le monde par Raison commander, et mesme à ceulx qui auront la monarchie du monde vieil,* »Die allerwunderbarsten Siege der Frauen der Neuen Welt, und wie sie alle Welt durch Vernunft befehligen sollen, und sogar die künftigen Herrscher der Alten Welt«. Das Buch, in dem Postel seine Chimäre eines weiblichen Messias vorstellt, ist der Schwester des Königs, Margarete von Frankreich, gewidmet.

Zweigeteilt ist die Welt, zweigeteilt der Mensch, *âme* und *anime* heißen seine Seelen. Gerettet muß das Ganze sein, die ganze Welt, der ganze Mensch und beide Seelen. Während die obere männliche *anime* im neuen Adam, nämlich Christus, ihren Retter fand, wird die untere weibliche *âme* durch die neue Eva erlöst. Die Entdeckung der Amazonen in der Neuen Welt geschah nicht von ungefähr zur gleichen Zeit, in der die venetianische Jungfrau auf Erden erschien. Wer Ohren hat zu hören, der höre auf Elija, den Prediger in Paris, aus dem der Geist der neuen Eva spricht.

Die flammenden Reden des Propheten ziehen ganze Heerscharen von Lauschenden an. Am 5. Mai 1553 verfügt Henri II die Inhaftierung Postels und des Druckers der skandalösen Schrift von der Weltherrschaft des weiblichen Geschlechts.

Der Prophet hat Lunte gerochen und flieht über Besançon nach Basel. Er freundet sich mit dem Humanisten Sébastien Castellion an. Der einst Calvin folgte, ist als Verteidiger der Toleranz zum entschiedenen Gegner des Genfer »Papstes« geworden. Während Postel Ende August nach Venedig weiterzieht, macht Calvin als Ankläger, Zeuge und Richter in einer Person Michel Servet in Genf den Prozeß. Servets antitrinitarische Schrift *Christianismi restitutio* war im Februar in Vienne erschienen. Bei der Verfolgung des vermeintlichen Gotteslästerers und Arztes, der das große Mysterium des kleinen Blutkreislaufs aufklärte, arbeiteten die Agenten des römischen Papstes und des französischen Reformators in Genf Hand in Hand.

Am 25. Oktober werden in Venedig auf Anordnung des Papstes die von Bomberg gedruckten Talmud-Ausgaben auf dem Markusplatz verbrannt. Zwei Tage später besteigt der von der Folterung gezeichnete Servet den Scheiterhaufen vor den Toren von Genf. In Calvins Rechtfertigung der Ketzerverbrennung meint Postel eine Gleichsetzung seiner These von den drei Naturen Jesu mit der Dreieinigkeitslehre Servets zu finden.[1]

Der christliche Kabbalist Postel ist kein Talmud-Liebhaber, aber die Verbrennung hebräischer Bücher treibt ihn nach Wien, wo König Ferdinand den Orientalisten Widmanstetter zum Kanzler ernannt hat. Postel wird auf den königlichen Lehrstuhl für Mathematik und Fremdsprachen berufen. Er bezieht ein fürstliches Gehalt und arbeitet mit Widmanstetter an der Edition des syrischen Neuen Testaments. Der eben noch arme, geschmähte, verfolgte Prophet kann an sein Glück kaum glauben. Weder die Gunst des Königs noch das Wohlwollen seiner Freunde halten ihn zurück, als er aus Venedig erfährt, daß seine Bücher auf dem Index stehen. Hals über Kopf

[1] Postels Name kommt in Calvins Schrift nicht vor. Vgl. Weill, Secret 1987, S. 162.

verläßt er im April 1554 das friedliche Wien. Nicht im Glück, im Martyrium findet der Prophet seine Bestätigung.

An den Grenzen zu Venetien wird ihm die Ähnlichkeit mit einem des Mordes beschuldigten Franziskaner aus Neapel zum Verhängnis. Man wirft ihn ins Gefängnis und legt ihn in Ketten. Kaum ist die Verwechslung aufgeklärt, ist der Prophet wieder unterwegs. Im schönen Sabbioneta findet er im Kreis jüdischer Verleger einen Degenschmied, der ihm die Patrizen und Matrizen für die arabischen Drucktypen herstellt. Ein Triumph auf dem Weg zur universellen Harmonie: endlich wird man das Neue Testament in der arabischen Welt verbreiten können!

Während Postel in Padua Griechisch lehrt, verfaßt er zwei Bücher, deren Veröffentlichung Anfang 1555 in Padua zu seinem weiteren Unheil beiträgt: *Le prime nove del altro mondo, cioe… La Vergine Venetiana* und *Il libro della divina ordinatione.* Als die Armut ihn zwingt, sich von seinen kostbaren orientalischen Handschriften zu trennen, blutet ihm das Herz. »Tatsächlich fühle ich, mein liebster Masius«, schreibt er im März 1555 an seinen Freund, »wieviel Pein, wieviel Ungemach, wie viele Heimsuchungen ich ertragen, überwunden habe, vor allem auf sehr langen Reisen, als ich diese Schätze über die Gipfel Asiens, die Berge Europas, die steilen Gebirgspässe des Taurus, Amanus und Rhodope trug, um sie der christlichen Welt zu überbringen.«[1]

Bevor er sich am 3. Juni 1555 dem Inquisitionsgericht in Venedig stellt, um sich vom Vorwurf der Häresie reinzuwaschen, verfaßt er noch ein Pamphlet gegen Calvin: *Apologia pro Serveto.* Die Verteidigung des Antitrinitariers, der mit dem Ruf »Jesus, du Sohn des ewigen Gottes, erbarme dich meiner« in den Flammen starb, läuft auf eine Selbstverteidigung hinaus. In den Augen Postels

[1] Zit. n. Weill, Secret 1987, S. 214.

sind die »Cénévangélistes« unfähig, seine metaphorische Sprache zu verstehen.

Um das Verständnis des venetianischen Inquisitors ist es kein Deut besser bestellt. Vergeblich sucht er in den *clarissimae tenebrae*[1] der Postellianischen Theorie nach festem Grund und wünscht die Hilfe eines »delischen Schwimmers« herbei. *Delius natator,* die Redewendung geht auf Sokrates zurück.[2] Dieser bemerkte nach der Lektüre von Heraklit, nur ein hervorragender delischer Schwimmer könne der Gefahr entgehen, in den Tiefen des »Dunklen« spurlos zu versinken.

Ob katholisch oder reformiert, für die strenggläubigen Zeitgenossen Postels stellt seine Doktrin eine »Kloake aller Häresien« dar. Selbst Oporin geht auf Distanz zum »Minotaurus«, der die Seelen Leichtgläubiger ins finstere Labyrinth seiner Gedankenschächte zieht.

Indessen bittet der Seelenfänger den Richter der Inquisition, man möge ihn ertränken. Seine unmittelbare Auferstehung würde seine Unschuld beweisen. Der Inquisitor kommt zu dem gleichen Schluß, den Loyola in einem Brief formuliert: Postel ist nicht bösartig, sondern verrückt. Aber Ketzer bleibt Ketzer. Als solcher wird er zum Kerker verurteilt und soll seiner Freiheit beraubt bleiben, bis er seine Gotteslästerungen widerruft.

Bevor man ihn nach Rom in den Kerker des Heiligen Offiziums bringt, verfaßt Postel Widerrufe, die in sich die Widerrufe widerrufen. Während der vier Jahre seiner Gefangenschaft im Kerker der Inquisition rezitiert er gemeinsam mit einem italienischen Hebraisten Tag für Tag die Gebete der Psalmen in der heiligen Sprache. »Der Trost, den die Psalmen dem Beter schenken, ist das Glimmen und heimliche Knistern des apokalyptischen Feuers in ihren Tiefen.«[3] Postels Mitgefangene sind

[1] »klarsten Dunkelheiten«. [2] Vgl. Adages, Bd. 32, S. 24.

[3] Gershom Scholem, *Die jüdische Mystik in ihren Hauptströmungen,* Zürich 1957, Frankfurt 1967, S. 272.

Bischöfe, Äbte und ein angesehener jüdischer Bürger aus Civitanuova, der in einer Chronik die beiden Psalmensänger festgehalten hat.

Ein Fluchtversuch Postels endet mit einem gebrochenen Arm. Die Befreiung aus dem Kerker im August 1559 verdankt er dem wütenden römischen Volk, das nach dem Tod des verhaßten Papstes Paul IV. die Kerker des Heiligen Offiziums stürmt und die Gefangenen von ihren Ketten befreit.

Basel, Augsburg, Dijon, Autun, Lyon sind die Stationen des ruhelosen Propheten in den folgenden drei Jahren. Während er im Kerker saß, hatte sein grimmigster Feind, der Ultra-Lutheraner Matthias Flaccius Illyricus, einen abgefangenen Brief von ihm an den Spiritualisten Kaspar von Schwenckfeld veröffentlicht und im Vorwort behauptet, Postel habe vielleicht mehr Irrtümer angehäuft, als es allen lebenden und künftigen Sterblichen je möglich sein würde.

Orthodoxe Calvinisten meinen es nicht besser mit ihm. Ihre Denunziation in Paris sorgt dafür, daß Postel während seines Aufenthaltes in Lyon auf königlichen Befehl inhaftiert wird. Der Gouverneur der Stadt kann jedoch nichts Tadelnswertes an ihm finden und läßt ihn wieder auf freien Fuß.

1562 schreibt Castellion in seinem *Rat an das verwüstete, tief betrübte Frankreich:* »Der Rat, den ich dir, Frankreich, gebe, ist, daß du aufhören mögest, die Gewissen zu vergewaltigen, zu verfolgen und zu töten, und statt dessen mögest du erlauben, daß in deinem Land jedem, der an Christus glaubt, verstattet sei, Gott nicht nach fremder Meinung, sondern nach seiner eigenen zu dienen.«[1]

Allein, die regierende Katharina von Medici, Mutter des elfjährigen Königs Charles IX, hat anderes im Sinn. Kaum nach Paris zurückgekehrt, muß Postel sich wieder wegen Häresie rechtfertigen, landet im Gefängnis und

[1] Zit. n. Friedrich Heer, *Die dritte Kraft,* Frankfurt 1959, S. 290.

wird im Dezember 1562 verurteilt, bis auf weiteres im Kloster Saint-Martin-des-Champs eingeschlossen zu bleiben. Nicht lange, und er spaziert wieder durch die Straßen von Paris. Man erlaubt ihm sogar, öffentliche Vorlesungen über Kosmographie zu halten. Diese vom göttlichen Plan der universellen Harmonie zu lösen ist dem Kosmographen ein Ding der Unmöglichkeit. Also hält er wieder seine flammenden Reden. Er hat bei Joseph Justus Scaliger eine Bleibe gefunden und bringt diesem dafür Arabisch bei. In Scaligers Wohnung wird der »Aufrührer« schließlich festgenommen und endgültig hinter die Mauern von Saint-Martin-des-Champs verbannt.

Es fällt ihm nicht schwer, die Mönche und den Prior des Klosters für sich einzunehmen. Sie alle bezeugen über die Jahre seine Weisheit und Frömmigkeit. Unermüdlich setzt der gelehrte Klostergast die Arbeit an seinem Werk fort. Der Kontakt zu Oporin ist seit dem Erscheinen seiner Zusammenfassung der Kosmographie, *Cosmographicae disciplinae compendium* 1561 in Basel, abgebrochen. Die vor langer Zeit an den Baseler geschickte Übersetzung des *Sohar* ist verschwunden. Also übersetzt er dieses wichtige kabbalistische Werk noch einmal und jetzt nach einer 1558 von Rabbinern in Mantua herausgegebenen Fassung. Fast fünf Jahre sitzt er daran.

Zwei Meisterwerke der zeitgenössischen Kartographie, seine Frankreichkarte und seine Weltkarte in Polprojektion, entstehen in der Klosterzeit und erscheinen in Paris. Sogar für einige seiner Schriften findet er noch Drucker. Unveröffentlichtes zirkuliert in handgeschriebenen Kopien eifriger Postellianer.

Sein Sendungsbewußtsein ist ungebrochen. »In den letzten Tagen *wird es geschehen,* / so spricht Gott: / *Ich werde von meinem Geist ausgießen / über alles Fleisch. / Eure Söhne und Töchter werden Propheten sein, / eure jungen Männer werden Visionen haben, / und eure Alten werden Träume haben.* (...) *Ich werde Wunder erscheinen lassen / droben am Himmel und Zeichen unten auf der Erde.*«[1] Bis zu seinem Tod am 6. September 1581 wird der gelehrteste der zahlreichen Propheten, die in Europa das Ende der Zeiten beschwören, nicht müde, die Zeichen am Himmel und auf Erden zu deuten: Kometen, Erdbeben und das Treiben der Dämonen. 1566 erlebt Postel mit Tausenden von Gläubigen in der Kathedrale von Laon, wie der Teufel beim Anblick der Hostie aus dem Leib einer jungen Frau entweicht, der unter der Einwirkung des Satans so »hart wie ein Diamant« geworden war.

Die Deutung des Wunders von Laon als Aura der messianischen Zeit schreibt der Prophet unter dem Pseudonym Petrus Anusius Synesius. Als Engelpapst ist er der zweite Petrus. Anusius Synesius ist ein Oxymoron, das sich vom griechischen *anoos,* »unverständig, töricht«, ableitet und von *synesis,* »Verstand, Einsicht, Erkenntnis«. Eine kleine Buchstabenverschiebung, und aus dem Toren Anusius wird ein Esel Asinus.

Seit dem Urteil der Inquisition, das ihm die Todesstrafe ersparte, weil man meinte, er sei nicht bei Verstand, beschäftigt der Esel Postels Phantasie. Man hat ihn zum Esel gemacht, und was ist messianischer als ein Esel? Im Segen Judas[2] bindet der Messias sein Reittier am Rebstock fest, auf einem Esel zieht Jesus in Jerusalem ein, im Esel fallen die Gegensätze von Demut und Hochmut zusammen. »Denn Jesus Christus, der (sonst) nach nichts Verlangen trug, setzte alles auf die Wohltat dieses Esels, weil er ihn zum Tragen und zur Verherrlichung des Herrn und dessen Christus oben auf seinem Körper beim Einzug in Jerusalem (... ausersehen hatte).«[3]

Bis an das Ende seiner Tage prophezeit der Prophet, spaziert Flöte spielend durch den Klostergarten, empfängt Gelehrte aller Länder. Auf die Frage eines Be-

[1] Apg 2, 17 ff. [2] Gen 49, 11.
[3] Zit. n. Kuntz 1981, S. 132, Fn. 426.

suchers, wie er es anstelle, trotz seines hohen Alters so jung zu bleiben, lächelt er verschmitzt und antwortet: »Die Bitterkeit konserviert mich.« Das Paradies hat er von den Molukken ins Land der Hyperboreer an den Nordpol verlegt. »Folie, ce mot n'a pas de sens«, schreibt Lucien Febvre über unsere Vorfahren im 16. Jahrhundert. »Leur mode de penser n'était pas le nôtre, voilà tout.«[1]

Der letzte Besucher Postels kommt aus Barenton, dem Ort in der Diözese Avranche, der dem Weiler am nächsten lag, in dem Postel zur Welt gekommen war. Der Doktor der Theologie und Kaplan aus der Heimat begrüßt den Sterbenden mit den Worten, die Elischa schrie, als er sah, wie ein feuriger Wagen mit feurigen Pferden Elija im Wirbelsturm zu Gott entrückte: »Mein Vater, mein Vater! Wagen Israels und sein Lenker!«[2], und fährt mit Timotheus fort: »Du hast den guten Kampf gekämpft, den Lauf vollendet, die Treue gehalten. Schon jetzt liegt für Dich der Kranz der Gerechtigkeit bereit, den Dir der Herr, der gerechte Richter, bald geben wird.«[3] Worauf Guillaume Postel, aus tiefem Schlaf erwachend, erwidert: »Könnte mir das, wie ich hoffe, geschehen.«[4]

Seinem Testament ist zu entnehmen, daß ihm keine Schrift seines Nachlasses mehr am Herzen lag als seine zweite Übersetzung des *Sohar.* Auch diese ist in den Wirren der Zeit verschwunden.[5] Aber das umfangreiche Vorwort Postels hat ein Kaplan der dänischen Botschaft in Frankreich kopiert und für die Nachwelt gerettet. Ausgerechnet Dänemark! Von dort wäre nach einer Weissagung Postels mit dem Antichrist zu rechnen gewesen. Er hat sich, wie so oft, um einige Breitengrade vermessen.

[1] Febvre 1968, S. 406. [2] 2 Kön 2,12. [3] 2 Tim 4,8.

[4] Zitiert nach Weill, Secret 1987, S. 266.

[5] Kopien der ersten *Sohar*-Übersetzung sind nach Postels Tod wieder aufgetaucht. Vgl. Secret 1970, S. 9f. und S. 111.

Eliä feuriger Himmelswagen,
aus: Johann Jakob Scheuchzer, *Physique Sacrée ou Histoire-Naturelle de la Bible,* Amsterdam 1732-38, Bd. V, Tafel 476,
gestochen von G. D. Heüman.

»Auch sie lehren uns, daß der Mensch
nicht der Mensch ist, sondern
daß die *Menschen sich unterscheiden*
und viel mehr, als wir uns vorstellen,
und in viel kürzeren Zeiträumen.«
LUCIEN FEBVRE

Gelehrte, Sammler und Nomaden

Ortelius, Hoefnagel & Co.

Es war eine Zeit, in der alle Welt unterwegs war; Könige reisten mit Hofstaat, Möbeln, Tapisserien, Gold- und Silbergeschirr von Provinz zu Provinz, Studenten zogen landaus, landein von einer Universität zur anderen, Almosen und Wissen sammelnde Scholaren vagabundierten von Stadt zu Stadt, Handwerksgesellen wanderten auf der Suche nach einem Meister in die Fremde, »Kaufleute verbrachten ihr Leben auf den Straßen«[1]; die unerhörte, das Gesicht Lügen strafende Neuigkeit, daß es die Erde, nicht die Sonne ist, die sich dreht, hatte sich noch nicht herumgesprochen; Jahrzehnte waren seit der Vernichtung des Aztekenreiches durch Cortés, der Zerstörung der Inkakultur durch Pizarro vergangen, fünf Jahre seit der Bartholomäusnacht; der König von Frankreich lavierte zwischen Hugenotten und katholischer Liga; in den spanischen Niederlanden war auf den Bildersturm das Terrorregiment des Herzogs von Alba gefolgt; die kostspieligen Kriege des *Eisernen* hatten den Bankrott des spanischen Staates beschleunigt und Albas Ruin bewirkt;

[1] Febvre 1989, S. 51.

Filips Galle, *Portrait des Abraham Ortelius,*
kolorierter Kupferstich aus: *Theatrum orbis terrarum,*
Antwerpen 1592.

unbezahlte spanische Soldateska zog plündernd und mordend durch Flandern, Hennegau, Artois und Brabant; in hellen Scharen flohen flämische und wallonische Kaufleute, Tuch- und Seidenweber, Bildwirker und

Bortenmacher, Gold- und Silberschmiede, Schlosser, Steinschneider, Glaser, Buchdrucker, Kupferstecher, Maler und Naturforscher die Tyrannei; Albas Nachfolger war verschieden, vorbei die *Spanische Raserei* in der Scheldestadt, als Abraham Ortelius im Juni 1577 von einer England-Reise nach Antwerpen zurückkehrte. Die Genter Pazifikation und das *Ewige Edikt* hatten einen trügerischen Frieden hergestellt. Während die Waffen schwiegen, schwelten die religiösen und politischen Zwistigkeiten fort, geschürt von der Erinnerung an die Massaker der *Spaanse Furie* vom 4. November 1576.

»Der lufft zu Anttorff« wollte dem fünfzigjährigen Kosmographen, Altertumsforscher und Kaufmann Ortelius »nit schmeckhen«.[1] Dogmatische Streitereien waren dem gelehrten Liebhaber der Stille ein Greuel. Eine Weltkugel zierte seine Imprese mit dem Motto *contemno et orno, mente, manu,* »ich verachte (die Welt) und schmücke sie, mit Geist und Hand«. Der Erfinder des ersten systematischen Atlas hatte seine Laufbahn mit dem Kolorieren von Karten begonnen. Sein *Theatrum orbis terrarum* begeisterte das reiselustige wie das fingerwandernde Europa. Es erschien in immer neuen ergänzten Auflagen und trug Ortelius den Titel »Ptolemäus seines Jahrhunderts« ein. Er selbst beschrieb sein Talent als dürftig. Seine Philosophie war stoisch, sein Glaube mystisch gefärbt. Als Humanist und Katholik wahrte er die Formen um so anstandsloser, als er sie geringschätzte.

Wie viele seiner Freunde, von Christoph Plantin bis Justus Lipsius, sympathisierte er insgeheim mit den Schwärmern der *familia caritatis* und anderen Chiliasten. Gott ist unparteiisch, hatte Sebastian Franck geschrieben, der den Familisten teuer war. Ob Jude oder Mohammedaner, Heide oder Wiedertäufer, Papist oder Lutheraner, im *Haus der Liebe* war jeder willkommen, der für die Erleuchtung durch den Heiligen Geist empfänglich war.

[1] Marx Fugger, zit. n. Vignau-Wilberg 1985, S. 159.

Hendrik Goltzius, *Portrait des Christoph Plantin,*
um 1583, Kupferstich.
(Mit freundlicher Genehmigung
der Staatlichen Graphischen Sammlung München.)

Hendrik Goltzius, *Bildnis des vierzigjährigen Justus Lipsius,* 1587, Kupferstich.

»Der Buchstabe tötet, der Geist aber macht lebendig.«[1] Die wahre Kirche ist unsichtbar. Gottes Wort erschließt sich dem, der in sich geht. Nur der tauben Menge war es auferlegt, sich religiösen Vorschriften zu beugen. »Einzig der Weise ist frei, alle anderen sind Sklaven.«[2] Mitunter empfahl es sich, das eine zu scheinen, um das andere zu sein. Christoph Plantin etwa war so frei, heimlich in seiner Offizin die Werke des Sektengründers Hendrik

[1] 2 Kor, 3,6.

[2] Justus Lipsius, *Manuductionis ad stoicam philosophiam libri tres,* Antwerpen 1604, III, 12.

Niclaes zu drucken, und so weise, dank päpstlichem und königlich-spanischem Privileg, den Index der verbotenen Bücher zu publizieren, in dem Niclaes' Schriften verzeichnet waren. *Polypi mentem obtine* – »mach es wie der Polyp«, lautete ein beliebtes Motto der Zeit. Als Ungeheuer mit einer Vielzahl saugnapfbewehrter Fangarme galt der Krake als satanisch, als göttlich seine Gabe, die Haut den Farben, Strukturen und Mustern seiner jeweiligen Umgebung anzugleichen. »Es erinnert uns daran, uns jeder Lebenslage anzupassen. Wir wollen es wie Proteus halten und je nach Sachlage uns in jede beliebige Gestalt verwandeln.«[1] Anpassung ist eine Frage der Höflichkeit. »*Das Land selbst ist das Gesetz.* Damit ist angedeutet, daß jeder Gegend bestimmte Einrichtungen eigentümlich sind, die wir als Gäste nicht verurteilen, sondern so gut wie möglich nachahmen und uns aneignen müssen.«[2] Ein Meister der Krakenkunst war Justus Lipsius, der Erneuerer des Stoizismus. »Lipsius Proteus« färbte sich in Jena lutheranisch, in Leiden calvinistisch, in Löwen katholisch. *Constantia* war sein Ideal. Wandelbarkeit und Standhaftigkeit stellten für den stoischen Familisten keinen Widerspruch dar. In den Zeiten der Religionskriege und Ketzerverfolgungen setzte innere Gemütsruhe äußere Schutzfärbung voraus.

Der strebsame Efeu und das aufrechte Gras

Wenige Wochen nach seiner Rückkehr aus England war Ortelius wieder unterwegs. »Wer hat uns gelehrt, wir wären geboren, um an einem Ort zu leben? Womit könnte man uns größeren Verdruß bereiten, als

[1] Erasmus von Rotterdam, *Adagia,* hrsg. und übers. von Anton J. Gail, Stuttgart 1983, 1994, S. 35. [2] Ebd.

uns dort festzuhalten? Alle Länder sind Heimat des Weisen, oder vielmehr ist er in keinem zu Hause.«[1] Die Kartographie ist eine Erfahrungswissenschaft. Es war Ortelius' dritte Forschungsreise nach Italien. Diesmal war sein Reisegefährte ein Freund und Mitarbeiter, der fünfunddreißigjährige Joris Hoefnagel.

Als Sohn einer alten Familie reicher Antwerpener Kaufleute hatte Joris an den Universitäten von Orleans und Bourges studiert, war – um zu handeln und um sich zu bilden – jahrelang durch Spanien gereist und hatte sich eine Weile in London aufgehalten, wo drei seiner Brüder als Kaufleute tätig waren. Er beherrschte außer seiner Muttersprache Griechisch, Latein, Italienisch, Spanisch, Französisch, Englisch und Deutsch, dichtete, zeichnete und musizierte. *Mercator Antverpianus* nannte sich das, und was konnte man Besseres sein? Noch als berühmter Maler im Hofdienst wird Joris als *mercator Antverpianus* signieren. Das Vermögen der Hoefnagel verdankte sich dem Handel mit Juwelen und Tapisserien in der dritten Generation. »Unsere Niederländer zeichnen sich durch eine unter ihnen verbreitete gute Gewohnheit vor anderen Völkern aus«, schreibt Carel van Mander im *Schilder-Boeck* von 1604, »indem die Eltern, auch wenn sie über großen Reichtum verfügen, ihre Kinder häufig schon früh irgendeine Kunst oder ein Handwerk lernen lassen, was namentlich in Kriegs- und Fluchtzeiten von größerem Nutzen sein kann, – sehen wir doch, daß Unglück und Wechselfälle dieser Welt weniger Macht über die Kunst als über den Reichtum haben, und daß die Kunst, die man in seiner Jugend gelernt hat, häufig zum Rettungsanker in der Not und zu einer tröstlichen Zuflucht wird, um sich vor dem kläglichen Schiffbruch der drückenden Armut zu bewahren. Diese Wahrheit erfuhr auch der sehr begabte Joris Hoefnagel.«[2]

[1] Guillaume Du Vair, *La philosophie morale des Stoiques,* 1585, Paris 1946, S. 92 f. [2] *Leben der Maler*, S. 260 f.

Johannes Sadeler, *Bildnis des Joris Hoefnagel,*
Feder, schwarze und rote Kreide, 1591.
(Kunsthalle Bremen.)

Die geschmiedeten und die gewirkten Augenweiden des väterlichen Handels prägten Joris' Wahrnehmung in der Kindheit, aber er sollte weder die Goldschmiedekunst noch das Zeichnen von Gobelinpatronen erlernen. Auch ist er bei keinem der dreihundertdreißig Maler, die sich um 1560 in Antwerpen »Meister« nannten, in die Lehre gegangen. Er war stolz, ein Autodidakt zu sein, der seine Kunstfertigkeit einzig jenem verdankte, dem Ruhm zu erweisen er zum Maler und Poeten geworden war. *Natura sola magistra* war seine eines Stoikers würdige Devise. Und wie sollte man Pest, Krieg und Tyrannei ertragen, ohne sich auf das Ideal der Stoa zu besinnen? *Secundum naturam vivere* – im Buch der Natur ist eine Tugendlehre verborgen. Von Heraklit inspiriert, hatten die Stoiker den Logos als Prinzip der Weltgestaltung mit Gott gleichgesetzt. »Was ist die Natur anderes als Gott und die mit dem Ganzen der Welt und ihren Teilen vermischte göttliche Vernunft?«[1] Aus jedem Grashalm war das zu lesen, jedes Rasenstück lehrte das und jedes Samenkorn zeugte davon. Alles zeichnete eine spezifische *Arete* aus, ein Gutsein, auch Tugend genannt. Gelehrsamkeit heißt die Tugend des niemals verdorrenden Efeus, der sich ausbreitet und blüht, auch wenn er nicht beachtet und von keiner Hand gepflegt wird. Die *Arete* der Gräser verdankt sich der Biegsamkeit ihrer Halme. Mochten Regen und Wind sie auch niederdrücken, standhaft richten sie sich in der Sonne wieder auf. Alles hat an der Weisheit Gottes teil. So auch der Mensch. Sein *Summum bonum* ist das Weise-Sein. Der Natur gemäß lebt, wer durch die Erkenntnis der Natur zur Einsicht in das Gute gelangt. Nicht um des Glückes willen, das auf die Tugend folgen könnte, übt sich der Weise im Gutsein. »Wer die Tugend hat, dem fehlt nichts zum glücklichen Leben«, lautet das zweite der *Paradoxa*

[1] Seneca zit. von Justus Lipsius, *Physiologiae Stoicorum libri tres,* Antwerpen 1604, I,5, S. 492.

Stoicorum des Cicero. Sein Bestes zu geben ist das Ganze des Glücks.

Allein, der Weg zur Tugend ist verschlungen und steinig. Nur manchmal ist der Mensch, was er sein kann. Die Einsicht, daß er nicht das einzige und nicht einmal das hauptsächliche Ziel der Schöpfung ist, war nur wenigen Weisen vergönnt, und nicht jedem war es gegeben, die Widrigkeiten des Lebens gelassen als Tugendprüfungen hinzunehmen. Nicht von ungefähr kamen die Übel in die Welt. Zur Zeit der Blutgerichte des Herzogs von Alba schreibt Ortelius an seinen Vetter Emanuel von Meteren im Londoner Exil: »Die Katholische Skrophulose, das Geusen-Fieber, die Hugenotten-Ruhr, vermischt mit anderen Plagen (...) All dies haben wir durch unsere Sünden verdient; denn Hochmut und Ehrsucht sind uns in den Kopf gestiegen; jeder möchte berufen, aber nicht gut sein, jeder möchte andere belehren, aber nicht sich bescheiden; viel wissen, aber wenig tun, andere beherrschen, aber nicht sich Gottes Hand fügen. Möge er gnädig mit uns sein und uns die Einsicht in unsere Fehler gewähren.«[1]

Reiseweisheit

Während der *Spaanse Furie* fiel auch das Anwesen der Familie Hoefnagel den Plünderungen anheim. Der Verrat des Juwelenverstecks am Brunnengrund an die Vandalen durch Joris' Frau Susanna und ihre Dienstmagd, von dem van Mander erzählt, mutet wie eine Legende an. Auch scheint das Familienvermögen erst 1585 nach dem Fall Antwerpens verloren gewesen zu sein.[2] Glaubwürdig klingt, daß Joris »aufs Geratewohl« nach Italien zog, um als Kaufmann sein Glück in Venedig zu suchen. Das war das Ziel seiner Reise mit Ortelius. Etwas anderes war der Zweck des Reisens. »Außer die-

[1] Hessels, Neudr. Nr. 23. [2] Vgl. Vignau-Wilberg 1985, S. 105, Fn. 13.

sen Gründen«, schreibt Montaigne in den *Essais,* »scheint mir das Reisen eine nützliche Übung zu sein. Die Seele ist dabei ständig beschäftigt, neue und unbekannte Dinge wahrzunehmen; und ich wüßte, wie ich schon oft gesagt habe, keine bessere Schule, das Leben zu bilden, als sie unablässig der Verschiedenheit so vieler anderer Lebensweisen, Sinnesarten und Gebräuche auszusetzen und sie eine so ungebrochene Mannigfaltigkeit von Formen unserer Natur kosten zu lassen. Der Körper ist dabei weder müßig noch überanstrengt, und diese maßvolle Bewegung hält ihn in Atem. Ich bleibe, so steinkrank ich auch bin, acht bis zehn Stunden zu Pferde, ohne abzusteigen und ohne dessen überdrüssig zu werden.«[1]

Prudentia peregrinandi war das Gebot der Zeit. Hoefnagel hatte seine besondere Bildungsreise-Kunst in vielen Ländern geübt: »Als er sich nun auf Reisen begab, um fremde Länder zu besuchen, legte er sich ein umfangreiches Buch an, in das er Alles aufnahm, was ihm merkwürdig erschien: Landbau, Weinkeltern, Wasserwerke, Sitten und Gebräuche, Hochzeitsfeste, Tänze, Festlichkeiten und zahllose ähnliche Dinge. Er zeichnete überall Städte und Kastelle nach der Natur nebst allerlei Trachten, wie man aus einem Buch ersehen kann, in dem Städtebilder veröffentlicht worden sind, von denen die am malerischsten aufgefaßten den Namen Hoefnagel zeigen.«[2] *Civitates orbis terrarum* oder *Beschreibung und Contrafactur der Vornembster Stät der Welt* heißt das von Georg Braun ab 1572 in Köln herausgegebene Werk in sechs Bänden, das Städteansichten enthält, die Frans Hogenberg nach Zeichnungen von Joris Hoefnagel gestochen hat. Hoefnagel zeigt die Stadt von einer fernen Anhöhe aus in der Welt ihrer Landschaft, als deren entrückter Schmuck sie erscheint. Stets ist das Panorama im Vordergrund mit ländlichen und städtischen Figuren belebt, die die Trachten und Kostüme, die Sitten und

[1] *Essais* III, 9, S. 951 (Übers. A. A.). [2] *Leben der Maler,* S. 261.

Joris Hoefnagel, *Landshut,*
aus: Georg Braun und Frans Hogenberg, *Civitates orbis terrarum,* Köln 1572 bis 1618, Bd. III, 45.

Gebräuche des Landes illustrieren. Auch ohne in der fernen Stadt die Gemüsebeete und Obstgärten hinter den Häusern wahrnehmen zu können, die Ställe, in denen Hühner, Enten, Schweine, Rinder und Pferde hausen, teilt die Dominanz der Landschaft dem Betrachter mit, wie sehr die Stadt im 16. Jahrhundert durch das Land geprägt ist. *Intra* wie *extra muros* »datiert man die Jahreszeiten danach, ob die Zikaden zirpen, ob die Veilchen blühen oder ob das Getreide sich gelb färbt.«[1]

Ein anderer Aspekt der Zeit entzieht sich in Hoefnagels Fernsicht dem Blick: »Ein Hohlweg führt zum schmalen Stadttor, zur Zugbrücke, die Tag und Nacht

[1] Febvre 1989, S. 18.

von Soldaten bewacht wird. Rechts, ein schlichtes ländliches Kreuz. Gegenüber, auf einem kleinen Hügel, ein riesiger Galgen, der Stolz der Bürger, an dem die Körper der Erhängten langsam verwesen. Oft hängt über dem Tor, unter einer Schrifttafel, auf eine Lanze gespießt, ein abgeschlagener Kopf oder ein Arm, ein Bein, irgendein abscheulicher Fetzen menschlichen Fleisches, das der Henker in Stücke gehauen hat: so sah die Rechtsprechung zu einer Zeit aus, in der die Menschen noch nicht so empfindlich waren.«[1]

Dem Betrachter der *Civitates* bleibt der Anblick solcher Grausamkeiten erspart. In seiner Einleitung des Werkes preist der Kölner Kanonikus und Verleger Georg Braun die Augenwanderung im Städtebuch, »daheim und fern jeglicher Gefahr«, als vergnüglichen und sicheren Ersatz für das Reisen, das damals noch ein Abenteuer mit ungewissem Ausgang war. Man machte sein Testament, bevor man eine Reise antrat. »Denn im nahe gelegenen Wald, dessen dichtes Unterholz und Dickicht man nicht ohne Sorge sich auf den weitgedehnten Bergrücken erstrecken sah, lag der Brigant auf der Lauer nach einsamen und schlecht bewaffneten Reisenden; in der dunklen Herberge, die man am Abend erschöpft erreichte, war der Gastraum von sich grob gebärdenden lärmenden Galgenvögeln und rußgeschwärzten Köhlern mit beunruhigenden Mienen gefüllt, die sich betranken: man verbrachte die Nacht senkrecht im Bett sitzend in einer armseligen Kammer ohne Feuer und Licht, der blanke Degen lag griffbereit auf dem großen Tisch, den man vor die schlecht schließende Tür geschoben hatte: und man flüchtete im Morgengrauen, ohne sein Wechselgeld zu verlangen, vollkommen glücklich, wenn die Spitzbuben nicht die Pferde gestohlen hatten …«[2]

Es empfahl sich nicht, allein auf Grand Tour zu gehen, und kein noch so friedliebender Kosmograph oder

[1] Ebd., S. 17. [2] Ebd., S. 31 f.

Joris Hoefnagel, *Alhama,*
aus: *Civitates orbis terrarum,* Bd. II, 3.

Maler kam dabei ohne Waffe aus, wie manche Ansicht Hoefnagels bezeugt, in der er sich und seinen illustren Begleiter mit wehendem Umhang, Stulpenstiefeln und Degen dargestellt hat. Mitunter sieht man ihn auch zeichnend im Bild. Dem Betrachter den Rücken zugewandt, sitzt er in Cabecas auf einem Stein, das Skizzenbuch auf den Knien, in Zahara dient ihm ein Maulesel als Reittier und als Staffelei. Er war einundzwanzig, als er 1563 nach Andalusien kam. Von dort aus unternahm er in den folgenden fünf Jahren verschiedene Reisen kreuz und quer durch Spanien, bei denen ihn Nicolaes Malpaert begleitete, ein in Sevilla niedergelassener Seidenhändler aus dem Hennegau. Siebzig Kilometer konnte ein Reiter in leichter Gangart an einem Tag zurücklegen und dabei unterwegs in mehr oder weniger

Joris Hoefnagel, *Las Cabezas de San Juan,*
aus: *Civitates orbis terrarum,* Bd. V, 10.

Joris Hoefnagel, *Bornos und Zahara,*
aus: *Civitates orbis terrarum,* Bd. V, 12.

freundlichen Gasthäusern seine Mahlzeiten einnehmen. Montaigne, der 1580 nach Italien reiste, schildert im *Reisetagebuch* die unterschiedlichsten Herbergen, von der düsteren verwanzten Spelunke bis zu jener, wo der Wirt mit silbernem Tafelgeschirr und seidenem Bettzeug aufwartete.

Vom Hören-Sagen

Nachdem die beiden ersten Bände der *Civitates* erschienen waren, sollte Hoefnagel auf der Italienreise mit Feder und Pinsel weitere Vorlagen für die Städtefolgen von Braun und Hogenberg zeichnen, während Ortelius vor allem seine Kenntnis antiker Geographie vertiefen wollte, um aus den »Synonymia Geographica« im Anhang des *Theatrum orbis terrarum* ein eigenständiges Wörterbuch zu machen.[1] Die Freunde brachen Anfang September in Antwerpen auf. Um diese Zeit führten alle Wege Europas nach Frankfurt am Main, wo am Montag nach dem Fest Mariae Geburt[2] die Herbstmesse begann. Die Reiseroute Antwerpen-Köln-Frankfurt war beiden vertraut. Welcher Kaufmann, Künstler, Handwerker, Verleger, Gelehrte, Sammler oder Diplomat wäre nie zur Herbstmesse in Frankfurt gewesen? Seit langem war die Messe für ihren Buchmarkt berühmt. So kündet Rabelais in seinem ersten Buch, das 1532 in Lyon erschien, dem Leser die Fortsetzung der Geschichte des Riesen Pantagruel für die nächsten Buchmessen in Frankfurt an. Aber dort stand nicht nur zum Verkauf, was die Welt an Druckerzeugnissen zu bieten hatte, dort blühte ebenfalls der Gemälde-, Skulpturen-, Juwelen-, Glas-, Gobelin-, Seiden- und Tuchhandel. Auch Tafelgeschirr aus Steingut, Zinn und Silber und kostbare Gewürze wie Safran, Pfeffer, Nelke und Muskatnuß hielt man am Römerberg und am Mainufer feil. Zum Ergötzen der Messebesucher traten Wanderbühnen auf. Alljährlich protokollierten die Stadträte »engellendische Comoedianten«, die »begern dise Meß über ire comedias allhie zu agiren, mit Bitt, inen solches zuvergünsti-

[1] 1579 gab Ortelius die *Synonymia Geographica* als eigenständiges Werk heraus.

[2] 8. September.

gen«.[1] Zwischen Besichtigung, Handel und Wanderbühne, dem Vergnügen, einem Schauspiel wie *Abraham Loth und Sodomae undergang* zuzuschauen, oder dem Erwerb einer kleinen Kupfertafel, auf der in Öl das gleiche Thema geschildert war, nahmen die Besucher wahr, was für viele eine Hauptattraktion der Messe darstellte: die Möglichkeit, sich von Ohr zu Ohr weiterzubilden.

Man konnte sein Wissen nicht nur aus Büchern schöpfen. Selbst wenn man sie alle verschlang, welchem Autor sollte man Glauben schenken? War die Welt ein mit Vernunft und Seele begabtes Lebewesen, eines von vielen im Universum?[2] Die stillstehende Sonne, um die sich die Erde dreht – ein Paradox? Die Fledermaus – eine säugende Eule?[3] Von welchen Geschöpfen der Arche Noah stammten die Tiere aus dem westlichen Indien ab, die weder die Antike noch die Bibel kennt? Wo sind Tapir, Ameisenbär, Gürtel- und Faultier während der Sintflut gewesen? Und was sollte man von jemandem halten, der die These vertrat, es gebe zweitausend Arten von Vögeln, doppelt so viele Fischarten und unzählige von Tieren mit vier Beinen? Weise konnte man den wahrlich nicht nennen. Genausogut könnte man behaupten, es gebe mehrere Welten, und jede habe ihre eigene Sonne und ihren Mond, was ganz und gar unglaubwürdig wäre.[4]

Man lebt in einer Welt der Mutmaßung. Es gibt weder Fernrohr noch Mikroskop, das unendlich Große und das unendlich Kleine zu durchdringen. Die Menschen »mühen sich ab in einem Universum ohne Grenzen, in dem alles erst zu erkennen ist, wo ihnen alles Fragen stellt oder, wenn man lieber will, alles ihnen Rätsel aufgibt. Und wie soll man es angehen, von welchem festen und

[1] Vgl. Thea Vignau-Wilberg, »Niederländische Emigranten in Frankfurt und ihre Bedeutung für die realistische Pflanzendarstellung am Ende des 16. Jh.«, in *Georg Flegel, Stilleben,* Historisches Museum Frankfurt a. M., 1993, S. 164.

[2] *Essais,* II, 12, S. 505. [3] Belon 1555, 1997, S. 146 f. [4] Ebd., S. 66.

dauerhaft gesicherten Punkt? Ein Rätsel. Keine Gewalt über das Wirkliche.[1] Keine Hebel, um ein Bruchstück herauszulösen, wie klein es auch sei. Zu viele Pflanzen, zu viele Tiere, zu viele mineralische Körper, zu viele Organe im menschlichen Körper, zu viele Krankheiten, zuviel von allem. Wie etwa soll sich das Mögliche vom Unmöglichen unterscheiden, nach welchem Kriterium? Und so bleibt es bei der großen Entschlossenheit des Menschen, welcher spricht, bekräftigt, versichert, die Hand auf dem Herzen, als getreuer Beobachter die Wahrheit zu sagen. Selten im Namen der eigenen Erfahrung, meist unter Berufung auf die eines anderen, eines glaubwürdigen anderen, versteht sich ...«[2]

Seine Reflexionen gründeten auf der Vernunft, nicht der Erfahrung, schreibt Montaigne. Was seine Geschichten angehe, könne er nur auf das Gewissen derer verweisen, von denen er sie entlehnt habe. Und seien zum Studium der Sitten und Beweggründe die erdichteten Fälle nicht ebenso dienlich wie die wahren?[3] Wer aber vermochte zu sagen, ob es möglich war, daß ein Falkner kraft seines Blickes einen Milan aus der Luft herabholte, wenn nicht der Falkner selbst? Und so blieb alles beim Hörensagen.

Dem Aberwitz abgelauschter Kennerschaft hat Rabelais ein Kapitel im letzten Buch des Pantagruel gewidmet. Im Mittelpunkt seiner Persiflage steht ein ungestalter Zwerg namens »Hörensagen«: »Er hatte ein Maul, das bis zu den Ohren reichte, und in diesem Maul sieben Zungen, von denen jede wiederum siebenmal gespalten war. Mit allen sieben sprach er Gott weiß wie zu gleicher Zeit, in den verschiedensten Sprachen und die allerverschiedensten Dinge. Dabei hatte er sowohl am Kopf wie auch am übrigen Körper so viel Ohren, wie Argus

[1] *Pas de prises sur le réel* – eben darum hatten sie uns so viel voraus.
[2] Lucien Febvre, *Au cœur religieux du XVI siècle,* Paris 1957, 1968, S. 299.
[3] *Essais*, I, 21, S. 104.

ehemals Augen hatte; im übrigen war er blind und an den Beinen gelähmt. Um ihn herum stand eine unzählige Menge aufmerksam lauschender Männer und Frauen, zum Teil recht vertrauensselig dreinschauend, deren einer eine Landkarte in der Hand hielt. Diese erklärte er ihnen kurz in einigen knappen Sätzen, wodurch sie in wenigen Stunden grundgelehrt wurden, so daß sie fließend und frei aus dem Kopf über die erstaunlichsten Dinge reden konnten, die nur zum hundertsten Teil zu ergründen ein Menschenleben nicht ausgereicht hätte: zum Beispiel über den Nil, über die Pyramiden, über Babylon, die Troglodyten, die Himantopoden, Blemmyer, Pygmäen, Kannibalen, die Hyperboreischen Berge, die Ägipanen, kurz, über alles und weiß der Teufel was noch, und alles – von Hörensagen.«[1]

In der Welt des Hören-Sagens war die Herbstmesse in Frankfurt einer der wichtigsten Treffpunkte des Jahres. Wißbegierige aus allen Ländern und Regionen tauschten ihre Erfahrungen und Gedanken aus, informierten sich über Toleranz und Tyrannei und nutzten die Gelegenheit, Briefe und Waren an ferne Verwandte und Freunde zu treuen Händen mitzugeben. Freundschaft unter Gleichgesinnten stand hoch im Kurs. In stoischer Tradition spricht Lipsius allein dem Weisen die Fähigkeit zur Freundschaft zu. Weil die Seelen aller Weisen miteinander verbunden sind, wie die Seele des Einzelnen mit Gott, kommt es allen Weisen der Erde zugute, wenn irgendwo ein Weiser eine weise Handlung vollzieht. Auch Montaigne pflichtet dem bei: »Zu Recht sagen die Stoiker, die Verbindung und Beziehung zwischen zwei Weisen sei so stark, daß einer, der in Frankreich speise, seinen Gefährten in Ägypten sättige, und strecke einer, wo immer er sei, auch nur seinen Finger aus, würde dadurch allen Weisen auf der bewohnbaren Erde spürbar geholfen.«[2]

[1] Rabelais 1974, Bd. 2, S. 290. [2] *Essais,* III, 9, S. 953.

Wahlverwandtschaften

Eine neue Art von Stammbüchern ging aus diesem Freundschaftskult hervor, *album amicorum* genannt. Statt eines Familien-Stammbuchs enthielt es die Freundeszweige. Geistesverwandte aus aller Welt trugen sich Blatt für Blatt in die *alba amicorum* mit Vers, Devise, Anagramm, Emblem oder Wappen ein. Wie Ortelius' Korrespondenzen zeugen auch die Widmungen in seinem *album amicorum* davon, wie wahrhaft europäisch die »Familie« seiner humanistischen Wahlverwandten war. In seinen Briefen und in seinem Album taucht fast alles auf, was in der späthumanistischen Welt Rang und Namen hatte, von Camden[1] bis Wacker von Wackenfels, von Coorn-

Theodor de Bry, *Portrait des Carolus Clusius,* Kupferstich.

[1] Viele der einst berühmten Namen stehen noch in modernen Lexika; die daraus verschwundenen werden im Anhang vorgestellt.

hert bis Marnix van St. Aldegonde, von Clusius bis Sambucus, von Dee bis Postel, von Scaliger bis Mercator, von Bruegel bis Lombard und van Veen. Ob einfacher Wollwalker, wie Theodor Poelman aus Antwerpen, der in seiner Freizeit klassische Autoren edierte, »reich an allem, nur nicht an Geld«, oder betuchter Edelmann und Botschafter von Henri IV, wie Jacques de Bongars, der eine Geschichte der Kreuzzüge verfaßte: Gottvertrauen, Liebe zur Antike, Lernbesessenheit und Sammelleidenschaft sind allen gemein.

Lucien Febvre hat die Art und Weise, in der sich die wißbegierigen Nomaden des 16. Jahrhunderts bildeten, mit der Arbeit eines Winzers verglichen, der hartnäckig und verbissen zum tausendsten Mal unter glühender Sonne, in unerbittlichem Regen seinen Weinberg hinaufsteigt, wenn die Erde seines Hügels heruntergeschwemmt ist.[1] Bevor wir das Album durchblättern, schauen wir uns zum Verständnis der Zeit das Leben eines solchen Winzers im Weingarten der Gelehrsamkeit an.

»Kein Mensch auf Erden ist glücklich«, versichert der 62jährige Hieronymus Wolf dem durchreisenden Geographen in seiner Widmung vom 7. Oktober in Augsburg.[2] Der gelehrte Kauz aus Schwaben übersetzte und kommentierte zahlreiche griechische Autoren und publizierte den Katalog der griechischen Handschriften der Bibliothek in Augsburg. So wagemutig wie schüchtern, so kränklich wie fleißig, so gelehrt wie abergläubisch verfolgte er seine Ziele. Als 14jähriger Kanzleischreiber in Schloß Harburg gibt er sich lieber der Lektüre von Vergil und Terenz hin, die er nur halb versteht, als sich der verhaßten Jurisprudenz zu widmen. Ohne Hilfe eines Lexikons und ohne Kenntnis der Prosodie schreibt er lateinische Verse, verfaßt Reden und Dialoge. Von Mitarbeitern und Schloßjunkern als Musenjünger verlacht, zieht er sich mit seinen Klassikern in die Küche zurück,

[1] Febvre 1989, S. 35. [2] *Album*, fol. 57 v. und S. 48.

wo er sich zum Gespött der Mägde und Knechte macht. Schließlich nimmt er seine Studien vor Tagesanbruch auf, in der ungeheizten von einer Kerze beleuchteten Stube oder im Sommer auf dem Gipfel eines Hügels.

Sein Vorsatz, sich mit Federhut, Degen und Dolch wenigstens äußerlich den Spöttern anzugleichen, hält angesichts der Verlockungen auf der Messe in Nördlingen nicht stand. Statt Waffen und Hut erwirbt er ein griechisch-lateinisches Lexikon und weitere klassische Autoren. Fünf Jahre vergehen zwischen Kanzlei und Studierstube. Da stellt ihm der Vater die Mittel zum Studium der griechischen Literatur bei Camerarius in Tübingen zur Verfügung. Als diese Quelle zwei Jahre später versiegt, erniedrigt sich der schüchterne Hieronymus zur Schadenfreude seiner Kommilitonen als Diener des Rektors der Universität. Nach dem Tod des Vaters will er endlich doch Jurist werden. Auf dem Krankenbett besinnt er sich nach drei Monaten eines anderen. Allein, auch die Rolle eines Privatsekretärs beim Bischof von Würzburg will ihm nicht lange behagen, und er begibt sich nach Wittenberg zu Melanchton, wo er seine griechischen Studien mit Eifer betreibt und sich nebenbei die Mathematik aneignet.

Zu seinem großen Verdruß beschäftigt ihn auch die Astrologie, denn nichts als Unheil verkünden ihm die Sterne. Geldnot zwingt ihn weiterzuwandern, aber nirgends kann sich der Bücherwurm mit der Roheit seiner Mitmenschen abfinden. Eine Kur heilt ihn von der Einbildung, verhext zu sein. Er unterrichtet Söhne angesehener Familien, die er nach Basel und Paris begleitet. Der Niederländer Samuel Quiccheberg, der später für seine Sammlungstheorie berühmt werden sollte, gehörte in Basel zu seinen Schülern.

Auf dem Höhepunkt seines Ruhmes als Gräzist ernennt ihn Johann Jakob Fugger zum Sekretär und Bibliothekar seiner umfangreichen Augsburger Hand-

Widmungsblatt mit Portrait des Hieronymus Wolf
aus dem *Album Amicorum* von Ortelius, fol. 57v.
(Mit freundlicher Genehmigung: The Master and Fellows
of Pembroke College, Cambridge.)

schriften- und Büchersammlung. Weil aber kein Fugger einen Kauz in einen Hofmann verwandeln kann, gibt Hieronymus die Stellung in dem vornehmen Haus nach sechs Jahren für das Rektorat einer Schule auf und wird später Stadtbibliothekar. Am Ende sieht er sich genötigt, aus Geldmangel die eigene geliebte Büchersammlung zu verhökern. Von der *idée fixe,* zum Mißgeschick geboren zu sein, befreit ihn 1580 der Tod. Noch drei Jahre sollte er auf ihn warten, als er Ortelius ins Album schrieb, leben heiße zu lernen, dem Tod ins Auge zu sehen.

Einhundertdreiunddreißig Freunde und eine Freundin sind in diesem kleinen Album vereint.[1] Einhundertvierunddreißig mehr oder weniger Weise drücken ihre Freundschaft und Bewunderung für den »Prinzen der Kosmographen«, den »Geographen des Königs« aus. »Und gäbe es so viele Welten, wie sie Demokrit in seinem Delirium vorschwebten«, schreibt Jacques de Bongars in seiner Widmung *An Mnemosyne,* »Du würdest sie uns in einen Band gehüllt schenken.«[2]

In einem langen, dem Genius der Freundschaft gewidmeten Gedicht versichert der Poet Douza dem geliebten Ortelius, mit ihm würde er sich ohne Furcht an die Tische der Kannibalen begeben, an die einsamen Küsten Brasiliens und lernen, »mit wie vielen Biegungen der Orinoko im Schutze des Amazonas das Reich von Peru durchfließt«.[3] Über drei Albumseiten segelt der Dichter in Gedanken mit dem Freund bis an die fernsten Gestade der Erde, »wo alles zu finden ist, nur kein Frieden«.

Als erster trug sich am 15. Januar 1573 der Schulmeister, Poet und Emblematiker Pieter Heyns mit einer aus Worten gebildeten Pyramide ins Freundschaftsbuch ein. Heyns hatte den lateinischen Text des *Theatrum orbis terrarum* für die niederländische Ausgabe übersetzt.[4]

[1] Das Original-Album ist 16 cm hoch und 11 cm breit.
[2] Ebd., fol. 5, S. 15. [3] Ebd., fol. 83 v. und S. 65 f. [4] Ebd., S. 64 ff.

Portrait des Pieter Heyns,
aus: Pierre Heyns, *Le miroir du monde,*
Amsterdam 1598.

Erst 1574 sind weitere Eintragungen datiert. Da waren fünf Jahre seit Bruegels Tod vergangen. Der Kürze des Lebens, der räumlichen Entfernung, den vergeßlichen Zeiten ist das *album amicorum* entgegengesetzt. Weil auch die verstorbenen Freunde Freunde bleiben, »durch enge Bande in gegenseitiger Zuneigung«[1] mit den Lebenden verbunden, trug der trauernde Ortelius ein lateinisches Epitaph zum Gedenken an den »besten Maler seiner Zeit« ins Album ein:

»Als man den Maler Eupompus befragte, welchem seiner Vorläufer er folgen würde, zeigte er auf eine Menge von Menschen und sagte, es sei die Natur, die man nachahmen müsse, und nicht einen Künstler. Das entspricht auch unserem Bruegel, dessen Bilder ich nicht als Kunstwerke ansehe, sondern als Werke der Natur, und ihn nenne ich nicht den besten unter den Malern, sondern wahrhaftig die Natur unter den Malern; deshalb erachte ich ihn für würdig, von allen nachgeahmt zu werden.

[1] Ebd., S. 13.

Viele Dinge hat Bruegel gemalt, die eigentlich nicht gemalt werden können, wie Plinius von Apelles sagt. In all seinen Werken glaubt man immer mehr zu erkennen, als gemalt ist.«[1]

Eines Sinnes mit »seinem lieben Abraham Ortelius« in Sachen Malerei, verfaßt Joris Hoefnagel ein Gedicht in französischer Sprache, das er am 1. September 1574 auf die Rückseite des sechsten Albumblattes kalligraphiert:

»Si de nature Dieu est le père
Et si d'amour nature est mère
Si du scavoyr ell'est maistresse
Aussi des arts; mon Ortel qu'est-ce?
Que je vous doibs? fors ung bon cœur?
Cœur vray d'amis, non de flatteur.
Pour suivre Dieu et la nature
Et pour monstrer l'affection pure,
(N'ayant aultre), j'emploie aussi
L'art dont nature m'at enrichi.
Nature seulle, seulle nourrice
Des bons espricts, abhorrant vice.«[2]

(Wenn Gott der Vater der Natur ist / Und die Natur Mutter der Liebe / Wenn sie die Lehrmeisterin des Wissens ist / Und auch der Künste, mein Ortel, was ist es dann? / Das ich Euch schulde? Außer einem guten Herzen? / Herz eines Freundes, nicht eines Schmeichlers. / Um Gott zu folgen und der Natur / Und die reine Zuneigung zu zeigen / (Eine andere habe ich nicht), bediene ich mich auch / Der Kunst, mit der mich die Natur reich gemacht hat. / Natur allein, alleinige Amme / der guten Geister, die das Laster verabscheuen.)

Über seine Widmung und das im Geiste der Stoa Gereimte hat Hoefnagel ein zweizeiliges Motto gesetzt, das eine christliche Moral aus dem Samenkorn zieht: Wie

[1] Ebd., fol. 12 v. und S. 22.
[2] Ebd., fol. 6 v. und S. 16.

dessen Hülle verrottet ist, bevor das Gekeimte Früchte ansetzt, so muß das Fleisch hier sterben, bevor es durch Christus das Erbe des Lebens antreten kann.

Ähren Körner streuend, zwischen Totengebeinen,
aus: Joachim Camerarius, *Symbola et Emblemata,*
Nürnberg 1590 bis 1604, Teil I, Nr. 100.

Eine Schnecke am Abgrund

Die Freunde von Ortelius gehörten den unterschiedlichsten Konfessionen an, aber manches Bekenntnis stellt sich bei näherer Betrachtung als Schutzfärbung heraus. Benedictus Arias Montanus war Hofkaplan Philipps II. von Spanien. Jahrelang betreute der Theologe, Orientalist und Emblematiker die Edition der Polyglotten Bibel bei Plantin in Antwerpen, die der spanische König finanzierte. Insgeheim Sympathisant der Familisten, trat Montanus als Garant der so fragwürdigen Orthodoxie von Plantin und Ortelius auf, so daß der eine den Titel des königlichen Prototypographen und der andere den des königlichen Geographen errang. Nach Spanien zurückgekehrt, findet der einsame Montanus Trost in den Briefen der Wahlverwandten in der Ferne.

Filips Galle, *Portrait des Benedictus Arias Montanus,* 1572, Kupferstich.

Das von Filips Galle gestochene Ortelius-Portrait trägt er stets bei sich. »Heureka« steht in griechischen Lettern über der Album-Widmung an seinen liebsten Freund. Darüber hat Montanus einen aus dem Bade steigenden Archimedes gezeichnet, der in der Linken triumphierend ein geöffnetes Buch hält: »Ich habe es gefunden!«[1]

Guillaume Charke war ein Anführer der Puritaner in England. Kein Lob der Gelehrsamkeit des Geographen ist ihm bei der Eintragung ins Freundschaftsbuch aus der Feder geflossen. »Wer ein gutes und glückliches Leben anstreben will, muß viele Dinge lernen und verlernen: zwei gleichermaßen verzwickte und schwierige Aufgaben.«[2]

Andreas Dudith, der »edle, hochgelertt und weitt beriembtter herr Andreas Duditcjus, K. M. Fernandi, Maximilliani und Rudolphi gewesner gehaimer Rath«, gehörte zu den kühnen Denkern, die versuchten, den Protestantismus den philosophischen Idealen der Renais-

[1] *Album,* fol. 17 und S. 24. [2] Ebd., fol. 101 und S. 78.

sance anzuverwandeln.[1] Von Kaiser Ferdinand zum Bischof von Pècs (Fünfkirchen) ernannt, vertrat er beim Konzil von Trient den ungarischen Klerus. Als Gesandter von Kaiser Maximilian II. am polnischen Hof heiratet er 1567 heimlich eine Hofdame, bricht mit dem Katholizismus und läßt sich in Krakau nieder, wo er einem Zirkel von Arianern, Antitrinitariern und anderen Häretikern angehört. Nach der Flucht aus Polen landet er schließlich in Breslau, wo er sein restliches Leben als Mitglied des beschaulichen Kreises um seinen engsten Freund Johannes Crato von Krafftheim verbringt. In ganz Europa als Hellenist berühmt, wirft er sich in Breslau auf die Mathematik. 1582 schreibt er an Ortelius, er wünsche sich einen gut unterrichteten, bescheidenen, besonnenen Gefährten, der ihn bei seinem Mathematik-Studium leiten könnte. Dieser würde in ihm einen freundlichen und großzügigen Gastgeber finden.[2] In glücklicher Muße dem Studium hingegeben, ruht er sich »in der köstlichen und berühmten Hauptstadt von Schlesien« aus und trägt sich dort am 29. Oktober 1584 ins Album des Antwerpener Freundes ein. »Lebe verborgen«, lautet sein Rat, »wer sein Leben zu verbergen weiß, hat wohl gelebt; wer allen allzu bekannt ist, stirbt, ohne sich selbst zu kennen.«[3]

Der friedliebende gelehrte Crato, Lieblingsarzt der Kaiser Ferdinand, Maximilian und Rudolf, erregte als Melanchtonianer das Mißtrauen der Jesuiten in Prag und mußte sich schließlich aus Krankheitsgründen in seine Heimatstadt Breslau zurückziehen.[4] Zweimal erscheint der bedeutende Humanist im Album. Erschöpft vom langen Hofdienst und einer Krankheit, die seit drei Jahren an ihm zehrt, trägt er seine zweite Widmung ins

[1] Vgl. Evans 1973, S. 107, und vom selben Autor: *Das Werden der Habsburger Monarchie 1550-1700,* übersetzt von Marie-Therese Pitner, Wien/Köln/Graz 1986, S. 30.

[2] Hessels, Nr. 114. [3] *Album,* S. 43. [4] Vgl. Evans 1973, S. 99.

Martinus Rota, *Portrait des Johannes Crato von Krafftheim,* Kupferstich.

Album ein: »Für Abraham Ortelius, der die Welt geschmückt hat und der ihr Schmuck ist.« Crato schreibt es mit entkräfteter Hand »in Breslau in seinem Zimmer auf seinem Bett«. Als Datum gibt er 1584 an, »der Tag ist inmitten der schwankenden Ereignisse der Welt unbekannt«.[1]

Philippe Marnix van St. Aldegonde, Schüler von Calvin und Bèze, schrieb eine antipapistische Satire im Stil von Rabelais, *De Biencorf der H. Roomsche Kercke* (1569), die Johann Fischart 1579 als *Binenkorb Des Heyl. Römischen Imenschwarms* ins Deutsche übertrug. Marnix verteidigte den Bildersturm. Gleichwohl setzte er sich für die Freiheit der Katholiken ein. Bei Schwärmern und Anabaptisten hörte seine Toleranz auf. Es fiel ihm gar nicht ein, zwischen friedlichen und rabiaten Widertäufern und Schwärmern zu unterscheiden. Als erbitterter Gegner der *Libertins*[2] verdammte er die Werke von Sebastian Franck, die er als Quelle eines Irrglaubens ansah, mit dem doch so viele seiner Freunde insgeheim

[1] *Album,* S. 21.

[2] Calvin beschuldigte Schwärmer und Wiedertäufer der Häresie und moralischen Ausschweifung und nannte sie *Libertins.*

Portrait des Dirck Volckertszoon Coornhert,
gestochen von Jan Muller
nach Cornelis Cornelissen.

sympathisierten. Dirck Volckertszoon Coornhert, der beharrlichste Fürsprecher religiöser Toleranz in den Niederlanden, wußte, was er den Schriften des furchtlosen Wahrheitssuchers aus Donauwörth verdankte, der wie er gegen Erbsündenlehre, Fürstenwillkür, Staatsgewalt, Krieg und Judenverfolgung gekämpft hatte.

»Das beste und wahrheitsgemäße Ziel wählend,
auf gleichem und geradem Wege gehend,
die Klarheit Gottes vor Augen,
vereint mit Geist, Herz und Sinnen
durch das unlösbare Band der Liebe,
in treuer, auf Wahrheit gründender Freundschaft«
– so beschreibt Coornhert 1579 sich und Ortelius.

Irgendwann wurde der Text durchgestrichen und ein *quia* hinzugefügt.[1]

Coornhert scheute vor keinem Streit. Überzeugt, daß nicht der Fürst mit dem Schwert, sondern Gott selbst

[1] *Album*, S. 94.

mit der Wahrheit seines Wortes die Religion beschützt, beschuldigte Coornhert auch seinen Freund Lipsius der Intoleranz. »Die Fürsten dieser Welt«, heißt es in seiner Streitschrift von 1590, »versäumen nicht, sich als Verteidiger der christlichen Kirche zu brüsten. Aber die Kirche kann mit keiner Waffe verteidigt werden, denn das Reich Christi ist nicht von dieser Welt, woraus folgt, daß jemand, der Beschützer der Kirche sein will, das Schwert von Petrus und Paulus benützen muß und nicht das des Augustus und Nero. Die Kaiser beschützen mit ihren sichtbaren Schwertern Städte und Marktflecken, die Apostel aber verteidigen die Kirche mit dem geistigen Schwert, das heißt mit dem Wort des Evangeliums und auch mit ihrem Leiden, durch das sie von dem Wort Zeugnis ablegen.«[1]

Lipsius, der mit Cicero-Zitaten das Recht des Fürsten unterstützt hatte, die Einheit der Religion im Zweifelsfall auch mit dem Schwert herzustellen, pries im Album diejenigen als weise, die alten Wein trinken und die Schriften der Alten lesen.[2] Über Proteus Lipsius befragt, antwortet Ortelius in einem Brief an seinen geliebten Neffen Ortelianus in London, er wisse nicht, ob Lipsius Anhänger des Papstes oder Calvinist sei, »und wenn er Ohren hat zu hören, wird er weder das eine noch das andere sein, denn auf beiden Seiten werden Sünden begangen.«[3]

1563 hatte Ortelius Postel in Paris besucht und korrespondierte seither mit ihm. In Postels Augen war das *Theatrum orbis terrarum* das wichtigste Buch seit der Bibel. In einem seiner Briefe vertraut der französische Kosmograph und Prophet Ortelius an, daß ihm die bedeutendsten Leute der *familia caritatis* nicht unbekannt sind und daß er sich ihnen vielleicht anschließen werde.[4] Diese Sekte hatte selbst am spanischen Hof ihre klandestinen

[1] Zit. bei Lecler 1994, S. 637. [2] *Album,* S. 60.
[3] Hessels, Nr. 214. [4] Hessels, Nr. 20.

Schnecken-Emblem von Joannes Moflin
im *Album Amicorum* von Ortelius, fol. 48.
(Mit freundlicher Genehmigung: The Master and Fellows
of Pembroke College, Cambridge.)

Widmungsblatt mit Portrait des Joannes Moflin im *Album Amicorum* von Ortelius, fol. 47 v.
(Mit freundlicher Genehmigung: The Master and Fellows of Pembroke College, Cambridge.)

Anhänger. *Tecum habita,* »wohne in dir«, lautet das Lemma des unkommentierten Emblems mit dem Bild einer Schnecke am Abgrund, das Joannes Moflin im Dezember 1575 in Antwerpen ins Album gezeichnet hat. Auch der Priester Moflin war ein Kaplan Philipps II. und blieb wie Montanus den Antwerpener Freunden ein Leben lang verbunden. Das Bild der Schnecke am Abgrund bedurfte keiner Erklärung. Das Emblembuch *Hecatomgraphie* des Gilles Corrozet, 1540 in Paris erschienen, war jedem Emblemfreund bekannt. »SECRET EST A LOUER«, heißt es über dem Bild einer Schnecke vor ihrer Höhle bei Corrozet.

»Ainsi que le Lymas se tient / En sa coquille, en grand secret: / Tout ainsi l'homme se maintient / Clos, et couuert comme discret«, erläutert das Epigramm.[1]

Was es mit dem Abgrund auf sich hatte, vor dem es sich zu schützen galt, geht aus einer Schilderung der spanischen Inquisition hervor. Am 3. Juli 1559 schreibt Ortelius an Emmanuel van Meteren: »Am letzten Dreifaltigkeits-Sonntag wurde in Spanien die feierliche Zeremonie der sancta Inquisitione abgehalten, und etwa dreißig Personen (Doktoren, Edelleute, Gelehrte), die wegen ihrer religiösen Ansichten lange im Gefängnis waren, wurden nach Valladolid geführt, wo man ihnen so viel Zeit für eine Bekehrung gab, wie eine Kerze brauchen würde, um herunterzubrennen. Siebzehn bereuten; sie büßen ihre ganze Habe ein und müssen für den Rest ihres Lebens ein Brandmal tragen etc. Einer von ihnen, ein Markgraf, hat seine ganze Grafschaft verloren, darf nie wieder auf einem Pferd reiten, oder Seide oder Samt tragen, oder mit Silbergeschirr bedient werden. Fünfzehn blieben standhaft, bis Vorbereitungen getroffen wurden, sie nach anhaltender Folterung zu verbrennen, worauf sie bereuten und zur Belohnung dafür vor der Verbrennung erdrosselt wurden. Nur Dr. Casello blieb standhaft, und nachdem er von fünf Uhr morgens bis abends um sechs an einen Pfahl gebunden auf dem Schafott stand, mit seiner von einem Eisen durchbohrten Zunge, wurde er lebendig verbrannt.«[2]

Emmanuel van Meteren entging mit knapper Not einem ähnlichen Schicksal. Als der in London naturalisierte Kaufmann und Historiker im Mai 1575 zu Besuch bei seinem Cousin Ortelius in Antwerpen weilte, wurde er des Verrats und der Ketzerei angeklagt und

[1] *Emblemata,* Sp. 616. »Verschwiegenheit ist zu loben. Wie die Schnecke sich in ihrem Haus in großer Abgeschiedenheit hält, ebenso eingeschlossen und verborgen lebt auch der Mensch, wenn er verschwiegen ist.«

[2] Hessels, Nr. 8.

zusammen mit drei Leidensgenossen in eine Zelle des Gefängnisturms gesperrt. Durch eine Petition, die Ortelius, Hoefnagel und drei weitere Freunde beim Gouverneur einreichten, kam er nach achtzehn Tagen wieder auf freien Fuß. Emmanuel van Meteren war, wie schon sein Vater Jacob und dessen Schwager Leonard Ortels, der Vater von Ortelius, ein glühender Protestant. 1535 waren auch Jacob und Leonard, die gemeinsam die berühmte Bibel von Miles Coverdale übersetzten, wegen des Verdachts der Ketzerei eine Weile im Gefängnis. Nach dem frühen Tod von Leonard Ortels kam der achtjährige Abraham in die Familie van Meteren und wuchs zusammen mit dem jüngeren Emmanuel auf. Als Historiker wurde van Meteren, latinisiert Demetrius, durch seine Geschichte der Unruhen des 16. Jahrhunderts in den Niederlanden berühmt, die von Hogenberg illustriert 1593 zuerst in Deutschland erschien: *Historia Und Abcontrafeytingh, fürnemlich der niderlendischen geschichten und kriegsz hendelen, mit höchstem fleisz beschrieben, durch Merten van Manuel.*

Mit Gott und dem Schweiger

»Nichts ohne Gott«[1] konnte jeder sagen, aber im Schutz seiner Schneckenschale vernahm jeder Einzelne einen anderen Heiligen Geist. Welche unterschiedlichen Stimmen für den Glauben von Ortelius und den seiner Freunde auch maßgeblich waren, was den Kampf um die Unabhängigkeit der Niederlande anging, konzentrierte sich aller Hoffnung auf einen Mann: Wilhelm, Prinz von Oranien, *der Schweiger* genannt. Einige

[1] Die Devise *niet sonder God* hat Pieter Heyns im Rebus-Wappen der Rhetorikerkammer »Der blühende Weingarten zu Berchem bei Antwerpen« untergebracht. Vgl. Eva-Maria Schenk, *Das Bilderrätsel,* Hildesheim, New York 1973, S. 191.

Hendrik Goltzius, *Bildnis des Wilhelm von Oranien,*
1581, Kupferstich.
(Mit freundlicher Genehmigung der Staatlichen Graphischen Sammlung München.)

Portrait des Andreas Wechel.

Album-Autoren gehörten zu den engsten Freunden des Oraniers und standen zugleich als Minister, Ratgeber, Botschafter, Feldherren oder auch als Maler und Dichter in seinen Diensten. *Je maintiendray* war eine seiner Devisen, eine andere *luctor et emergo.*[1] Nach einem Wort von Michelet saß im Vorzimmer des *Schweigers* dauernd der Tod. Einer seiner Ratgeber aus dem Ortelius-Kreis war der Hugenotte Hubert Languet aus Burgund, ein Schüler Melanchtons, Theologe, Schriftsteller und Diplomat. Als Gesandter des Kurfürsten August von Sachsen am Pariser Hof rettete Languetus in der Bartholomäusnacht dem gelehrten Buchdrucker Andreas Wechel das Leben. Für seinen Freund Petrus Ramus kam jede Hilfe zu spät. Er selbst geriet auf dem Weg zu Philippe Du Plessis-Mornay, dem »Papst der Hugenotten«, in Gefangenschaft. Durch die Fürsprache des Bischofs von Orléans aus der Haft befreit, floh er nach Frankfurt am Main, wo

[1] »Ich werde aufrechterhalten«, »Ich ringe und tauche empor«.

L. Gaultier, *Portrait des Philippe du Plessis-Mornay,* Kupferstich.

er bei Andreas Wechel den ebenfalls aus Paris geflohenen Sir Philippe Sidney kennenlernte, Englands vollendeten Hofmann, Dichter, Mäzen und Diplomaten, als dessen Lehrer und Freund sich Languetus nunmehr verstand. In seiner einflußreichen Streitschrift *Vindiciae contra tyrannos,* die vielleicht in Zusammenarbeit mit seinem Freund Du Plessis-Mornay entstand und 1579 unter dem Pseudonym Junius Brutus in Basel erschien, verteidigte Languetus das Recht der Untertanen, sich gegen Tyrannenwillkür aufzulehnen. Religiösen Fanatismus verabscheute er nicht minder als Gewaltherrschaft. Nachdem er in den Diensten des *Schweigers* 1581 in Antwerpen gestorben war, wurden seine Korrespondenzen publiziert. Zu seinen Briefpartnern gehörten Joachim Camerarius Vater und Sohn, Carolus Clusius und der illustre Sir Philippe Sidney.

G.B. Cipriani, *Portrait des Hubertus Languetus,* Kupferstich.

»Möge Deine zuverlässige Tugend Dich führen, wohin Dich Dein Schicksal ruft.« Languetus' Eintragung im Album ist am 20. September 1577 in Frankfurt datiert, »in dem Augenblick, als (Ortelius) sich nach Italien aufmacht«.[1]

Einen Tag später trägt William Camden seine Widmung ein, aber als Ort gibt er nicht Frankfurt, sondern London an.[2] Merkur persönlich scheint das Album in einem Tag vom Main an die Themse getragen zu haben. Die Rückgabe gibt weniger Rätsel auf. In einem Brief vom 24. September 1577 an Ortelius bedankt sich Camden dafür, ins Album aufgenommen zu sein, und entschuldigt sich für das linkisch gezeichnete Symbol mit Merkurkopf über seiner Widmung. Der Brief wurde durch Emmanuel van Meteren ausgehändigt und kam

[1] *Album,* fol. 120v. [2] Ebd., fol. 113v.

wohl mit dem Album vor Ortelius' Weiterreise in Frankfurt an.[1] Ortelius hatte Camden während seiner letzten Englandreise kennengelernt. Der ewig kränkelnde und mittellose Pionier der Altertums- und Geschichtsforschung hatte mit Sidney zusammen studiert und erfreute sich der Unterstützung des elisabethanischen Dichters. Ein weiterer Gast der Messe gehörte ebenfalls zum Sidney-Kreis: der Dichter und Diplomat Daniel Rogers, Sohn des mit Melanchton befreundeten John Rogers, der 1555 als erster Märtyrer der Herrschaft Maria Tudors, *die Blutige* genannt, auf dem Scheiterhaufen für seinen Glauben gestorben war. Im März 1577 hatte Rogers im Auftrag von Königin Elisabeth gemeinsam mit Sidney diplomatische Missionen an den Höfen des Kontinents erfüllt. Nun nahm er als Vertreter der englischen Krone am europäischen reformierten Konvent teil, der im September in Frankfurt stattfand.[2] Für die Einleitung der zweiten Edition des *Theatrum orbis terrarum* hat Rogers ein lateinisches Gedicht verfaßt; das *album amicorum* beginnt mit seiner lateinischen Ode, in der er auf drei Seiten die unverbrüchliche Freundschaft mit Ortelius besingt und den Sinn des Büchleins erläutert:

»Wahrhaftig bindet uns, Abraham, ein dreifacher Pakt: die Natur, die Freundschaft und Pallas, durch Familien-, Charakter- und Geistesbande sind wir aneinander geknüpft.«[3]

Der Verwandte und enge Freund von Ortelius war auch Hoefnagel verbunden. Ein Lobgedicht auf die Freundschaft mit Hoefnagel aus der Feder von Rogers stammt aus der Zeit, als sich Joris in den Jahren 1568 und 1569 in London aufhielt.

[1] Hessels, Nr. 72.

[2] Vgl. Thea Vignau-Wilberg, »Dichter, Denker, Diplomaten – Daniel Rogers Ode auf Frankenthal aus dem Jahr 1578«, in *Kunst, Kommerz, Glaubenskampf, Frankenthal um 1600,* Frankenthal 1995, S. 50.

[3] *Album,* S. 13.

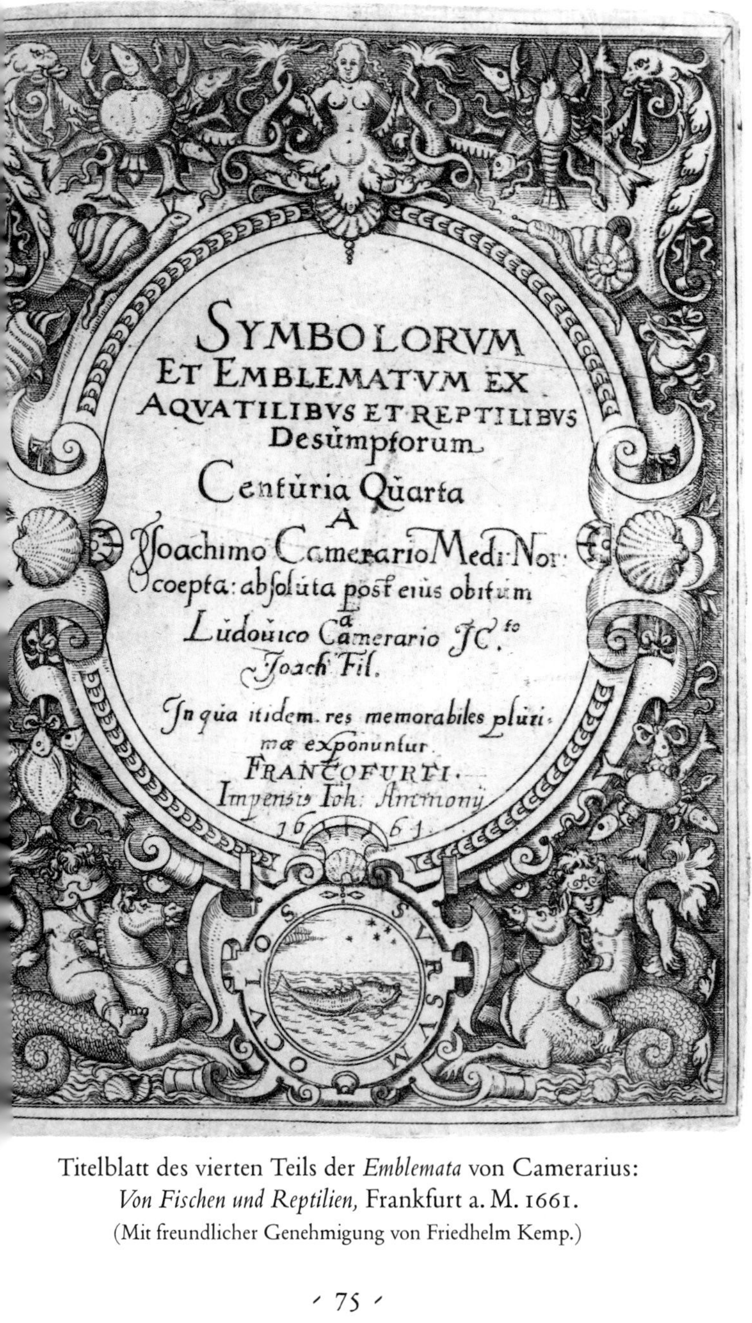

Titelblatt des vierten Teils der *Emblemata* von Camerarius:
Von Fischen und Reptilien, Frankfurt a. M. 1661.
(Mit freundlicher Genehmigung von Friedhelm Kemp.)

Schwämme und Sirenen

Das Unrecht ist für alle hart«, lautet das Lemma eines Emblems von Sambucus, in dem von Fischern gesammelte Schwämme das Sinnbild der Pein gewaltsamer Vertreibung abgeben.[1] »Wenn der weiche immer durstige Schwamm von feuchten Klippen abgerissen wird, bebt er, als ob er die Gewalt spüre. Wieviel mehr müssen Unrecht und Gewalt lebende Wesen schmerzen«, erläutert das Epigramm und verweist auf die Natur des Schwamms. *Geduld* heißt seine Tugend. Wie er das Wasser aufsaugt, bis es ihn ganz füllt, »so sollen die Guten das unverschuldete Leid tragen«.[2]

Patientia ist auch der Titel von 24 Emblemblättern, die Hoefnagel während seines Aufenthalts in England als Trostspiegel für sich und seinen Freund Johannes Radermacher schuf.[3] Der Stadt Antwerpen durch Albas Schergen entrissen, lebte der gelehrte Kaufmann Radermacher, latinisiert Rotarius, seit dem Jahre 1567 im Londoner Exil.

Auch dieser Freund der schönen Künste führte ein *album amicorum.* Es versammelt die gleichen Gelehrten, Künstler und Staatsmänner aus dem Umkreis des *Schweigers* wie das seines langjährigen Freundes Ortelius, in dem sich Rotarius mit der Devise BONIS IN BONUM verewigt hat.[4] Hoefnagel »widmet und schenkt« die *Patientia* »dem einzigartigen Gönner aller ehrbaren freien Künste und Wissenschaften, seinem besten Freund, aus enger Verbundenheit und Dankbarkeit«. Radermacher hatte ihm in den »unglückseligen und widrigen Zeiten des Streits zwischen dem König von Spanien und Eng-

[1] *Emblemata,* Sp. 360.

[2] Ebd.

[3] Vgl. R. van Roosbroeck, *Patientia, 24 politische emblemata door Joris Hoefnagel 1569,* Antwerpen 1935.

[4] *Album,* S. 71.

lands Königin« geholfen, Überdruß und Schwermut zu verscheuchen, indem er »das Spiel seiner offenkundigen Gaben wiederbelebt hat«.[1]

Unter den efeuumschlungenen knorrigen *Patientia*-Buchstaben auf dem Titelblatt hat Hoefnagel *NE SUTOR ULTRA CREPIDAM* als Motto gewählt. Die Mahnung an den Schuster, bei seinen Leisten zu bleiben, geht auf eine von Plinius überlieferte Geschichte des Malers Apelles zurück:

»Seine vollendeten Werke stellte er im Vorbau seines Hauses für die Vorübergehenden aus und hörte, hinter der Tafel verborgen, die Fehler, die man anführte, wobei er das Volk als einen sorgfältigeren Richter betrachtete als sich selbst. Man berichtet, ein Schuster habe getadelt, daß er an den Schuhen auf der Innenseite eine Öse zu wenig angebracht habe; als dieser aber am nächsten Tage, übermütig durch die Verbesserung des vorher genannten Fehlers, etwas am Bein bekrittelte, soll Apelles, darüber aufgebracht, hervorgesehen und gesagt haben, der Schuster solle bei seinen Leisten bleiben …«[2]

Den Blick alles andere als ergeben zum Himmel gewandt, die Arme trotzig unter dem nackten Busen verschränkt, sitzt die von der alten Frau bestärkte *Patientia* am Pranger. »Patientia bin ich in Person, / Hoffnung tröstet mich in meiner Qual / Hoffnung macht mich froh in der Trübsal / erhebt mein Herz zum Himmelsthron«, beginnt der Vers der in den Block geschlagenen Schönen.[3]

In Mühsal und Leid auf Gott zu vertrauen ist nach neostoischer Auffassung eine Frage des Mutes. Geduld gilt als eine Tugend des Widerstands, wie eine Reihe von Sprichwörtern, *schöne, weise, herrliche Clugreden und Hoffsprüch* erhellen: *Gedult sigt wider alles übel. In gedult*

[1] Vignau-Wilberg 2001, S. 161.
[2] *Naturkunde,* Bd. XXXV, 85.
[3] Vignau-Wilberg 2001, S. 137-162.

bringt mann frucht. In der gedult besitzen wir unsere seelen. Der gelert würt bey der gedult bewert. Der starck wechßt in der gedult gart.[1]

Lipsius preist »die Geduld und Erniedrigung des Gemüts« als wahre Mutter der Standhaftigkeit. Er definiert sie als »DAS ZWANGLOSE UND KLAGLOSE ERDULDEN ALLER DINGE, DIE EINEM MENSCHEN VON IRGENDWOHER GESCHEHEN ODER WIDERFAHREN. Wenn dieses Erdulden mit rechter Vernunft aufgenommen wird, ist es die einzige Wurzel, auf die sich die Höhe dieser allerschönsten Stärke gründet. Hüte dich davor, daß sich dir nicht auch hier der Wahn aufdrängt, der dir oft anstatt der Geduld die Kleinmütigkeit und die Faulheit eines verwelkenden Gemüts vormacht, die wirklich große Laster darstellen, deren Ursprung die Geringschätzung ist, die der Mensch von sich selbst hat.«[2] Wie aber geduldig und standhaft sein, wenn es an gar nichts fehlt? Ohne Unheil keine Tugend. »Und so wie die Bäume, die vom Wind gebeutelt werden, mehr und mehr einwurzeln, so nehmen auch die guten Menschen an Tugend zu, wenn sie bisweilen von den Winden der Widerwärtigkeit angeweht werden. (...) Wenn der Wind dem Steuermann immer von hinten die Segel füllen würde, dann könnte er seine Kunst nie zur Anwendung bringen. Wenn einem Menschen also immer Glückliches und Wunschgemäßes widerführe, könnte er niemals seine Tugend unter Beweis stellen. Der Schicksalsschlag ist nämlich ihre einzige und untrügliche Feuerprobe.«[3] Nicht um die Tugend als Selbstzweck geht es dem Weisen dabei, »die Stärke und Geduld der Guten in ihrem Unglück dient nämlich dieser finsteren Welt gleichsam als Licht.«[4]

[1] Sebastian Franck, *Sprichwörter,* hrsg. v. Wolfgang Mieder, Hildesheim, Zürich, New York, 1987, S. 52.
[2] *Von der Standhaftigkeit,* 1998, S. 31.
[3] Ebd., S. 227. [4] Ebd.

Aus Dornigem bezieht der sanfte Distelfink seine Kraft, wie ein Emblem des Camerarius lehrt. Schwere Schicksalsschläge sind dem Tapferen eine stärkende Nahrung.[1]

Distelfink frißt Distelsamen,
aus: Camerarius III, Nr. 75.

Werdet aus Schaden klug, »Schade leer u«, war die Lieblingsdevise des Malers, Dichters und gewandten Höflings Lucas de Heere und zugleich das Anagramm seines Namens, das sein Schüler Carel van Mander kommentiert: »Mir scheint, daß dies sehr klug von ihm ausgesonnen und dazu ein lehrreicher guter Spruch ist. Denn wenn man seinen eigenen Schaden fühlt und die Ursache davon erkennt, auch den eines andern sieht oder davon hört und bedenkt, wodurch er entstand, kann man am allerbesten lernen, eigenem Schaden vorzubeugen oder ihm auszuweichen.«[1]

Gent, Antwerpen, Paris, Fontainebleau, Gent, London, Gent, Paris heißen die Stationen des Lebens von Lucas de Heere, der ein beliebter Gast an den diversen Höfen war. In Fontainebleau, als die frisch verwitwete Regentin Katharina von Medici sich noch mit Psalmen-Gesang und Evangelium-Lektüre irenisch gab, entwarf

[1] *Emblemata,* Sp. 869. [2] Zit. n. *Leben der Maler,* S. 237.

Filips Galle, *Portrait des Joannes Sambucus,* 1572, Kupferstich.

der junge Lucas in ihrem Auftrag Tapisserien für die königliche Residenz. Bevor er 1567 mit seiner Frau nach England floh, zeichnete er unter anderem Vorlagen für die Holzschnitte des Emblembuchs von Sambucus, der ein Universalgelehrter und eifriger Sammler von Kunstwerken und Münzen war. Auch Lucas nannte eine Antiken- und Münzsammlung sein eigen. Seine Liebe zur Antike spiegelt die Devise, die er seiner Gedichtsammlung *Den Hof en de Boomgaerd der Poesien* von 1565 vorangestellt hat: *T'Oudste is t'beste,* »das Älteste ist das Beste«. In seinem Garten der Poesie steht zwischen religiösen, paradoxen, frivolen und erotischen Gedichten, Epigrammen, Epitaphen und Liebesbriefen auch eine Ode an den Genter Altar, in der er die Malerei der Brüder van Eyck als ein von Kunst überströmendes Meer lobpreist. »Doch hat es keinen Wert, etwas besonders zu preisen, da jede Einzelheit ein schönster und reichster Edelstein ist; denn es scheint, als ob hier alles lebe und aus dem Bilde heraustrete. Spiegel sind es, Spiegel und keine Bilder.« Vier Eigenschaften Jan van Eycks hebt er hervor, »die ein Maler haben muß: Geduld, Gedächtnis, Verstand und Geist in Fülle«.[1]

Nach der Pazifikation aus dem Londoner Exil zurückgekehrt, entwarf Lucas als Mitglied der Genter Rhetorikerkammer »Jesus mit der Balsamblume« die Reden und Dekorationen für den feierlichen Einzug Wilhelms, Graf von Nassau, Prinz von Oranien, Ritter vom Goldenen Vlies in die Stadt Gent im Dezember 1577. Nachdem er die dem *Schweiger* gewidmete Abhandlung *Traité de l'Eglise* von Philippe Du Plessis-Mornay ins Niederländische übersetzt hatte, nahm er an der Gestaltung der *Joyeuse Entrée* des Duc d'Anjou 1582 in Antwerpen teil. Das vertrauliche Verhältnis von Marnix van St. Aldegonde zu dem Maler aus Gent belegt ein Brief von Marnix an Lucas im *album amicorum* von Rotarius.[2] Als »Kanzlist der Rechnungskammer und Pensionär des Prinzen von Oranien« und dessen rechter Hand Marnix entwarf Lucas die Valois-Tapisserien, die als Geschenk für Henri III gedacht waren. Mit dieser gewebten Beschwörung einer Versöhnungspolitik des Hauses Valois versuchten Marnix und der *Schweiger* vergeblich, den von seiner Mutter und seinen *mignons* beherrschten König von Frankreich für ihre Ziele einzuspannen. So kam das prächtige Geschenk des Befreiers der Niederlande in die Residenz der Frau, die für die Bartholomäusnacht verantwortlich war: Katharina von Medici.

Am 10. Juli 1584 wurde Wilhelm von Oranien in Delft von einem katholischen Fanatiker meuchlings erschossen. Lucas de Heere, der ihn in einer der Valois-Tapisserien als Ritter verewigt hat und ihm ganz ergeben war, starb einen Monat später in Paris.

In vier Versionen hat Lucas vier Freunden sein Emblem mit dem Anagramm seines Namens gewidmet, das

[1] Zit. n. *Leben der Maler,* S. 31.
[2] Vgl. Frances A. Yates, *The Valois Tapestries,* London 1959, S. 30.

D. GEORGIC
ET POETÆ
AMICITIÆ
PETVÆ TES
CAS D'HEERE

Lucas de Heere, *Damna Docent,*
braune und blaue Tinte auf Papier, 2. August 1576.
(Rijksmuseum Amsterdam.)

eine Sirene darstellt, die mit ihrem Leierspiel Seefahrer ins Verderben lockt. Ortelius, Demetrius, Vivianus und Hoefnagel heißen die Freunde. Am schönsten ist das Blatt für seinen Maler- und Dichterkollegen ausgefallen, eine lavierte Federzeichnung, in der das goldgehöhlte Schade leer u ins Epigramm eingefügt ist, während es als lateinisches Lemma *Damna Docent* am Himmel über der Sirene schwebt. Für das Epigramm hat Lucas die Form des Sonetts gewählt:

»Dit selsaem dier, daer Homerus af spreeckt
Half vrouw, half visch, in het ghelaet minsame.
Trect ende loct met syn spel aenghename
Man ende schip dat aen de clippen steect
Ulisses volck, twelck gheen wijsheyt embreect
Vaert snel wor by sonder schade ofte blame.
Die twerck des vleesch volght, al schijnet bequame
Neemt quaden eyndt: want God sick aen hem wreect
Maer die het schuwt, en 'volghdt vast na de deuchdt,
Gheniett den loon dat's rechte weeld' en 'vreuchdt
Al lede hy hier onder-weghe wat strijts:
Dus ghy die weett watt is den dienst der sonden,
Hoe hy de ziel end tlichaem gheeft dood'-wonden
Schade leer u, wys te werden in tijts.«

(Dies seltsame Tier, von dem Homer spricht / Halb Frau, halb Fisch, mit schönem Angesicht / Zieht und lockt mit seinem angenehmen Spiel / Mann und Schiff, das in den Klippen steckt / Ulysses' Volk, das keiner Weisheit gebricht / Fährt schnell vorbei ohne Fehl noch Schaden. / Wer dem Werk des Fleisches folgt, scheint tüchtig / Nimmt ein böses Ende, wenn Gott sich an ihm rächt / Aber wer es scheut und beständig der Tugend folgt / Genießt den Lohn, daß es eine rechte Wonne und Freude ist / Mag er dabei auch unterwegs manche Kämpfe durchstehen / Du also, der weiß was der Dienst der Sünden ist, / Wie er Todeswunden schlägt an Seele und Leib / Lerne aus dem Schaden, weise zu werden zur Zeit.)

Als Zeugnis immerwährender Freundschaft hat Lucas de Heere sein schönstes Sirenen-Blatt am 2. August 1576 dem »ruhmreichen Maler und Poeten Georgio Hoefnaghel« gewidmet. Ein gutes Jahr später ließ Joris seine Frau Susanna van Onchen und seinen vierjährigen Sohn Jacob in Antwerpen zurück, um auf dem Weg nach Italien zu werden, was er schon war.

Kunstkammern

Anfang Oktober erreichten die beiden Italienpilger Augsburg, das als die schönste Stadt in Deutschland galt. »Im allgemeinen sind hier die Häuser schöner, größer und höher als in irgendeiner französischen Stadt, die Straßen viel breiter«, schreibt Montaigne, der drei Jahre später im Oktober einige Tage in Augsburg weilt. »Nulle belle femme«, weder in den Straßen noch bei der pompösen Hochzeit eines venezianischen Faktors der Fugger. Ansonsten hat der Philosoph an Augsburg nichts auszusetzen. Er wohnt in unmittelbarer Nähe des Fugger-Palastes in einem reinlichen Gasthaus und läßt sich riesige Krebse und diverse Pasteten auftragen, »große und kleine, in irdenen Gefäßen von der Farbe und genau in der Form einer Pastete in der Kruste (...) Es vergehen wenige Mahlzeiten, ohne daß einem nicht Zuckerwerk und Schachteln mit kandierten Früchten angeboten würden. Das Brot ist das denkbar ausgezeichnetste, die Weine sind sehr gut und wie überhaupt bei diesem Volk meist weiß; um Augsburg wächst keiner und er kommt fünf bis sechs Tage weit her.«[1]

[1] *Journal de Voyage en Italie,* in *Œuvres complètes,* S. 1155-61 (Übers. A. A.).

Auf der Weiterreise schreibt er einem Freund, am Besuch Deutschlands habe er so großen Gefallen gefunden, »daß er es mit großem Bedauern verlasse, obschon es Italien sei, wohin er nun komme; daß die Fremden dort wie überall an der Geldgier der Wirte zu leiden hätten, daß er aber meine, das ließe sich ändern, wenn man nicht den Führern und Dolmetschern ausgeliefert wäre, die einen verkaufen und am Profit teilhaben. Ansonsten scheine ihm überall Bequemlichkeit, Höflichkeit und vor allem Recht und Sicherheit zu herrschen.«[1]

Im unbehaglichen Trient mit seinen engen Gassen kommen ihm die Fugger wieder in den Sinn, »denen zumeist die Verschönerung von Augsburg zu danken ist, denn sie haben mit ihren Palästen alle Plätze und mit ihren Stiftungen die Kirchen gefüllt.«[2] Die Nachkommen »der reichsten Kaufleute der Christenheit«[3] entfalteten in ihren Schlössern, Gärten und Stadtpalästen die größte Pracht, als der Glücksstern über ihren Handelskontoren längst erloschen war. Durch Heirat mit dem Adel verbunden, waren sie eher den Künsten und Wissenschaften zugetan als dem Handel und Kreditwesen. 1577 war die Handelskompagnie *Marx Fugger und Gebrüder* durch die ungeheure offene Schuld des spanischen Staates, die nie beglichen werden sollte, mit 5,8 Millionen fl. belastet. Die Umschichtung großer Vermögenswerte in Landbesitz bewahrte die Familie jedoch vor dem Bankrott. Im von Hans Fugger erweiterten Augsburger Palast betrat Montaigne die reichsten Räume, die er je sah.

Wo Hoefnagel und Ortelius in Augsburg wohnten, ist nicht überliefert. Bei einem früheren Aufenthalt in

[1] Ebd., S. 1173.

[2] Ebd., S. 1174.

[3] Als reichste Kaufleute der Christenheit kommen »les Fourques de Auxbourg« in einem Brief von Rabelais vom Dezember 1535 vor. Vgl. *Œuvres complètes,* S. 1002.

der Stadt von Ortelius' Vorfahren[1] hatte der Kosmograph wie der Philosoph »unweit der Fugger«[2] gewohnt. Gewiß haben Joris und Abraham bei ihrem Besuch im Fugger-Palast auch die beiden Räume im neuen Flügel besichtigt, die Montaigne so lakonisch beschreibt: »der eine hoch, groß, mit Marmor ausgelegt; der andere niedrig, reich an modernen und antiken Münzen, mit einem Kämmerchen am Ende.«[3]

Die mit Marmor ausgelegte Halle stimmt mit dem *goldenen Festsaal* im ersten Stock des Gebäudes am Zeugplatz überein, das niedrige Gewölbe mit dem 14 Meter langen, 5,90 Meter breiten und 4 Meter hohen Bibliotheks- und Musikzimmer im Erdgeschoß und der sich anschließenden Kunstkammer. Friedrich Sustris und Antonio Ponzano haben diese Räume 1569 bis 1573 mit zauberhaften Fresken in der von Vasari gerühmten »dolcissima maniera« geschmückt. Später haben sie ähnliches im Antiquarium der Münchner Residenz für Herzog Albrecht V. geschaffen. Montaigne übergeht die Grotesken im *Reisetagebuch,* obwohl er in den *Essais* die eigene Methode, Gelesenes, Gehörtes, Gelebtes und Gedachtes um ein mittleres Kernstück willkürlich aneinanderzureihen, mit dem Verfahren eines Malers vergleicht, der den Raum um ein elaboriertes Gemälde in der Mitte der Wand scheinbar zusammenhanglos mit mannigfaltigen Grotesken anfüllt.[4]

Im Licht- und Schattenspiel der von fünf hoch liegenden Fenstern erleuchteten Bibliothek tummeln sich auf den Zwickeln der achtzehn Stichkappen des Gewölbes, in den tiefen Fensternischen, im Spiegel der zu einer leichten Mulde gekrümmten Decke des »niedrigen« Raumes: Mädchengestalten in fliegenden Gewändern, Putten, Satyre, Greisenköpfe, Sphinxe, Hermen, Sire-

[1] Wilhelm Ortel, der Großvater von Ortelius, war 1460 von Augsburg nach Antwerpen gezogen.

[2] Vgl. Hessels, Nr. 44. [3] *Journal,* S. 1157. [4] *Essais,* I, 28, S. 181.

nen, Tritonen, Seeungeheuer, greuliche Fabelwesen und kleine Affen zwischen Blumen, Früchten, Vasen, Lampen, Tüchern, Libellen, Vögeln und Fischen auf hellem Grund. Auf zehn der frontalen Zwickel stellen Apollo und die neun Musen – acht mit Musikinstrumenten, eine mit Maske – auf dunklem Grund den Kontrast zum hellen Spuk der Grotesken dar.

In der quadratischen Kunstkammer ziehen zwölf Stichkappen die Kuppel zu einem Stern herab, in dem das tolle Treiben mannigfaltiger Grotesken die dunklen Medaillons der personifizierten Jahreszeiten umgibt. In der Mitte der flachen Kuppel scheint eine runde Öffnung den Blick auf den Himmel freizugeben, und weil Sustris am Fugger-Himmel nicht spart, hat er den Wolkendunst in Gold gemalt. Darinnen entschwebt, ganz nackt, in Trompe-l'œil-Perspektive: Fortuna, Blumen herabstreuend.[1]

Vom Sammlerglück, das in diesen Räumen aufbewahrt war, den Einhörnern[2], Kolibrifedern, Wachskunststückchen, Muschelgeräten, Handsteinen, goldgefaßten Bezoaren[3], Straußeneiern und Greifenkrallen[4], den Uhren, Automaten, Büchsen, Schellen, Kruzifixen, den Gemälden, Büsten, Antiken und Musikinstrumenten ist bei Montaigne nicht die Rede. Dem Beobachter des Menschenlebens und Gedanken-Sammler scheinen Kunstkammer-Objekte gleichgültig gewesen zu sein. Hätte Erzherzog Ferdinand II. ihm die Besichtigung von Schloß Ambras nicht verwehrt, würde Montaigne wohl auch über diese berühmte Sammlung von Mirabilia, Naturalia, Arteficialia und Scientifica kein Wort verloren haben. Einzig die modernen und antiken Münzen der Fugger-Sammlung hebt der Philosoph hervor,

[1] Vgl. Georg Lill, *Hans Fugger und die Kunst,* Leipzig 1908, S. 53 ff. Die von Sustris geschmückten Räume wurden 1944 zerstört.

[2] Narwalzähne. [3] Steine, die im Magen bestimmter Tiere wachsen.

[4] Hörner exotischer Antilopen.

und diese hatten auch den Kosmographen nach Augsburg gezogen. Die Numismatik war das Steckenpferd vieler Humanisten der Zeit. 968 Namen umfaßt die Liste der europäischen Sammler, die ein Freund von Ortelius, der Numismatiker, Stecher, Maler und Verleger Hubert Goltzius, in seiner *Geschichte der römischen Kaiser nach alten Münzen* veröffentlichte.[1] Mit der Begeisterung für die Antike entfaltete sich der emblematische und der historische Sinn. Wie bedeutsam die Geschichte für Ortelius war, geht aus seinem Vorwort »An den günstigen Leser« im *Theatrum oder Schawbuch des Erdtkreys* hervor: »Dann (die wahrheyt zu sagen) wann man die Sach recht erweget / was ist das leben des Menschen anders / dann eine Histori / welche er in seiner Geburt anfahet/ im leben übt / und im absterben vollendet? Also / daß es scheint / als habe ein jeder Mensch seine besondere

Joris Hoefnagel, *Römische Münzen,*
Aquarell und Deckfarben auf Pergament, 9,3 cm x 12,6 cm.
(Prentenkabinet Universiteit Leiden.)

[1] *C. Julius Caesar sive Historiae Imperatorum Caesarumque Romanorum ex Antiquis Numismatibus Restitutae,* Brügge 1563.

Histori / dadurch er zu diser wissenschafft / was anderen vor jhme widerfahren / was noch jetzt in lauff / und was nach seiner zeyt zukünfftig sey / gereytzt und bewegt wirt.«[1]

Unter den zahlreichen Münzsammlern ist Ortelius einer der kenntnisreichsten und leidenschaftlichsten gewesen. Kaum ein Brief in seinen Korrespondenzen, in dem es außer um Karten und Bücher nicht auch um antike Medaillen und Münzen geht. 1573 veröffentlichte er bei Plantin ein numismatisches Werk mit Stichen von Filips Galle, das er Sambucus widmete: *Deorum Dearumque Capita ex Vetustis Numimatibus in Gratiam Antiquitatis Studiosorum Effigiata et Edita. Ex Museo Abrahami Ortelii Antverpiae.* Die Häupter von 54 Göttern und Göttinnen der antiken Münzen seiner vielbewunderten Sammlung sind in diesem kleinen Buch in von Grotesken umrahmten Medaillons dargestellt und in Rollwerk-Kartuschen bezeichnet.

Der Arzt und Botaniker Joachim Camerarius hatte Ortelius im Juni 1577 von zwei bedeutenden Münzsammlungen in Augsburg berichtet.[2] Die eine gehörte einem gemeinsamen Freund, dem Arzt und Numismatiker Adolph Occo, die andere Marx Fugger. Beide Sammler waren zugleich als Agenten für die Sammlungen von Kaiser Rudolf II., Erzherzog Ferdinand II., Herzog Albrecht V. und dessen Sohn Wilhelm tätig. Man kann sich die Erlesenheit ihrer »antiquitetpfennige« vorstellen, wie auch die Kostbarkeit der Behältnisse, in denen sie aufbewahrt waren. Was den Fürsten recht war, war dem Agenten billig. Ferdinand II. bewahrte seine römischen Goldmünzen in einem als Tempel gestalteten Münzschränkchen aus Ebenholz auf, das mit seinen vergoldeten allegorischen Bronzefiguren ein Meisterstück des Augsburger Kunsthandwerks war. Ein auf blauen Taft gebettetes Alraunenpaar – Wurzelmännchen und

[1] Antwerpen 1580. [2] Hessels, Nr. 70.

Christian Romstet,
Portrait des Joachim Camerarius d. J., Kupferstich.

Wurzelweibchen –, bewachte in einer Lade den Schatz-tempel.[1]

Occos medaillenartiges Portrait illustriert seine Album-Widmung vom Oktober 1577 an Ortelius, die mit einem Horaz-Zitat für den Italienpilger schließt: »Auf, mein Held! Auf, wohin dich deine Tapferkeit ruft!«[2] Den nächsten Tag verbrachten Abraham und Joris im Fugger-Palast, und noch am selben Tag stellte ein Brief von Marx Fugger an Herzog Albrecht V. die Weichen für das Schicksal des Antwerpener Miniaturisten:

»Durchleuchtiger hochgeborner Furst, Eur Fürstliche Durchlaucht sein mein underthanig willig dienst zuvor. Gnediger herr, zaiger diß Abraham Ortelius ist ain gelerter Mann, unnd des Khunigs auß Spania Cosmographus, dem will der lufft zu Anttorff auch nit schmeckhen, hatt derhalben ain Raiß nach Italiam und Rom

[1] Vgl. Julius Schlosser, *Kunst- und Wunderkammern,* Wien 1923, 2. erweiterte Ausgabe, Braunschweig 1978, S. 101.

[2] *Album,* fol. 37v., fol. 38 und S. 35 f. Hieronymus Wolf, der sich am gleichen Tag ins Album eintrug wie Occo, sind wir schon begegnet.

fur sich genomen, ist gar ain guetter Antiquarius, hatt auch beij ime seinen befreundten ainen, wellicher gar ain furtreffenlicher Maler, der wirdt Eur Fürstlichen Durchlaucht etliche Kunststuckh von gemählen zaigen, welche derselben KunstCamer meins erachtens wol wurden zieren, wanns Eur Fürstliche Durchlaucht umb ain leidlichen Preiß mechten bekhommen. Sy haben auff dato mit mir geen morgen geessen, unnd vast disen gantzen nachmittag mit meinen pfenningen zugebracht, hab nit underlassen kunden, Eurn Fürstlichen Durchlaucht solchen zurecommendiern, unnd sy underthenig zubitten, so es anderst derselbigen nit zuwider, Eur Fürstliche Durchlaucht wolle diße beed Ir KunstCamer sehen lassen, und thue derselben mich hiemit underthenig bevelhen, datum Augsburg den 8ten Octobris Anno etc. 77 – Eur Fürstliche Durchlaucht undertheniger Marx Fugger.«[1]

Adolph Occo schloß sich mit einem Empfehlungsschreiben für seine Freunde aus Antwerpen an. In gewähltem Humanistenlatein bittet auch er den Herzog, den beiden die Schätze seiner Kunstkammer in der Residenz zu zeigen. Seine Fürstliche Hoheit werde dafür Gemälde zu sehen bekommen, insbesondere eine Darstellung von Sevilla, wie sie vermutlich noch keine sah. »Ihro Hoheit werden sehen und staunen.«[2] Und tatsächlich staunte sie.

Die glücklichen Gefilde

Albrecht V. erwarb die Sevilla-Miniatur für einhundert Goldkronen und bot Hoefnagel die seit 1573 vakante Stelle des verstorbenen Hofminiaturisten Hans Mielich an. Joris verpflichtete sich für die Zeit seiner Rückkehr aus Italien und setzte seine Reise mit Abraham

[1] Vignau-Wilberg 1985, S. 159. [2] Ebd., S. 110.

fort. Die italienischen Eintragungen im Album sind spärlich. Zwei Freunde zeugen von einem Aufenthalt in Ferrara, ein einziger trug sich in Rom ein.[1] Die *Civitates* entschädigen uns. Von den vierzehn Ansichten, die Hoefnagels Reise illustrieren, nehmen die des glücklichen Campaniens der Antike den größten Platz ein. Diese Gegend zwischen Rom und Neapel galt als die schönste des Erdkreises.

Hoefnagels Ansichten der *Campania felix* künden von »der überaus großen Wollust der Baiaeischen Brunnen, schweflichte und feurige Dünste auswerfende Berg, Stätt, Schiffländen, ruchbare See, heimliche Gänge unter der Erden, grose Hölen…«, rühmt Georg Braun in seiner Einführung zum dritten Band.

Joris Hoefnagel, *Nocera und Castelnuovo,*
aus: *Civitates orbis terrarum,* Bd. V, 64.

[1] *Album,* f. 15, f. 121, f. 121v.

Meistens hat sich der Maler neben seinem »sehr angenehmen Begleiter« selbst mit ins Bild gesetzt.[1] Man erkennt die Reisenden sofort daran, daß sie stets auf etwas zeigen. An Castelnuovo in der Toskana fahren sie auf der Straße nach Rom in einem tonnenförmigen Wagen vorbei. Bei den »wunderbaren und staunenswerten« Wasserfällen von Tivoli sieht man sie einen steilen Pfad hinabsteigen. Vor der Kulisse Velletris mit dem Monte Circeo, »wo, wie die Dichter erzählen, Circe gewohnt haben soll«, folgen sie in zerklüftetem Gelände phantastisch geschmückten Mauleseln, die ihr Gepäck tragen.

Joris Hoefnagel, *Tivoli,*
aus: *Civitates orbis terrarum,* Bd. III, 52.

[1] Zitiert aus der Inschrift des Bildes von Gaeta. Dieses wie alle folgenden Zitate sind dem Katalog der *Beschreibung und Contrafactur der Vornembster Stät der Welt,* eingeleitet und kommentiert von Max Schefold, Plochingen 1965, entnommen.

Joris Hoefnagel, *Velletri,*
aus: *Civitates orbis terrarum,* Bd. III, 53.

Joris Hoefnagel, *Forum Vulcani,*
aus: *Civitates orbis terrarum,* Bd. II, 58.

Mitten im »naturgetreuen und genau nach dem Leben gemalten Bild der wundervollen Schwefelberge bei Pozzuoli« beobachten die elegant gekleideten Wanderer die Alaun- und Schwefelgewinnung. »Das Wasser hier ist immer schwarz, schlammig und so heiß, daß ein hineingetauchtes Ei gekocht wieder herauskommt«, belehrt der dazugehörige Text, »das Wasser braust auf wie das Meer und erhebt sich beim Aufwallen oft bis 24 Handbreit hoch.« Das allegorische Beiwerk dieser Ansicht des Forum Vulcani ist der Schmiede des Vulkan entnommen. Der Devise zwischen den Ungeheuern mit Eselskopf und Medusenhaupt werden wir später wiederbegegnen.

Am Hochufer des Thyrrenischen Meeres in der Nähe von Formia zeigt Abraham seinem Freund Joris das Kap Gaeta und die gleichnamige Stadt in der Ferne. Am Lago Averno weist der Archäologe auf die Reste eines Apoll-Tempels hin, während der Maler die Landschaft mit der Grotte der Sibylle von Cumae im Skizzenbuch festhält.

Am Lago d'Agnano mit der Grotta del Cane verfolgen beide aufgeregt die Wiederbelebung eines Hundes: »Wahrhaftiges Bild des Agnianer Sees und der todbringenden Höhle, die weder geräumig ist noch tief in den Berg hineinführt, sondern sacht nach Norden hin sich senkt. Wenn da ein Lebewesen hineingerät oder -gejagt wird, stirbt es alsbald; wird es aber sofort herausgeholt und in erwähnten See geworfen, kommt es allmählich wieder zu sich und lebt auf.«

Die ausführlichsten Erläuterungen weist die Ansicht von Pozzuoli mit dem Golf von Baiae auf. »Die Köstlichkeiten des glücklichen Campaniens« sind »die Wonnen des Erdkreises. Die Anmut der überreichen Natur. Hier bringen ein immerwährender Frühling und die Wärme der übrigen Monate doppelt schwere Früchte und doppelt tragende Bäume hervor. Kein Ort auf der Welt übertrifft das liebliche Baiae.«

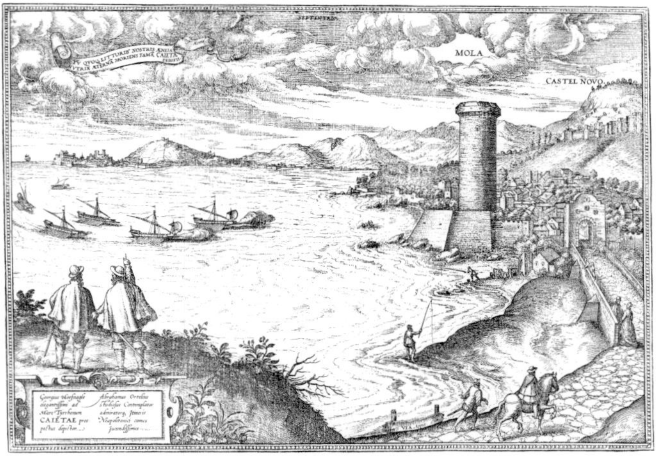

Joris Hoefnagel, *Gaeta und Formia,*
aus: *Civitates orbis terrarum,* Bd. III, 55.

Joris Hoefnagel, *Die Grotte der Sibylle von Cumae,*
aus: *Civitates orbis terrarum,* Bd. III, 57.

ORBIS TERRARVM DELITIÆ
NVLLVS IN ORBE
A.
B.
C
D
E
G
Y
T
S
V
HIC VER ASS
BIS GRAVIDÆ
A. Mare Tirrhenum
B. Promontorium Misenum olim mons aërius, nunc Misenus dictus a Miseno Æneę Tubicine Jbi sepulto. Verg: 6: Æneid. Jn radice huius montis crÿpta est stupendi operis quę Vulgo grotta Trachonara appellatur.
C. Prochijta Jnsula.
D. Jschia insula quę etiam Aenaria et Pithecusa dicta fuit
E. Mare mortuum
F. Jn Visceribus huius Jsthmi piscina mirabilis est quam L. luculli domus fondamenta fuiße perhibetur. Visuntur etiam Jn hisce rupibus subterranea edifitia que vulgo ab Jncolis le cento camarelle appellantur, et supra montem locus Jngens est Jn circuitu Theatri Jnstar Jngentes ostẽdens ruinas, vbi olim celebrabantur quinquatria Jn honorem Minervę hodie mercato del sabato dicitur.
G. Castrum baianum
H. Sinus baianus
I. Templum herculis, bauli, vulgo truglio di baie
L. Balneum Trituli, siue frituli.
habet eadem hęc rupis Jn visceribus crÿptam manu cauatam, admodum arctam per ascensum multorum graduum Jn longitudinem protensam, odoris suauis: Jn qua si quis erectus Jngrediatur, statim sudore pręhenditur: si pronus et Jnflexus friget: Vulgo sudatorio appellatur
M. Hic sub mare via videtur silicibus constrata quę Romam ducebat. Visuntur et fondamenta et moles claustrorum lacus lucrini.
ABRAHAM

Joris Hoefnagel, *Pozzuoli*
oder die Köstlichkeiten des glücklichen Campaniens,
aus: *Civitates orbis terrarum,* Bd. III, 56.

Von A bis Y ist jede Einzelheit im Bild erklärt:

»A: Thyrrenisches Meer. B: Kap Misennum, einst ein hochragender Berg, heute Miseno benannt nach dem dort begrabenen Trompeter des Aeneas namens Misenus (Vergil, Aeneis 6). Am Fuß dieses Berges ist eine eindrucksvolle Grotte, die auf italienisch ›Grotta Trachonara‹ heißt. C: Die Insel Procida. D: Die Insel Ischia, die auch Aenaria und Pithecusa hieß. E: Ein abgetrennter Meeresteil. F: Im Innern dieser Landzunge ist ein seltsamer Teich, wo früher der Palast des Lukullus gewesen sein soll. Man kann auch in jenen Felsen unterirdische Gebäude sehen, die von den Einwohnern ›le cento camarelle‹ genannt werden. Oben auf dem Berg ist ein großer Platz, auf dem wie in einem Theaterrund riesige Ruinen stehen, wo einst Feste zu Ehren der Minerva gefeiert wurden; der Ort heißt heute ›Mercato del sabato‹. G: Die Festung von Baiae. H: Die Bucht von Baiae. I: Ein Tempel des Herkules, italienisch ›Truglio di baiae‹. L: Das Bad Trituli oder Frituli. – Eben dieser Fels hat in seinem Innern eine von Menschen geschaffene Höhle, ziemlich gekrümmt und viele Schritte ansteigend, von angenehmem Duft. Wenn jemand aufrecht hineingeht, beginnt er sofort zu schwitzen; geht er nach vorn gebeugt hinein, friert er; italienisch heißt sie ›Sudatorio‹. M: Hier sieht man unter dem Meer einen gepflasterten Weg, der nach Rom führte. Man sieht auch die Reste eines Damms um den Lucriner See. N: Hier war einst der ›lacus Lucrinus‹ (berühmt durch Austern!), von dem heute nur noch Spuren übrig sind, da er durch ein Erdbeben im Jahr 1538 verschüttet wurde. O: Der Berg hier heißt bei den Anwohnern Berg der Sibylle, weil an seinem Fuß die Grotte der Sibylle von Cumae ist. P: Der Averner See, der auch Acherusia heißt; hinter seinen Bergen lag einst das reiche Capua. Q: Der Neue oder Bimsstein-Berg, am letzten Septembertag 1538 durch ein Erdbeben und ungeheuren Brand in einer

Nacht aufgeworfen; er heißt auf italienisch der ›monte novello‹. Früher war hier Tripergole. R: Der Mons Gaurus, heute ›monte barbaro‹. S: Die Bucht von Pozzuoli. T: Die Stadt Pottuoli, anfangs Dicaearchia genannt. V: Nach Berichten Bögen von einer Brücke des Gajus Caligula. X: Der Weg, der über den Berg Olibanus führt, vorbei am Theater von Pozzuoli, einem Labyrinth. Der Weg führt weiter über die Montes flegreos et elucogos, oder Forum Vulcani, heute Solfataria. Schließlich führt der Weg über den Anianer See und die todbringende Grotte nach Neapel. Y: Alter Tempel, einst dem Jupiter, heute S. Proculo geweiht. Er ist mit großer Kunst aus weißem Marmor errichtet, aber durch das Erdbeben erschüttert.«

Joris Hoefnagel, *Neapel*
oder die Köstlichkeiten des glücklichen Kampaniens,
aus: *Civitates orbis terrarum,* Bd. V, 65.

Joris Hoefnagel, *Terracina,*
aus: *Civitates orbis terrarum,* Bd. III, 54.

Joris Hoefnagel, *Fondi,*
aus: *Civitates orbis terrarum,* Bd. V, 62.

In langer Inschrift huldigt Hoefnagel seinem Freund Ortelius und widmet ihm in Erinnerung an die gemeinsame Reise am 1. März 1580 »aus unserem Bavarischen Musentempel« das Pozzuoli-Blatt »als Unterpfand der Liebe«.

Im Januar 1578 hielten sich Ortelius und Hoefnagel in Rom auf, wie eine Eintragung im Album beweist.[1] Das verlockende Angebot des Kardinals Alessandro Farnese, Nachfolger des eben verstorbenen berühmten Hofminiaturisten Giulio Clovio zu werden, konnte Joris nicht annehmen, da er schon in München bei Albrecht V. im Wort stand.

Welchen Weg die beiden Reisekünstler nach Süden und zurück in den Norden genommen haben, geht aus den Städte-Ansichten nicht eindeutig hervor. Das größte Rätsel gibt Venedig auf. In seiner Darstellung des brennenden Dogenpalastes erklärt Hoefnagel, Augenzeuge des Brandes gewesen zu sein. Dieser ereignete sich am 20. Dezember 1577, nachdem Hoefnagel Castelnuovo in der Toskana und Nocera in Umbrien gezeichnet hatte, und vor dem Rom-Aufenthalt. Anscheinend sind Hoefnagel und Ortelius mal gemächlich, mal flink im Zickzack durch Italien gereist. So schnell wie ein Brief von Rom nach Venedig konnten sie allemal sein. Ein solcher brauchte im Schnitt vier Tage.[2]

Im April 1578 trennten sich die Wege des Malers und des Kosmographen. Ortelius kehrte mit reichen Schätzen für sein »Museum« nach Antwerpen zurück. Außer Büchern und Münzen sammelte er alles, was es für eine Kunstkammer zu sammeln gab: Gemälde und Statuen, Marmor aller Art, Bezoar-Steine, allerlei Naturalien, darunter eine Tarantel, exotische Muscheln und fabel-

[1] *Album,* fol. 15.

[2] Vgl. Fernand Braudel, *Das Mittelmeer und die mediterrane Welt in der Epoche Philipps II.,* übersetzt von Grete Osterwald und Günter Seib, Frankfurt a. M. 1979, Bd. 2, S. 28.

Oriens
AVGVSTI APVD VENETOS TEMPLI D: MARCI ACCVRATISSIM
EFFIGVRATIO.
Depinxit Georgius Houf

Joris Hoefnagel, *Venedig,*
aus: *Civitates orbis terrarum,* Bd. V, 60.

hafte Schildkrötenpanzer, von denen Frans Sweerts in einer nach dem Tod von Ortelius verfaßten Lebensskizze behauptet, einige wären so groß, daß zehn Personen ohne weiteres daran Platz nehmen und tafeln könnten, andere so winzig wie der Kopf einer Stecknadel.[1]

Viele Objekte der Sammlung waren Freundesgaben. So ein goldgefaßter Bezoar, den Arias Montanus 1591 mit einem Brief aus Spanien schickt. Ortelius möge ihn als Amulett gegen die Melancholie tragen, schreibt der treue Kaplan. Zwei weitere Bezoare sind als Heilmittel gegen das gleiche Leiden und zur Weitergabe an die Freunde gedacht. Silberkörner aus Amerika begleiten die kostbare Bezoar-Fracht.[2]

Fünf Jahre später trifft ein ganzes Füllhorn von Montanus in Antwerpen ein. Die Liste der Gaben aus der Kunst- und Naturalienkammer des Kaplans nimmt sich fast wie das Inventar der Exotika eines kleinen Raritäten-Kabinetts aus. Eine silberne Büchse enthält außer einem Ring für den Kosmographen einen goldenen Smaragdring für dessen »hochehrbare Schwester« und »ein Stück des echten Chalcantus[3] aus Westindien von wundersamer Wirkung gegen Mundfäule«. Neben die silberne Büchse hat Montanus ein »mit bemalten Blättern überzogenes Kästchen« gepackt, das folgende Gegenstände enthält: »Ein besonders feines und wirksames Exemplar des Steines Bezoar; ein goldenes Idol, ein Werk der Barbaren, gefunden in einem indianischen Fürstengrab; ein zweites Idol desselben Geschlechts und Stils aus Silber; das getriebene silberne Bild eines barbarischen Geschöpfes; ein Idol der Barbaren aus Hämatit; ein zweispitziger scharfer Ilex, den die Mexikaner als Rasier- und Schermesser benutzen; ein Polster aus der unerhört weichen Wolle des Vikunia, das ist eines Tieres, in dem die Bezoar-Steine gefunden werden.«[4]

[1] Vgl. *First Atlas,* S. 31. [2] Hessels, Nr. 195. [3] Kupferblüte.
[4] Hessels, Nr. 288.

Merkurs Pinsel und die minervige Libelle

Aus dem einzigen erhaltenen Brief von Hoefnagel an Ortelius geht hervor, daß auch Joris Sammler war. Sechzehn Jahre sind seit der gemeinsamen Italienreise vergangen, als er dem Freund in Antwerpen aus Frankfurt schreibt, daß er dreihundert Zeichnungen »guter und angesehener Meister« sein eigen nenne und bedaure, nichts von Henri Bles, Joos van Cleeve, Frans Floris, Pourbus und einigen anderen früheren Niederländern zu besitzen.[1]

Dreizehn Jahre malte er im »Bavarischen Musentempel«, wenn er nicht auf Reisen war.[2] Ob als Hofminiaturist in München oder als hofbefreiter Maler im Dienst des Kaisers Rudolph II. in Frankfurt, Wien oder Prag, stets wußte Hoefnagel sich eine gewisse Unabhängigkeit zu bewahren. Ein symbolisches Jahressalär von nur fünfzehn Gulden erlaubte es ihm in München, außer für den Bayernherzog auch für Erzherzog Ferdinand II. von Tirol, für die Fugger in Augsburg, die d'Este in Ferrara und andere Kunstsammler tätig zu sein. So dürftig das Jahresgehalt war, so fürstlich wurde Hoefnagel für die im Auftrag von Albrecht V. und dessen Nachfolger Wilhelm V. entstandenen Werke belohnt, die diese nicht aus der Staatskasse, sondern aus »eigenem Seckel« bezahlten.[3]

Unter Freunden bevorzugt Hoefnagel den Tauschhandel. Nach dem Motto »Kunst gegen Kunst« überläßt er Ortelius 1593 eine dem Kosmographen gewidmete Miniatur. »Hermathena« ist der Titel des allegorischen

[1] Hessels, Nr. 239.

[2] Ein Schreiben von Vincentius Porta aus Neapel an Ortelius belegt einen weiteren Aufenthalt Hoefnagels in Italien. Vgl. Hessels, Nr. 147.

[3] Vignau-Wilberg 1985, S. 115.

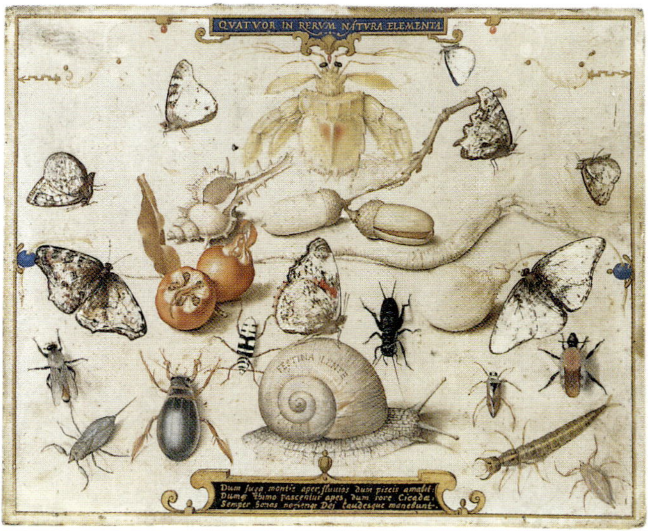

Joris Hoefnagel, *Festina Lente,* Aquarell
und Deckfarben auf Pergament, 19,6 cm x 25,4 cm.
(Mit freundlicher Genehmigung von Sotheby's, London.)

Blattes. Als Beschützer der Wissenschaften und Künste sind Hermes (Merkur) und Athena (Minerva) in der Renaissance so unzertrennlich wie Wort und Bild im Emblem. Rasch ist der Gott der Beredsamkeit, besonnen die Göttin der Weisheit. Ihre Verbindung ist der gleichen Liebe zum Paradox entsprungen wie die verwandte Maxime *festina lente,* »Eile mit Weile«.

Statt der Götter zeigt Hoefnagel ihre Attribute. Käuze und Eulen mit ihrem scharfen, die Nacht durchdringenden Gesicht sind der Athena heilig. Noch heute trägt der Steinkauz ihren Namen: *Athene noctua.* Die Ohreule nimmt sich mit ihren ohrenähnlichen Federbüscheln womöglich noch klüger aus.

Alle Nachteulen erregen das große Gezeter der Singvögel, wenn sie sich bei Tage sehen lassen. Das wurde als Neid und Haß der Unwissenden auf den Weisen gedeutet. *Ignari artes oderunt,* »Die Unwissenden hassen die Künste«, heißt es zur *Noctua* im Emblem des Sambucus.[1] In der oberen Kartusche der Ortelius-Allegorie sind bis auf das *a* alle Buchstaben des Wortes *Noctua* vom Pergament abgesprungen, *neminem habet osorem nisi ignorantem,* »Die Nachteule wird von niemandem außer von den Unwissenden gehaßt«, lautet der Sinnspruch.[2]

Die Ohreule hält in der rechten Kralle einen verwandelten Caduceus. Der friedenstiftende Zauberstab des Hermes, der die Schlichtung des Schlangenstreits darstellt, ist bei Hoefnagel ein Pinsel. Als Kartenkolorierer gehörte Ortelius der Malergilde Sankt Lukas in Antwerpen an, die in hermathenischer Weise mit der Rhetorikerkammer *de Violieren,* »die Levkojen«, verbunden war. Maler und Literaten huldigten den gleichen Idealen und nannten sich »Minervig gesonnene Merkuristen«.[3] Der Zwittergestalt Hermathena kam am nächsten, wer wie Joris Hoefnagel zugleich Maler und Dichter war oder wie Abraham Ortelius die Welt in Wort und Bild schmückte.

Als Utensilien des Weltschilderers liegen Pinsel und Stift, Farbmuschelschalen, Zirkel und Winkelmaß um Buch und Globus bereit. Zwei Olivenzweige sprießen wie Hörner aus der Globusstirn. Der Ölbaum galt der Antike als Schöpfung Athenas, die Ölgewinnung als eine ihrer Erfindungen. Wie die Taube zum Zeichen der Rettung mit einem frischen Olivenzweig im Schnabel zur Arche zurückkehrt, so erscheint die Göttin zum Zeichen des Friedens mit einem Olivenzweig oder -kranz. »Ich aber bin im Haus Gottes wie ein grünender Ölbaum«, singt David im 52. Psalm.[4] Athenas heiliger Baum ist mit seinen immergrünen Blättern und ölspendenden Früchten Sinnbild des Friedens, der Weisheit und

[1] *Emblemata,* Sp. 894.
[2] Vgl. Vignau-Wilberg 1969, Bd. I, S. 198.
[3] Vgl. Vignau-Wilberg 1969. [4] Ps 52, 10.

D. ABRAHAMO ORTELIO
Amicitiæ monumentum

Joris Hoefnagel, *Allegorie für Abraham Ortelius,* Aquarell und Deckfarben auf Pergament, 9,3 cm x 12,6 cm, 1593.
(Stedelijk Prentenkabinet Antwerpen, © Photo: Peter Maes.)

Allegorisches Titelblatt
des Pflanzenkatalogs von Emanuel Sweerts,
Florilegium, Frankfurt a. M. 1612.
(Mit freundlicher Genehmigung von Sotheby's, London.)

der Nächstenliebe. Im Wappen der Rhetorikerkammer *de Violieren* umranken mit Levkojen und Ringelblumen geschmückte Olivenzweige ein Bilderrätsel.[1]

In seinen späten Jahren war Ortelius ein leidenschaftlicher Sammler seltener Pflanzen, die er in seinem Antwerpener Garten zog, dem lebendigen Pendant zu seinem »Museum«. Gärten waren der Humanisten liebster Trost. Lipsius preist den Garten als heilsamen Rückzugsort, in dem das von der Wirrsal des Lebens erschöpfte Gemüt neue Kräfte sammelt. Der Garten ist ein grünes Lyceum, eine schattige Akademie, ein Musenhort, ein Schöpfer-Paradies. »Hier sollt ihr Poeten auf Dauer eure Lieder dichten. Hier sollt ihr Gelehrten nachdenken und schreiben. Hier sollt ihr Philosophen über die Ruhe, die Standhaftigkeit, das Leben und über den Tod disputieren«, schreibt Lipsius in *De Constantia* und beendet seine Aufzählung der Gartennutznießer mit den Malern, die ihre durch langes scharfes Sehen ermüdeten Augen »mit Grünem stärken«.[2]

Zu den Zierpflanzen in Ortelius' Garten gehört auch die überseeische Tomate. In Briefen an seinen geliebten Neffen, Schüler und Erben Jacobus Colius, Ortelianus genannt, an den der Kosmograph seine Botanikpassion weitergibt, berichtet er von seinem Gärtnerglück und -pech. Eine seltene rote Tulpe erscheint in weißem Rock. Die Hemerocallis werden bald blühen, aber von Damaszenerrose, Rose von Jericho, rotem Türkenbund, Fritillaria, Milchstern, roter Anemone und Primel ist nichts zu sehen, und der Fingerhut von Camerarius treibt nur spärlich aus der Erde.[3]

Unvergänglich blühen nur gemalte Blumen. Hoefnagel hat als floralen Schmuck für seinen Freund eine

[1] Vgl. S. Speth-Holterhoff, *Les Peintres Flamands de Cabinets d'Amateurs au XVIIe siècle*, Brüssel 1957, S. 16 und S. 48.

[2] *Von der Standhaftigkeit* 1998, S. 191.

[3] Hessels, Nr. 164.

Gartennelke und eine weiße Damaszenerrose gewählt. Viel kann man durch die Blume sagen. Zahlreich sind die Bedeutungen der Rose im Emblem. In den *Symbola et Emblemata* von Camerarius, der mit Ortelius und Hoefnagel befreundet war, sticht unter verschiedenen Rosen-Emblemen in unserem Kontext ein Rosenbusch hervor, der seine Knospen unter dem Zeichen des Widders öffnet. »Wohlwollend und gütig«, lautet das Lemma. »Die Blumen, die mit halbgeschlossener Knospe sich

Rose öffnet ihre Knospen unter dem Zeichen des Widders,
aus: Camerarius I, Nr. 48.

zurückhalten, werden weit offen stehen, wenn das Sternbild des Widders seine Gunst gewährt«, erläutert das Epigramm.[1]

Der am 14. April geborene Ortelius war für seine Güte und sein Wohlwollen bekannt. Eine Sünder-Raupe des Mönchseulen-Nachtfalters nagt an der Rosenknospe, eine kleine Schlupfwespe nippt am Rosenkelch – ein Schelm, wer Arges dabei denkt.

Auch von der Nelke zeigt Hoefnagel Knospe und Blüte. *Dianthus*[2], die Blume des Zeus, auch Gottesblume

[1] *Emblemata,* Sp. 290. [2] Aus dem Griechischen *diós anthós.*

genannt, symbolisiert die Güte Gottes, weil die als Näglein gedeutete Frucht und die Nagelspitzen der Blütenblätter auf Christi Passion verweisen.

Eine Edellibelle sitzt auf der Gottesblume. Dem Naturbetrachter offenbart sich die Wasserjungfer als Athena der Insektenwelt. Wie die jungfräuliche Göttin am Tritonsee in voller Rüstung dem von Hephaistos gespaltenen Haupt des Zeus entsprang, so steigt der gerüstete Libellenleib nach vollendeter Metamorphose aus einem Riß am Nacken der Larvenhülle. Während sich die Netzflügel allmählich entfalten, härtet sich der Harnisch im Sonnenlicht und nimmt seine schillernde Metallfarbe an. Groß und blau sind die Augen Athenas, groß und blau die der größten Libelle.

Aus christlicher Sicht kämpft die Wasserjungfer für das Gute, weil sie im Flug teuflisches Ungeziefer wie Fliegen, Mücken und Käfer vertilgt. In vielen Miniaturen von Hoefnagel spielt die Libelle ihre minervige und gottgefällige Rolle. Im kalligraphischen Spiegel des Georg Bocskay, *Mira calligraphiae monumenta,* den Hoefnagel für Rudolf II. illuminierte, breitet sie ihre gläsernen Netzflügel im Kontext einer Lobpreisung Christi und seiner jungfräulichen Mutter aus: ein Wasserjungfern-Kreuz über einer Birne und einer Nelke, auf der eine Schlupfwespe mit langem Todesstachel sitzt.

In den *Archetypa studiaque patris Georgii Hoefnagelii,* die Joris' Sohn Jacob als Neunzehnjähriger nach dem Musterbuch seines Vaters 1592 in Frankfurt gestochen und als Buch herausgegeben hat, kommen verschiedene Libellenarten auf zahlreichen Blättern des vierteiligen emblematischen Werkes vor. Auf einem Blatt stellt eine der größten Edellibellen, *Aeschna cynea,* die Hauptfigur dar. Im Gegensatz zu den Schlankjungfern, die in Ruhestellung die Flügel falten, hält diese Art während der Rast die Tragflächen gespreizt. Mit ihren Vorderbeinen umfaßt sie das durch Versalien hervorgehobene zentrale

Joris Hoefnagel, *Königslibelle, Wildbirne, Nelke und Schlupfwespe,* 16,6 cm x 12,4 cm, aus: *Mira Calligraphiae Monumenta,* fol. 76.
(© The J. Paul Getty Museum, Los Angeles.)

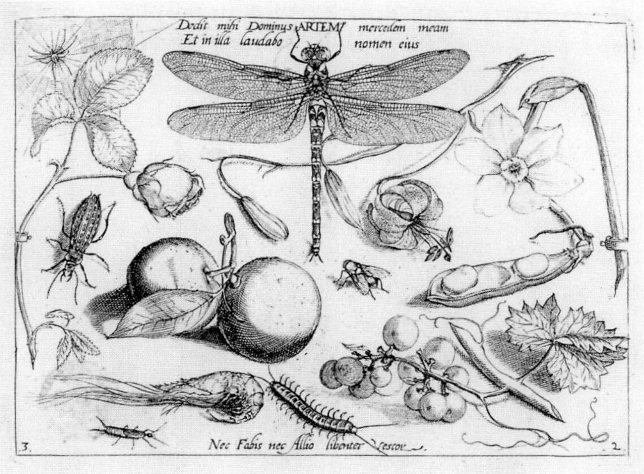

Jacob Hoefnagel, *Archetypa,*
Frankfurt a. M. 1592, Pars III, 7.

Wort eines Bibelzitats: *ARTEM.* Bei Jesus Sirach steht an dieser Stelle eigentlich *linguam,* »Sprache«. »Mir hat der Herr Kunstfertigkeit als meinen Lohn gegeben, und ich werde durch sie seinen Namen preisen«, verkündet die Libelle.[1] Die untere Inschrift des Blattes bezieht sich auf die Bohnen. *Nec Fabis nec Allio libenter vescor,* »Ich ernähre mich weder gerne von Bohnen noch von Knoblauch«, ist den *Adagia* von Erasmus entnommen und hebt die friedliche Gesinnung der Künstler hervor. Sie nehmen weder an den Kriegen knoblauchessender Soldaten teil noch an den Gerichtsverhandlungen bohnenkauender Streithälse (die Bohnen sollten das Einschlafen bei Gericht verhindern).[2]

Dem Insektenreich entspricht bei Joris Hoefnagel das Element Feuer, das in stoischer Auffassung mit Gott gleichgesetzt das Urprinzip aller Dinge ist. Nicht das zerstörerische und löschbare irdische Feuer ist damit gemeint. »Dieses Feuer der Stoiker«, schreibt Lipsius, »ist

[1] Vgl. *Archetypa,* S. 66. [2] Ebd., S. 67.

vielmehr von Wärme begleitetes Licht und Glanz.«[1] Es ist das Element der Verwandlung und der Künste.

Das Wunder der Verwandlung vom armen Erdenwurm zum Flügelwesen, dessen vollkommene Imago aus der Verwesung im Chrysaliden-Sarg zum Himmel aufsteigt, macht den Schmetterling zum Sinnbild der erlösten Seele.[2] Zwei große und ein kleiner Schmetterling haben in der Ortelius-Allegorie die Flügel gefaltet: Bläuling, Samt- und Distelfalter.

Als Stellvertreterin zeternder Tagvögel belästigt eine einsame Fliege die Ohreule. *Temeraria Ignorantia,* »Aufdringliche Unwissenheit« verkörpert die Fliege im Emblem bei Sambucus. Wer sich beständig und eifrig um die Wissenschaften bemühe, heißt es im Epigramm, der vermeide »geschwätzige und unbesonnene Toren, die blindlings und dreist irgend etwas ins Werk setzen und feineren Geschmack unterdrücken«.[3]

Schwätzer lassen sich verscheuchen, der Dummheit und dem Neid bleibt der Weise immer ausgesetzt. *Dum extendar,* »Bis ich gestreckt bin (dulde ich viele harte Schläge)«, sagt der (Hoef)Nagel auf dem Amboß dem Betrachter in der Ansicht von Solfatara. Ein Ungeheuer mit Eselskopf und eine hängebrüstige Alte schlagen abwechselnd auf ihn ein. Hoefnagels stoisches Motto zeigt: die Wut der Dummen und Neider gerät ihm nur zum Vorteil. Die Pein härtet und formt ihn ein Leben lang. *Dum extendar* bedeutet auch: bis ich ausgestreckt bin auf der Bahre.[4]

Hoefnagel überlebte den fünfzehn Jahre älteren Ortelius nur um siebzehn Monate.[5] In der Lebensbeschreibung des Kosmographen von Frans Sweerts wird der

[1] *Physiologia Stoicorum libri tres,* Antwerpen 1604, Liber I, Dissertatio VI.
[2] Vgl. Albus, 1997, S. 251.
[3] *Emblemata*, Sp. 944-945.
[4] Vgl. Vignau-Wilberg 2001, S. 139.
[5] Ortelius starb am 14. Juli 1598.

Johannes Sadeler, *Portrait des Joris Hoefnagel,* 1591, Kupferstich aus dem *Album Amicorum* von Ortelius, fol. 6.
(Mit freundlicher Genehmigung: The Master and Fellows of Pembroke College, Cambridge.)

Frans Francken d. J., *Kunstkammer mit Ortelius, Lipsius und Hoefnagel,* 1618.

Maler von allen Ortelius-Freunden am ausführlichsten erwähnt. Nähme das Schicksal Rücksicht auf Verdienste und Tugenden, schreibt Sweerts, würde der von illustren Fürsten und sogar vom Kaiser geschätzte hervorragende Maler ein längeres Leben verdient haben. Aber zum großen Kummer seiner Freunde sei Hoefnagel am 13. Januar im Jahre des Herrn 1600 in Prag gestorben.[1]

Crato, Sambucus, Rogers und Plantin waren längst verschieden, Camerarius, Vivianus, Heyns und Marnix waren ihnen im gleichen Jahr wie Ortelius gefolgt. Der sehnliche Wunsch von Arias Montanus, am Ende seiner Tage wieder von den Freunden aus Antwerpen, Wien und Breslau umgeben zu sein, war nicht in Erfüllung gegangen, aber er, der wie Ortelius 1527 geboren war, starb auch im gleichen Jahr wie der geliebte Freund.

Zwölf Jahre waren seit dem Tod von Lipsius 1606 in Löwen vergangen, als der Antwerpener Maler Frans Francken d. J. den Erneuerer des Stoizismus, den Kosmographen und den Maler selig mit seinem Pinsel in die Kunstkammer zurückzauberte, die nach dem Tod der Schwester von Ortelius 1600 aufgelöst worden war. Und wenn das Gemälde nicht verschollen wäre, müßten wir uns nicht mit der Reproduktion einer Reproduktion begnügen, um die Freunde vor den Bildern im Bild inmitten von Büchern, Globen, Münzen, Muscheln, Schaltieren, Fischen und Blumen ins Gespräch vertieft zu sehen.[2]

[1] »Biographical sketch of Ortelius by F. Sweerts, 1603«, in: *First Atlas,* S. 30.

[2] Ich bin auf das Bild zufällig in *Die Inneneinrichtung von der Antike bis zum Jugendstil* (München 1965) von Mario Praz gestoßen. Praz erkannte Lipsius, aber weder Ortelius noch Hoefnagel. Als Eigentümer des Bildes ist die Sammlung Goffi in Rom angegeben. Später fand ich eine schwarz-weiße Reproduktion des auf 1618 datierten Gemäldes in dem Gedenkband zum vierhundertsten Todesjahr von Ortelius (Utrecht 1998). Dort ist vermerkt: »Früher in der Sammlung P. A. B. Widener, Philadelphia, derzeitiger Standort unbekannt« (S. 130).

»Denn das Böse ist, wie wir hier nun lernen,
klarerweise nichts anderes als das,
was die Dinge aus ihrer Einheit isoliert.«
GERSHOM SCHOLEM

Die Würde des Chamäleons

Keine einzige Kabinettminiatur von Hoefnagel ist in der Münchner Schatzkammer verblieben. Hin und wieder taucht ein Blatt nach Jahrhunderten in der Verborgenheit im Handel auf. Im Mai 2001 trat nach langem Winterschlaf an der Wand eines Privathauses in Clermont-Ferrand eine ganze Jahreszeitenfolge ans Licht der Öffentlichkeit und wurde vom Louvre als *Allégorie des quatre saisons* glücklich erworben. Diese vier mit Aquarell- und Deckfarben auf Pergament gemalten und auf Holztafeln aufgezogenen Miniaturen entsprechen der Beschreibung des Münchner Kunstkammer-Inventars von 1619: »vier taffeln, sein die zeit des jhars von miniatura mit allerlei Vögel, thier und dergleichen, nach dem leben von altem Houfnagell, No. 802«.[1] Sie sind 1589 datiert und also im »Bavarischen Musentempel« entstanden. *Amor* heißt der Frühling, *Honor* der Sommer, *Labor* der Herbst, *Dolor* der Winter. Jedes Blatt krönen drei Medaillons, die auf leuchtend ultramarinblauem Grund die goldenen Sternzeichen der Saison zeigen und von Tieren, Früchten und Blumen umgeben sind. Stilleben wie diese waren Hoefnagels Erfindung.

[1] Zit. nach Thea Vignau-Wilberg, »Unbekannte Kabinettminiaturen von Joris Hoefnagel«, in: *Jahrbuch der Kunsthistorischen Sammlungen in Wien,* Bd. 85/86, Wien 1989/90, S. 67.

Joris Hoefnagel, *Allegorie der vier Jahreszeiten,* Amor,
Aquarell und Deckfarben auf Pergament,
12,5 cm x 18,5 cm, 1589.
(Musée du Louvre, Paris. Photo: Ph. Sebert,
mit freundlicher Genehmigung von Eric Turquin.)

Amor oder *Die brennende Wißbegier*

Zwei treue Schoßhündchen, ein Zwergspaniel und ein Malteser, hüten das Zeichen des Stiers im *Amor*-Blatt des Frühlings, zwei friedliebende Lachtauben trippeln auf dem Medaillonrand von Widder und Zwilling. Als Vorbotinnen des Frühlings und Sinnbilder der unparteiischen Liebe hocken Mehl- und Rauchschwalbe auf Ornamentranken – eben fliegt das Futter der Rauchschwalbe an ihrem Gabelschwanz vorbei.[1] Eine Singdrossel schmettert im linken Blumengebinde ihr Lied. Die Emblematik lehrt, daß sie zur rechten Zeit zu singen und zur rechten Zeit zu schweigen versteht.[2] Ein Feuersalamander, dessen Gelb das Licht geschluckt hat, schaut der Lachtaube unter den Rock. Etwas verblaßt scheint auch die mutmaßliche Nachtigall, die im Wettstreit mit der Drossel auf der gegenüberliegenden Seite ihre Koloraturen schlägt. Im Emblem verkörpert sie den unmäßigen Ehrgeiz in Kunst und Wissenschaft. Sie singt sich zu Tode, »damit der Ruhm ihrer Stimme keine Einbuße erleide«.[3]

Zwischen den Blumengebinden, aus denen sich zwei stilisierte Schlangen winden, hängt kopfunter ein liebentbranntes von zwei Pfeilen getroffenes Herz. Allerlei Raupen, Schlupfwespen, winzige Schmetterlinge und Schnecken, eine Mehlmotte, eine deutsche Schabe, ein Zweipunkt-Marienkäfer, eine Pillenwespe, ein Museumskäfer, zwei Kohlschnaken, zwei Bläulinge, die Edelfalter Mauerfuchs und Ochsenauge, eine Spinne, ein Rüsselkäfer und eine Strauchschnecke, die sich in fröhlicher Freßgemeinschaft mit einer Raupe an einem verblaßten Blütenzweig labt, stellen das wimmelnde Getier der Wißbegierde dar. *Vernat Homo teneris annis et flagrat amore*

[1] Zur Schwalbe vgl. *Emblemata,* Sp. 873. [2] *Emblemata,* Sp. 876.
[3] Ebd., Sp. 871.

multiplis studii, noscere cuncta cupit steht auf der Banderole über dem entflammten Herzen, »Es blüht der Mensch in zarten Jugendjahren, und er entbrennt in Liebe zu vielfältigem Studium, er begehrt alles zu erkennen.«

Die Geschichte der Entomologie begann erst zehn Jahre später mit Thomas Moufets Schrift über den Seidenspinner. Moufets *Theater der kleinen Tiere,* das postum 1634 erschien, hat Thomas Penn herausgegeben, der Ortelius 1587 in einem Brief bat, er möge ihm bei der Vollendung und Illustration eines Werks über Insekten behilflich sein.[1] Hoefnagels Aufgabe konnte das nicht sein. Er war nicht bereit, die Gliederfüßler aus dem emblematischen Universum herauszulösen. Es wäre eine Untertreibung, zu sagen, er habe die Insektenwelt bildwürdig gemacht. Wie Plinius erkannte er, daß sich »nirgendwo sonst in höherem Grade die Kunstfertigkeit der Natur« offenbart, und diese hat er in seinen Bildern gefeiert.[2]

Honor oder *Die Fülle aus dem Mangel*

Zwei stolze Greifvögel stehen dem Löwen im Sommerbild der Ehre bei: ein Mäusebussard und ein Gerfalkenweibchen mit Jagdhaube, hinter dem eine Lerche bläulich in die Lüfte steigt. Der Falke bleibt im Emblem seiner edlen Gesinnung treu, indem er es sich versagt, den Vogel zu töten, der des Nachts an seiner Seite war.[3] Einen anderen *Honor*-Aspekt des Falken schildert Sambucus: *Cura Publica,* der uneigennützige Greifvogel verkörpert die Sorge um das öffentliche Wohl. »Der Falke durchdringt die düsteren Wolken und verfolgt seine Beute, doch keine Gier treibt den hochfliegenden. Ich weiche nicht aus, und mein Flug häuft Ehre auf Ehre, mein ganzer Sinn ist der Vogeljagd hingegeben. Die

[1] Hessels, Nr. 152. [2] *Naturkunde,* Bd. XI, 1.
[3] *Emblemata,* Sp. 784.

Joris Hoefnagel, *Honor.*

Falke läßt einem Vogel die Freiheit,
aus: Camerarius III, Nr. 30.

Natur hat längst zustande gebracht, daß ich in den Lüften dienen und meine Herren durch die Beute erfreuen kann.«[1]

Das kleinere weiße Gerfalkenmännchen sitzt auf dem Medaillon der Jungfrau, hinter dem zwischen Ähren ein Wachtelkönig zum Vorschein kommt. Im Früchtegebinde hat ein Halsbandsittich auf einem Kürbis Platz genommen. Das leuchtende Grün seines Kleides ist mit der Zeit ganz ausgebleicht, und auch der Kürbis hat sein Gelb eingebüßt. Der bunte Papagei hält auf seine Weise die gleiche Lehre wie der Falke bereit: es sei dem Menschen eine Ehre, dem allgemeinen Wohl zu dienen. Die Papagei-Moral von Sambucus ist deutlich von Plinius geprägt, der über den gesprächigen Vogel schreibt: »Er ist am ganzen Körper grün und nur am Hals durch einen roten Ring ausgezeichnet. Er grüßt die Herrscher und spricht die vorgesagten Worte laut nach; Wein macht ihn besonders munter. Sein Kopf besitzt die gleiche Härte wie sein Schnabel; man schlägt ihm auf den (Kopf), wenn er sprechen lernt, mit einem Eisenstäbchen, denn

[1] Ebd., Sp. 781.

anders fühlt er die Schläge nicht.«[1] *Necessitas Dociles Facit,* »Not macht gelehrig«, ist das Sambucus-Lemma des armen Papageis. »Was lehren nicht Not und Hunger«, beginnt das Epigramm, »Die Natur sogar wird oft von ihnen geändert. Der Papagei ist daran gewöhnt worden, Worte zu bilden, seinen Herrn zu begrüßen und den Herrscher von seinen Verdrießlichkeiten abzulenken. (...) Von diesen (Vögeln) lerne du, der du Verstand und eine klare Ausdrucksweise hast, klüger dir selbst und der Öffentlichkeit zu dienen.«[2]

Im gegenüberliegenden Früchte-, Gemüse-, Blumen- und Ährengebinde, das schwarze und rote Johannisbeeren, Pflaumen, Äpfel und Granatäpfel, Artischocken, Erbsen, Mohn und Kornblumen enthält, stößt ein Eichelhäher seinen Warnruf aus, während ein Hänfling die roten Beeren beäugt. Im Rücken des Mäusebussards sitzt ein Fink auf einem Zierstück über der Banderole, von deren Inschrift nur noch die obere Zeile zu entziffern ist: *Aestatem vitae juvenis traducit honori divitiis...,* »Den Sommer des Lebens verbringt der Mensch strebend nach Ehre, Reichtum...« Das bedeutsamste Wesen im Kontext von Ehre und Ansehen hockt auf dem Krebs-Medaillon. »Wer sollte dies unser Chamäleon nicht bewundern?« fragt Giovanni Pico della Mirandola in seiner berühmten Rede *Über die Würde des Menschen,* und wir Zweibeiner sind mit der Echse gemeint. Zum Verständnis des vorbildlichen Chamäleons müssen wir uns die Genesis à la Pico in Erinnerung rufen:

Im Laufe des sechsten Tages war die Schöpfung vollendet. Licht und Finsternis waren geschieden, Sonne, Mond und Sterne schmückten das Himmelsgewölbe, Gräser, Kräuter und Bäume die Erde, alle Lebewesen waren in ihrem Element, und jedes Seiende freute sich seiner Einzigartigkeit. Gott allein sah, daß es gut war, und das sollte nicht so bleiben. Dem vollkommenen

[1] *Naturkunde,* Bd. X, 117. [2] *Emblemata,* Sp. 801.

Werk fehlte ein Betrachter, seine Größe zu ermessen, seine Zweckmäßigkeit zu erkennen, seine Schönheit zu lieben. Aber alle Ideen hatten schon Gestalt angenommen, die Entfaltung aller Formen war vollbracht, Flosse und Flügel, Klaue und Huf, Gliederfüße und Zehen, Pelze, Schuppen und Federn, alles war bereits verteilt, verschenkt auch die Fülle der Gaben, und im ganzen Kosmos war kein einziger Platz mehr frei, den das zusätzliche Geschöpf noch hätte ausfüllen können. So entstand zu allerletzt ein seltsames Wesen, nackt, unbehaust und ohne Anteil am Sein, *Adam,* »Mensch« genannt. Diesem Fremdling inmitten der Schöpfung stellte Gott anheim, sich der Welt anzuverwandeln. Seine Würde ist die Wahl. Samen und Keime für jede Lebensform sind in ihm angelegt, »welche ein jeder hegt und pflegt, die werden heranwachsen und ihre Früchte in ihm tragen. Sind es pflanzliche, wird er zur Pflanze, sind es sinnliche, zum Tier werden. Sind es Keime der Vernunft, wird er sich zu einem himmlischen Wesen entwickeln; sind es geistige, wird er ein Engel sein und Gottes Sohn.«[1] Die Wandlungsfähigkeit ist seine Gabe. Ein Proteus ist der Mensch, ein zweibeiniges Chamäleon.

Die Stelle des Herzens im *Amor*-Blatt nimmt in der *Honor*-Miniatur eine Armillarsphäre ein, Symbol der Welterkenntnis und Astronomie. Darunter hat ein prächtiger Admiral seine Flügel gefaltet. Zwei Bläulinge rahmen ihn ein. Der eine sitzt gemeinsam mit einer Florfliege auf einer Aprikose, der andere hat sich auf dem Stiel einer Birne niedergelassen, an der sich gerade die Raupe eines Wolfsmilchschwärmers hochwindet. Eine Wespe zögert zwischen Birne und Johannisbeere, eine Schlupfwespe segelt neben einem Lavendelzweig. In der rechten Ecke stellt ein C-Falter die Unterseite seiner schöngezackten Flügel zur Schau. Als die Erbsen noch grün waren, ist eine kleine Strauchschnecke bei der Ernte

[1] *Über die Würde,* S. 7.

aus dem Garten mitgekommen. Zwei Ameisen sind zu beschäftigt, um die rote Kreuzspinne zur Kenntnis zu nehmen. Vor dem Kleinen-Fuchs-Falter in der linken Ecke ringelt sich ein Tausendfüßler um die Bohnen. Was zwischen den Walderdbeeren blüht, ist nicht mehr kenntlich. Eine einzelne Wanderheuschrecke im von Feuchtigkeit beschädigten Rand des Blattes vertritt die Weisheit ihrer Art:

> »die Heuschrecken haben keinen König,
> und doch schwärmen sie alle geordnet aus.«[1]

Ganz klein entschwebt in der Ferne ein entgilbter Segelfalter.

Labor oder *Die leichte Schwere*

Eine Zibet- und eine Meerkatze aus Afrika begleiten das Sternbild des Skorpions im Herbst-Blatt der Arbeit. In einem Stich von Dürer sitzt eine grüne Meerkatze, auch Nonnenäffchen genannt, angekettet neben der Jungfrau mit Kind.

Albrecht Dürer, Ausschnitt aus der *Madonna mit der Meerkatze,* 1498, Kupferstich.

[1] Spr 30,27.

INCIPIT
AEVI

Joris Hoefnagel, *Labor.*

Der von Hoefnagel so bewunderte Nürnberger hat die grüne Meerkatze mehrfach dargestellt und während seiner Niederlandreise in Antwerpen eines der possierlichen Tiere für vier Goldgulden erworben.[1] Hoefnagels Meerkatze gibt sich mit dem kleinen Bärtchen, dem rostroten Unterrücken, dem weißen Hüftstreifen und den schwarzen Unterarmen als Diana-Meerkatze zu erkennen. Den Namen der Göttin hat ihr der halbmondförmige Diademstreifen auf der Stirn eingebracht. Zwei Diana-Meerkatzen kommen auch in dem einst fälschlich Joris oder Jacob Hoefnagel zugeschriebenen *Bestiarium* Rudolfs II. vor.[2]

Gegen die Affen trügen die Meerkatzen einen steten Haß, behauptet Conrad Gesner im *Tierbuch* von 1551, »und ist ein immerwehrender Krieg zwischen ihnen / wiewohl sie dem Affen zu schwach / so ist sie ihm doch zu listig und zu geschwind / weßwegen sie ihm obliegt.« Man setzte also die Meerkatze nicht immer mit dem Affen gleich, der Gefräßigkeit, Gier, Lüsternheit und Eitelkeit verkörpert. »Die Meerkatze«, schreibt Gesner, »hat einen gar gleichen Leib / ist auch possierlich / und begehrt dem Menschen alles nachzutun: Und dieweil under andern unvernünftigen Thieren / der Hund / der Elefant / und die Meerkatz für die gelehrsamste und klugste Thier gehalten werden / ist bey vielen der Streit / ob die Meerkatz den anderen zweyen vorgehen solle.«[3]

Im Herbst-Bild hat die Diana-Meerkatze schon mit der Rübenernte begonnen. Die Zibetkatze hingegen stellt

[1] Vgl. Colin Eisler, *Dürers Arche Noah,* übers. von Ulrike Halbe-Bauer u. Manfred Halbe, München 1996, S. 276.

[2] Vgl. *Le Bestiaire de Rodolphe II,* hrsg. von Herbert Haupt, Thea Vignau-Wilberg u. Eva Irblich, Paris 1990, S. 45 u. 47.

[3] Conrad Gesner, *Tierbuch,* aus dem Lateinischen übersetzt von Conrad Forster und Georg Horst, Frankfurt a. M. 1669, Neudr. Hannover 1995, S. 9. Ich habe mit Bedacht diese späte Ausgabe benutzt, nachdem ich sie mit der Züricher Ausgabe von 1563 verglichen habe, weil sie sich leichter liest und doch nicht so glatt ist, wie es eine Neuübersetzung wäre.

selbst die kostbare Substanz dar, die es zu ernten gilt. Gesner berichtet, ein jedes dieser Tiere bringe alle Tage ein »Quintlein« Zibet in seiner Scham hervor, eine »schleimichte Materie«, welche nicht nur köstlich rieche und zum Parfümieren diene, sondern auch als Heilmittel »viel höher dann das Gold geachtet« werde.[1]

Der Dompfaff im Rücken der Meerkatze bleibt im Winter im Land, aber die Rauchschwalbe hinter der Zibetkatze und die Mehlschwalbe, die kopfunter im rechten Traubengebinde hängt, sind allein aus emblematischen Gründen noch nicht weitergezogen. Beide verkörpern die unermüdliche Fürsorge und gerechte Fütterung:

»Horapollo schreibet / daß sie bey den Egyptiern ein Bild der Eltern / die all ihr Haab und Gut den Kindern übergeben / gewesen seyn. Und ist auch dieses Sinn-Bild eines guten und gerechten Fürsten / der mit sonderbahrer Gerechtigkeit die Unterthanen regieret.«[2]

Der Wiedehopf hinter dem Sternbild des Schützen setzt eben zum Fluge an. Anscheinend hat er mehr als genug Trauben gefressen und braucht dringend einen Zweig Frauenhaar-Farn. »Sieh, wie der Wiedehopf mit seiner Federhaube, krank von Weintrauben, sich stärkt durch ein grünes Zweiglein Frauenhaar«, heißt es im Emblembuch des Hadrianus Junius, das 1575 bei Plantin in Antwerpen erschienen ist.[3] Und die Moral von der Geschicht: »Der den Leidenschaften unterworfene Geist wappnet sich mit den Lehren der Weisheit, und Enthaltsamkeit bricht die Macht des Weines.« Auch dieser Zugvogel, der Europa spätestens im Oktober verläßt,

[1] Ebd., S. 245.

[2] Joachim Camerarius, *Vier Hundert Wahl-Sprüche und Sinnen-Bilder,* aus dem Lateinischen übersetzt »durch einen Liebhaber seiner Nation«, Mainz 1671, S. 171. Die deutsche Ausgabe unterscheidet sich von der lateinischen nur durch die Versform, in die der Deutsch-Liebhaber manches Zitat in der Auslegung und alle Lemmata übertragen hat.

[3] *Emblemata,* Sp. 888.

Wiedehopf mit Frauenhaar-Zweig im Weinberg,
aus: Camerarius III, Nr. 72.

weilt aus moralischen Gründen im Herbstbild. Er verkörpert den »nüchternen Verstand« und die »Selbstüberwindung«.[1]

Gesner meint im *Vogelbuch* von 1555, der Wiedehopf halte einen Winterschlaf, während Belon im gleichen Jahr den Winter-Aufenthalt des Vogels in warmen Zonen bezeugt. Daß der Wiedehopf nicht auf Trauben erpicht ist, weil er lieber mit seinem langen Schnabel Insekten aus Kuhfladen und anderen Larven-Schlupfwinkeln stochert, war allgemein bekannt. Gesner nennt seine Nahrung unrein, da er sie in Gräbern, Menschenkot und Mist suche, und gibt anschließend die Weintrauben-Frauenhaar-Legende wieder.[2] Der nüchterne Belon erwähnt die Fabel nicht. Das Rätsel des Vogels stellt für ihn die Haube dar: »Und wissend, daß die Natur sie ihm nicht ohne Grund aufgebunden hat, können wir diesen, wiewohl wir lange darüber nachgedacht haben, noch gar nicht erkennen.«[3]

[1] *Emblemata,* Sp. 888 u. 889.
[2] Gesner, *Vogelbuch,* Teil III, S. 205.
[3] Belon 1555, 1997, S. 293.

Wer sein Augenmerk auf das dem Menschen Vergleichbare richtet, hat es leichter mit dem Hauben-Sinn. Der auf dem Scheitel zusammengeklappte Federfächer, den der kurzbeinige Vogel nur in der Erregung zur Krone aufstellt, scheint in der Emblematik mit dem Rausch assoziiert worden zu sein. Was immer dem Wiedehopf in die Krone steigt, er bleibt doch nüchtern dabei. Die fabelhafte Moral des Trauben-Verächters wurde so an den Frauenhaar-Zweigen herbeigezogen, die der Vogel zum Ausstaffieren seiner Nisthöhlen im Schnabel trägt.

Hinter dem Wiedehopf springt ein Eichhörnchen ins Bild. Gesner führt dieses Baumtier unmittelbar nach den Affen und Meerkatzen auf. Die Moral, die das Eichhörnchen spiegelt, geht auf eine alte Beobachtung zurück, der das Tier auch seinen aus dem Griechischen abgeleiteten wissenschaftlichen Namen verdankt: *Sciurus,* »Schattenschwanz«. Weil es sich vor Hitze wie vor Kälte mit seinem buschigen Schwanz zu schützen versteht und ihm seine lange Fahne außerdem beim Springen von Baum zu Baum als Steuerruder dient, lehrt es uns die »Selbsthilfe mit allen Gliedern«. Corrozet und Camerarius zeigen das Eichhörnchen, wie es auf einem Stück

Eichhörnchen benutzt seinen Schwanz als Segel,
aus: Camerarius II, Nr. 88.

Rinde einen Fluß überquert und dabei seinen Schweif als Segel benutzt. »Dann es hat ihm die Natur keine andere Weiß zu schwimmen gegeben / wegen des geringen Leibs / und der dicken Haaren am Schwantz / welcher so er naß würde / müßte es ersauffen. Es ist aber dieses Sinn-Bildes Außlegung: Daß man offt mit Verstand und Fleiß in schweren Sachen mehr außrichtet / als mit Stärke.« *Vincit Solertia Vires,* »Geschicklichkeit überwindet Gewalt«, lautet das dazugehörige Lemma bei Camerarius, während es bei Corrozet *Sayder de touts ses membres* heißt und das gereimte Epigramm erklärt:

»Quand tes affaires tu remembres
Qui tombent en adversité
Il t'est adoncq neceßité
De te servir de touts tes membres.«[1]

Vorbildlich erscheint auch die Kunstfertigkeit, mit der das Eichhörnchen Nüsse knackt.

»Müh' und Arbeit dir entdecket
Das, was drinnen liegt verstecket«

heißt es im deutschen Camerarius zum Bild eines Eichhörnchens mit stacheligen Eßkastanien. Kunst, Weisheit und Geschicklichkeit könne man ohne Müh' und Arbeit nicht erlangen, erklärt die »Außlegung«, die mit einem Sinnspruch von Epicharmos endet: »Die Götter verkauffen alles umb die Arbeit.«[2]

Die weise Natur hat das Fell des Eichhörnchens der Laubfarbe der Zeit angepaßt, in der das emsigste aller Herbsttiere Walnüsse sammelt und in der Erde vergräbt. Aus jedem vergessenen Versteck wächst im nächsten Jahr ein Walnußbaum, der Lebensbaum aller »Gärtner« im roten Pelz.

[1] »Wenn du dich deiner Angelegenheiten erinnerst, die im Argen liegen, dann mußt du dich all deiner Glieder bedienen.« *Emblemata,* Sp. 491.

[2] Camerarius 1671, S. 174 f.

Hermelin im Schmutz-Wall,
aus: Camerarius II, Nr. 81.

Als Sinnbild makelloser Moral steht ein Hermelin auf dem Sternzeichen der Waage. Die Legende, das schneeweiße Tier ziehe den Tod der Beschmutzung vor, geht auf Claudius Aelianus (2. Jh. n. Chr.) zurück. Ob in Petrarcas *Trionfi,* im gewebten Bild-Zyklus der Dame mit dem Einhorn oder in den Festzügen der Renaissance, wo immer die weibliche Keuschheit triumphiert, dient als Wahrzeichen ein Hermelin. *Un seul désir* war die Hermelin-Devise der Claude de France, Gemahlin von François I. Ritter und Fürsten zogen ihrerseits die Ideale des Großmuts und der Redlichkeit vor. Sie sahen im Hermelin das schneeweiße Gewissen, die Integrität und Rechtschaffenheit gespiegelt. König Ferdinand I. von Neapel (1423 bis 1494) gründete einen Hermelinorden mit der Devise: *Malo mori quam foedari,* »lieber tot als befleckt«. Vittore Carpaccio hat diesen Wahlspruch um 1510 in einem Gemälde an einer Quelle zwischen Pflanzen, Fröschen und einem Hermelin einem jungen Ritter auf einem Trompe-l'œil-Zettel zu Füßen gelegt.[1]

[1] Vgl. Fernand Braudel, *Modell Italien 1450-1650,* übers. von Siglinde Summerer u. Gerda Kurz, Stuttgart 1991, S. 75.

Bis ins 17. Jahrhundert lebte das weiße Gewissenstier mit der *Malo-mori*-Devise in der Emblematik fort. Camerarius zeigt es umgeben von einem Wall aus Schlamm oder Schlimmerem. Am Ende seines Kommentars zum Lieber-will-ich-sterben-als-befleckt-sein-Lemma steht ein Pindar-Zitat, von seinem Übersetzer mit Reim ins Deutsche übertragen:

»Wer nicht mit Unrecht pflegt zu messen
Und thut was ihme wohl geziemt
Der wird geliebet und berühmt
Und kann des Plutons Bach vergessen.«[1]

Herzog Wilhelm V., für den Hoefnagel diese Miniaturen gemalt hat, wurde von seinen Jesuiten-Freunden als Vorbild vollkommener Tugend gepriesen. Jeden Mittag und jeden Abend erforschte er sein Gewissen. Das Hermelin auf dem Zeichen der Waage mußte sich der am 29. September geborene Herrscher von niemandem auslegen lassen.

Ein Haselhuhn sitzt im Früchtegebinde auf einem Haselzweig mit dreifaltigen Nüssen und reckt den Hals. Deutlich erkennt man *en miniature* die weiß befiederten Beine, wie Gesner sie beschreibt: »Die Bein waren gantz gefedert biß auff den Anfang der Zee hinab / welche Federn dem Hasenhaar bey nahe änlich schienen.«[2] Das heimlichste der Waldhühner wurde im Herbst durch Nachahmung der Balzlaute auf einer Knochenflöte vor die Büchse gelockt. Haselwild gehörte zu den begehrtesten Speisen der Fürstenhöfe.

Hinter dem Haselhuhn kommt emblemgemäß zur herbstlichen Regenzeit ein Teichmolch ans Land.[3] Mispeln, Pfirsiche, Feigen, Weintrauben, Birnen, Granatäpfel, Kornel- und Judenkirschen, Kürbisse, Rüben, Rettich und Kohl zieren das herbstliche Früchtegebinde.

[1] Camerarius 1671, S. 163. [2] Gesner, *Vogelbuch,* Teil II, S. 307.
[3] Zum Teichmolch vgl. *Emblemata,* Sp. 738.

Wassersalamander kommt bei Regen aus dem Teich hervor,
aus: Camerarius IV, Nr. 70.

Ein kleiner Hirschkäfer wandert als Christus-Symbol auf eine entgrünte Weltkugel zu, hinter der sich zwei Dreschflegel kreuzen. *Incipit autumnus finito labore virilis aevi terrenae res animumque gravant,* »Es beginnt der Herbst nach vollbrachtem Werk des Mannesalters, und die irdischen Dinge beschweren das Gemüt«, lautet die melancholische Inschrift der Banderole unter dem Duft-Raubtier und der schwarzgesichtigen Meerkatze.

Das große Heupferd und die Zauneidechse haben wie alles Grüne der vier Miniaturen ihre leuchtenden Töne eingebüßt. »Unter dem Kleingetier, das auf dem Boden kriecht, sollt ihr für unrein halten den Maulwurf, die Maus und die verschiedenen Arten der Eidechsen«, lautet das biblische Gesetz.[1] Auch in der Emblematik ist der geschmeidige Miniaturdrache ein zweifelhaftes Wesen kalter Natur. Die Eidechse kann als Botin des Bösen auftreten, als sündiger Mensch, als Attribut des Todes oder auch als Schmeichlerin und für die Liebe unempfängliches Geschöpf.[2] In den *Archetypa* kommt eine Spezies als unglücklich genanntes Opfer einer Schlange vor, eine

[1] Lev 11, 29. [2] Vgl. Tervarent 1997, S. 280.

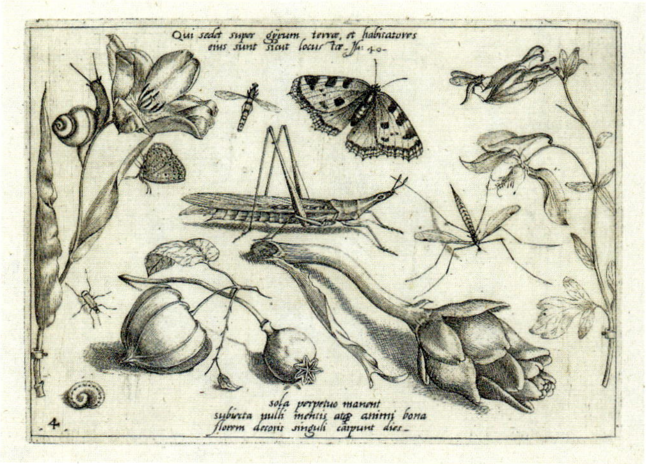

Jacob Hoefnagel, *Archetypa,* Pars I,4.

andere Art wird von den guten Störchen vertilgt. Im *Labor*-Bild sieht es eher so aus, als züngle die Eidechse gierig nach dem schmackhaften Heupferd. Wegen ihrer Springbeine gelten die Heuschrecken im Alten Testament nicht als »abscheulich«. Der Prediger Johannes darf sie in der Wüste mit wildem Honig verspeisen, und im Trostbuch Israels nehmen sich die Erdenbewohner aus göttlicher Perspektive wie Heuschrecken aus: »Er ist es, der über dem Erdenrund thront; / wie Heuschrecken sind ihre Bewohner.«[1] Dieses Jesaia-Zitat begleitet in den *Archetypa* das Bild einer Nasenschrecke, die gemeinsam mit anderem Getier einen melancholischen Vers von Seneca illustriert: »Als einzige bleiben die Güter des Verstandes und des Geistes erhalten, die niemandem unterworfen sind. Die einzelnen Tage verzehren den Glanz der Schönheit.«[2]

Haselnußvierlinge, ein entgilbter Pfirsich und eine Birnenhälfte liegen im Vordergrund. Den einst gelbgrünen Hopfen hinter der Birne hat die Zeit in zwei

[1] Jes 40,22. [2] *Archetypa,* S. 61.

Geister-Fruchtzapfen verwandelt, von denen nur noch die schön angeordneten Blattspitzen zu sehen sind. Ein Stachelbeerspanner setzt zur Landung auf der Birne an, hinter der gerade ein Steinläufer verschwindet. Vor der Schwanzspitze des fleißigen Regenwurms krabbelt ein Scheulaufkäfer; eine Bernsteinschnecke schleicht am Pfirsich vorbei, während sich oberhalb ihrer Fühler eine Käferlarve auf den Weg zur Verpuppung macht. Für die rote Samtmilbe, die sich im Moos von winzigen Räupchen ernährt, ist die Bärenraupe in der Ecke entschieden zu groß. Der Aurorafalter, der auf dem Blattrand sitzt, stellt wie alle Verwandlungstiere die Auferstehungs-Hoffnung dar.

Dolor oder *Die Ruhe in den Wellen*

Ein Biber und ein Seehund beschützen das Sternzeichen des Wassermanns im Schmerz-Bild des Winters. Hoefnagel hat den eher plumpen Biber mit dem »Kelle« genannten Schuppenschwanz ungewöhnlich elegant dargestellt, aber ganz naturgetreu die Schwimmhäute wiedergegeben, die das Erd- und Wassertier nur an den Hinterfüßen trägt.

Durch Beharrlichkeit zeichnet sich der Biber aus. »Was könnte die maßlose Mühsal nicht erreichen? Du siehst, wie vom beharrlichen Nagen des Bibers der Baum fällt«, erläutert Camerarius das Bild des eine Weide fällenden Nagetiers.[1] Gesner meint, es wohne gern »wo es Fisch und Krebs giebt / als wie die Mörder an den Strassen«.[2] Zwar schreibt er selbst, daß sich die Tiere hauptsächlich von Baumrinden und Blättern ernähren, aber wer hatte je einem Biber in die Burg geschaut und konnte mit Sicherheit sagen, daß er seine bittere Kost nicht mit Fisch und Krebs anreichert? Drei Seiten nimmt Gesners Schilderung der Lebensweise und Natur des

[1] *Emblemata,* Sp. 461. [2] Gesner, *Tierbuch,* S. 40.

Biber nagt einen Weidenstamm durch,
aus: Camerarius II, Nr. 96.

Bibers ein, sieben Seiten die Beschreibung »Was man vom Biber braucht«: das dicke »gleissende Sammet« seines Fells als Hauben und Mützen; seine straffe Haut als Stauchverband; sein Fett als Heilmittel gegen Rheuma und Schlaganfall; sein Fleisch ist bitter wie seine Kost, aber »die Schleckmäuler essen sonderlich gern von den Häutleinen zwischen den Klauen«, und der schuppige Schwanz ist mit Pfeffer und Ingwer gebraten ein Leckerbissen während der Fastenzeit; Biberharn wurde schon von Plinius als giftjagende Arznei erwähnt, und »Avicenna will«, daß seine Galle die Fallsucht stillt; das Allernützlichste am Biber aber ist das *Castoreum* oder Bibergeil, das Männchen wie Weibchen im sogenannten Geilsack zwischen After und Geschlecht tragen. Die schmerzstillende Wirkung der aus dem Bitterstoff der Weidenrinde gebildeten Salicylsäure, die das Bibergeil enthält, war schon Jahrhunderte vor der Synthetisierung des Aspirins bekannt. Die Überzeugung, daß gegen jedes Leiden und jeden Schmerz im Biber ein Heilmittel verborgen ist, hat durchaus einen wahren Kern.

Um den begehrten Geilsack, von Gesner »die Geylin« genannt, dreht sich eine antike Fabel, die in der Emble-

Biber von Hunden verfolgt,
aus: Camerarius II, Nr. 93.

matik durch das Bild eines von Hunden verfolgten Bibers dargestellt ist. »Etliche sagen / wann der Biber gejagt / und so nah an den Hag oder die Netze getrieben werde / daß er sich besorge gefangen zu werden / haue er jhm selbst seine Geylin auß / und werffe sie dem Jäger dar / als eine Rantzion und Lösgeld für sein Leben.« Andere neigten eher der Ansicht zu, daß der Biber sein Bestes verschlucke, weil er es dem Menschen nicht gönne, und wieder andere meinten, »Daß der Biber solches nur thue von wegen deß starcken Geruchs / so seine Geylin haben / dardurch er die Hunde / so den Geruch scheuen / hinderhalte.« Im Emblembuch des Alciatus ist die Sache ganz klar: »Dieweil sehr hoch geacht in Artzney der Biber / Von wegen seiner Geyl / so giebet er viel lieber Und Beisset selbsten auß / was sonst sein Leben fällt / Wer das erhalten kann / der geb dem Feind das Gelt.«[1] Camerarius betitelt das Sinnbild *Modo Vita Supersit,* worauf sich der Deutsch-Liebhaber seinen Reim macht:

»Wann ich nur mag das Leben davon tragen
So will ich gern ein liebes Glied dran wagen.«

[1] Zit. n. Gesner, *Tierbuch,* S. 49.

Joris Hoefnagel, *DOLOR.*

Die Auslegung verweist auf Plinius, der die Selbstverstümmelung des Bibers als unmöglich erkannte: zu tief liegt die Geylin in den Lenden. Weil aber Alciatus und andere Emblematiker das Sinnbild dennoch verwenden, »bleiben wir auch dabey / weilen es eine nützliche Lehr in sich begreiffet / daß nemlich die verständige Menschen / ihres Heyls wegen / Geld und Gut nicht achten: sondern in fürfallender Noth fahren lassen.« *Dura est necessitas,* ist die Quintessenz des Kommentars.[1]

Krankheit, Kummer und Schlaflosigkeit begleiten die eisige Winterzeit des Lebens, das Greisenalter. Dem Fluß-Land-Trosttier korrespondiert das Meer-Land-Trosttier. Das eine hilft die körperlichen Schmerzen zu ertragen, das andere die seelischen Qualen. Der ruhende Seehund, auch Meerkalb genannt, verkörpert das Ideal der Stoa. SECURE ist seine Devise. Weder wütende Stürme noch das schäumende Meer, weder Blitz noch Donner kümmern das speckige Meerkalb. Dem Toben der Elemente ausgesetzt, schläft es seelenruhig auf seiner Klippe, wie uns Camerarius zeigt. »Nicht die Fluten des Meeres und nicht des Himmels Blitze bereiten mir Sorgen. Ein tapferes Herz bricht nicht zusammen unter einem bitteren Los«, erläutert das Epigramm die »Sicher«-Devise des Seehunds.[2]

Der Glaube an die blitzeabwehrende Eigenschaft des Seehundfells ist antiker Herkunft. Sueton berichtet von Kaiser Augustus, dieser habe Donner und Blitz etwas zu unmännlich gefürchtet, »so daß er jederzeit und überall das Fell eines Meerkalbes zum Schutz mit sich trug.«[3] Plinius schreibt in seiner Kosmologie über die Blitze, die Furchtsamen hielten Zelte aus den Häuten der Seehunde für den besten Gewitterschutz, »weil unter allen Seetieren diese die einzigen sind, die nicht vom Blitz erschlagen werden«.[4] In der Auslegung des Sinnbildes beruft sich

[1] Camerarius 1671, S. 186f. [2] *Emblemata,* Sp. 678.
[3] Zit. n. Plinius, *Naturkunde,* Bd. II, Erläuterung 146. [4] Ebd., LVI, 146.

Seehund schläft sicher im Trockenen,
aus: Camerarius IV, Nr. 68.

Camerarius auf Horaz und Boethius als Zeugen der stoischen Seehund-Weisheit.

»Den gerechten und beharrlich seinen Vorsatz
haltenden Mann,
nicht kann ihn der Bürger Wut, die Böses befehlen,
nicht der Blick des drohenden Tyrannen
in seinem festen Sinn erschüttern; auch nicht
der Südsturm,
der wirbelreiche Gebieter der ruhelosen Adria,
noch die gewaltige Hand des blitzeschleudernden
Jupiter:
wenn zerborsten zusammensinkt das Weltall,
den Furchtlosen werden treffen die Trümmer«

beginnt die dritte Ode von Horaz, von der Camerarius nur die erste Zeile zitiert, während er aus dem *Trost der Philosophie* von Boethius die Schlußzeilen eines Gedichtes wiedergibt:

»Dann mag der Sturm im Stürzen
donnern, Fluten vermischend:
geschützt durch Kraft des stillen

Walles, wirst du beseligt
ein heiteres Leben führen,
Zorn des Äthers verlachen.«[1]

Eine Seespinne hängt an einem verblichenen Band über dem Medaillon des Steinbocks, eine Strandkrabbe über dem der Fische. Die erste hat dem Betrachter das Brust-schild zugedreht, die zweite das Rückenschild mit den Stielaugen. Ob Seespinne, Strandkrabbe, Hummer, Taschen- oder Flußkrebs, alle Krustentiere werden im Emblem »Krebs« genannt. Sie können vielerlei bedeuten. Das Hauptaugenmerk ist auf ihre Häutungen gerichtet, das Voller- und Wieder-leerer-Werden der Schalen, das man den Phasen des Mondes vergleicht. Gesner schildert »des Meerkrabs« Weisheit und Klugheit, »in dem daß er / wann er seiner Schalen beraubt / so lange verborgen liegt / als dem seine Schwäche bewust / biß ihm dieselbige wohl erwachsen und erhartet ist.«[2] In diesem Sinn ist in den *Archetypa* das Bild eines »Meerkrabs«, auf

Meerkrab im Mondschein,
aus: Camerarius IV, Nr. 51.

[1] Horaz, *Sämtliche Gedichte,* hrsg. von Bernhard Kytzler, Stuttgart 1992, S. 133. Boethius, *Trost der Philosophie,* übers. u. hrsg. von Karl Büchner, Stuttgart 1971, 1992, S. 70. [2] Gesner, *Fischbuch,* Teil V, S. 22.

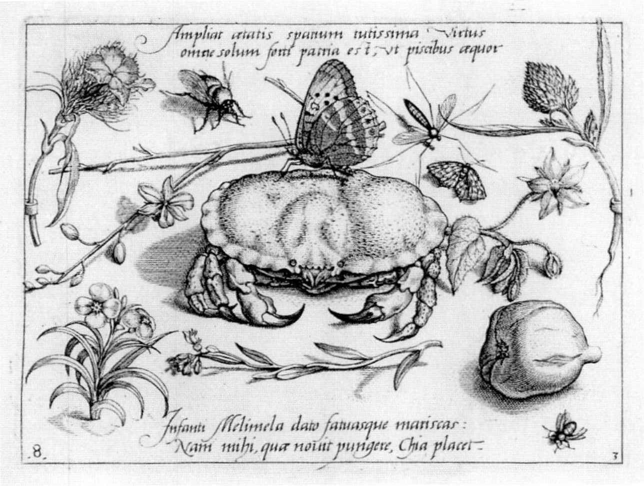

Jacob Hoefnagel, *Archetypa,* Pars III, 8.

dem ein Falter sitzt, mit einem Vers von Ovid überschrieben: »Die Tugend vermehrt am sichersten den Zeitraum des Lebens. Jeder Erdboden ist dem Starken das Vaterland, wie den Fischen das Meer.«[1]

Die Zeit hat die gelbrote Seespinne und die dunkelgrüne Strandkrabbe in bleiche Gespenstermonde verwandelt. Die Seespinne scheint sich gerade zu häuten. Ihr asymmetrisches Brustschild deckt sich nicht mit dem gezackten Rückenpanzer. Vielleicht hat das weiche Tugendtier seine harten Schalen auch schon verlassen und diese hängen leer am Band. Aber Krebstier bleibt Krebstier. Ob leer oder voll, die Häutungshoffnung ist an die Schalen geknüpft.

Das in seinen Umrissen kaum noch sichtbare, an Flügeln, Schwanz und Kehle bläulich überhauchte Vögelchen über dem hochgereckten Robbenschwanz läßt sich so wenig bestimmen wie der ebenfalls entfärbte gabelschwänzige Vogel, der mit einer Misteldrossel im linken

[1] *Archetypa,* S. 74.

Früchtegebinde vor einer weiß gewordenen Zitrone zwischen Schlehen, Sanddorn und Pfaffenhütchen sitzt.[1] Im gegenüberliegenden Früchtegebinde steht eine Flußseeschwalbe im Winterkleid auf einer Orange. Ein Friedenszweig mit glänzenden schwarzen Oliven ragt über ihrem Kopf empor; hinter ihr stechen drei rote Schoten des indianischen Pfeffers ins Auge.

Auch der Eisvogel über der Biberkelle hat das schillernde Türkisblau seiner Oberseite, das in so herrlichem Kontrast zum Rostrot seiner Unterseite steht, über die Jahrhunderte verloren. Aber die gedrungene Gestalt und der dolchförmige Schnabel würde ihn auch ohne die verbliebenen Farbspuren unverkennbar machen. In seinem prächtigen Federkleid wirkt der Vogel, als käme er aus dem Paradies. Selten ist er zu sehen, obwohl er auch im Winter bei uns weilt. Still müssen die Orte sein, die er zum Fischen aufsucht. Kein Vogel hat die Phantasie der Dichter mehr beflügelt, und keiner wurde der »Realität« weiter entrückt.

Ergreifend schön wie der Vogel *Alcedo* ist die griechische Sage, die ihm den Namen gab. Der Götter Erbarmen mit der treuliebenden Alcyone verwandelte diese Tochter des Aeolus und ihren verstorbenen Gatten Ceyx in Eisvögel. »Es blieb, obschon unterworfen der gleichen Wandlung, ihr Lieben bestehn; und es löste das Bündnis der Ehe auch bei den Vögeln sich nicht. Sie paaren sich, werden Eltern, und auf dem schwimmenden Nest in stürmischer Winterzeit brütet sieben friedliche Tage Alcyone ruhig: solange schläft die Woge der See; denn Aeolus hütet die Winde, hält sie versperrt und schenkt ein ebenes Meer seinen Enkeln.«[2]

[1] Ich danke Roland Melzer, Josef H. Reicholf, Martin Baehr und Axel Hausmann von der Zoologischen Staatssammlung München, die mir bei der Bestimmung der einzelnen Tiere behilflich waren.

[2] Ovid, *Metamorphosen,* hrsg. und in deutsche Hexameter übertragen von Erich Rösch, München/Zürich 1952, 1983, Buch XI, 740-748.

Eisvogel nistet auf einem Felsen im Meer,
aus: Camerarius III, Nr. 55.

Weder brüten die Eisvögel zur Zeit der Wintersonnenwende in den kalten, klaren, windstillen Tagen, die man um ihretwillen die »halkyonischen« nennt, noch legen die Höhlenbrüter ihre Eier in ein schwimmendes Nest, das, laut Aristoteles und Plinius, aus Fischgräten gewebt einem Schwamm ähnlich und dennoch wasserdicht sein soll.[1]

Aus all diesen Elementen setzt sich die *Alcedo*-Moral im Emblem zusammen. Die meisten Tiere lassen sich *in bono* oder *in malo* auslegen, je nachdem, in welchem Zusammenhang sie auftreten. Nicht so der Eisvogel. Ob er die eheliche Treue, den Segen des Friedens, die vorausschauende Klugheit, den Sinn für den richtigen Augenblick, die Muße für die Kunst oder die Gemütsruhe symbolisiert, der schöne Vogel gibt immer ein gutes Beispiel.

Es bedarf der Eisvogeltugend *tranquillitas,* dem Tod ins Auge zu sehen. Ein fledermausbeflügeltes Memento mori hängt mitten im Winterbild über einer halben Walnuß-Schale mit einem ganzen Kern. Dem köstlichen Kern

[1] *Naturkunde,* Bd. X, 91 f., und Gesner, *Vogelbuch,* Teil II, S. 39.

den Rücken zugewandt, sitzt eine Hausratte, Todes- und Zeitnagetier, hinter einer leeren Fechterschnecke. Auch im Gehäuse der kleinen Tellerschnecke neben dem Bohnenkern ist kein Leben mehr. Die Haselnuß hingegen ist bewohnt. Ein Loch in der Schale verrät, daß der Haselnußbohrer seine Brut darin abgesetzt hat. Andere Gartenschädlinge haben sich verpuppt und werden im nächsten Frühsommer geflügelt wiederauferstehen. Die Puppe des großen Kohlweißlings am vorderen Bildrand war einmal gelbgrün, und auch die des kleinen Kohlweißlings über der Orangenhälfte muß grünlicher gewesen sein. Zwei weitere Puppen hat der Miniaturist noch kleiner als klein auf und unter die Zierranke um das Zeichen der Fische gemalt. Das größte Wunder teilt der Schöpfer durch die kleine Puppe mit: die Auferstehung aus der Verwesung.[1] In der Ecke neben der süßsauren Frucht begegnen sich eine Fliege und eine Kellerassel; das runde rote Insekt zwischen der Gartenbohnen-Schote und den Stieleicheln mit einem leeren Fruchtbecher könnte eine Kugelwanze sein, während es sich bei dem Käfer zwischen Eichel und Banderole wahrscheinlich um einen Erdflohkäfer handelt.

Für die Inschriften des Schmerz-Bildes war Hoefnagel eine Banderole nicht genug. *Bruma senectutis riget aerumnosa dolore vitaq(ue) fluxa perit bullula sicut aquae,* »Die Winterkälte des Greisenalters starrt vor kummervollem Schmerz und das verflossene Leben zerplatzt wie eine Wasserblase«, ist unter dem Biber und dem Seehund zu lesen. *Decipimur votis, it(em) te(m)pore fallimur et mors deridet curas, anxia vita nihil,* »Von unseren Wünschen werden wir getäuscht, ebenso werden wir von der Zeit hintergangen und der Tod spottet der Sorgen, nichtig ist das angstvolle Leben«, steht auf der auseinandergezogenen Papierrolle, die rechts das Monogramm des Malers und das Jahr der Vollendung zeigt.

[1] Vgl. Albus 1997, S. 251.

Nichtig ist das angstvolle Leben, aber im Kern des Bildes wird das *ewige* offenbar. Das Walnuß-Erlöser-Gleichnis geht auf Augustinus zurück. Die Bitterkeit der dicken grünen Schalenhülle, welche der Kirchenvater als das Fleisch ansah, verweist auf die Passion, die den Knochen gleichgesetzte hölzerne Schale auf das Kreuz, während der Kern die Seele der göttlichen Frucht darstellt, die Leben und Licht spendet – dem Menschen in fester, den Lampen in flüssiger Form.

Spanische Kabbalisten nahmen nicht drei, sondern vier Schichten an der Walnuß wahr, was zur gleichen Zeit auch Joachim von Fiore bemerkte und in seinem *Enchiridion in Apocalypsim* festhielt. Zwischen der harten Schale unter der grünen und dem süßen Kern liegt noch eine Haut. In der christlichen wie in der kabbalistischen Schrift-Auslegung entfaltete sich im 12. Jahrhundert die Lehre vom vierfachen Schriftsinn. Der Nuß-Vergleich lag nah. *Pardes* heißt wörtlich Paradies, welches für die Kabbalisten ein Nußgarten war, denn PaRDeS wurde zugleich als Abkürzung der vier Sinnesschichten gelesen, die den vier Schichten der Nuß entsprechen. »So wie es bei uns einen vierfachen Weg der Bibelauslegung gibt«, schreibt Pico in seiner *Apologia,* den wörtlichen, den mystischen oder allegorischen, den tropischen und den anagogischen Weg, so auch bei den Hebräern.«[1]

Der wörtliche Sinn ist klar, der allegorische stellt den Heilsbezug her, der tropologisch-moralische lehrt, was man tun soll, der anagogische eröffnet die jenseitige Dimension.[2] Die Walnuß im Winter-Bild ist von der grünen Schale und einer Hälfte der harten befreit. Drei Schichten der Nuß sind übriggeblieben, aber vier Sinnesschichten sind in ihrem Bild verborgen.

[1] Zit. n. Scholem 1973, S. 270. Zur Nuß in der Kabbalistik ebd. (Register), zu PaRDeS S. 81.

[2] Vgl. *Historisches Wörterbuch der Philosophie,* hrsg. von Joachim Ritter u. Karlfried Gründer, Basel 1992, Bd. 8, Sp. 1433 f.

Der ausgelöste Kern mutet seltsam verwachsen an. Man könnte die Asymmetrie für zufällig halten, gäbe es nicht in der später von Hoefnagel illuminierten Bocskay-Handschrift eine Walnuß von gleicher Gestalt.[1] Der wörtliche Sinn ist der konkrete: die Nuß als Winter-Delikatesse; im allegorischen Sinn stellt der unvollkommen geformte, nur durch eine dünne Haut geschützte bloßgelegte Kern den sündigen Menschen dar, dessen verkümmerte Seite auf die Notwendigkeit der Erlösung verweist; den tropologisch-moralischen *Sinn* zeigt die Aussetzung des Kerns auf der dem Kreuz gleichgesetzten hölzernen Schale mit dem darüber hängenden Todesemblem und entspricht dem Rat, die Nachfolge Christi anzutreten; damit erfüllt sich der anagogische Sinn, der stets über die irdische und zeitliche Welt hinaus auf die himmlische und ewige verweist.

In defectu valor, »im Mangel liegt der Wert«, war eine von Hoefnagels Devisen.[2] Unvollkommen ist der Mensch, geschaffen, die Schönheit der Schöpfung zu bewundern, die Einheit in der Vielfalt zu erkennen und sich selbst im Spiegel der Natur. Ohne Mangel wäre es ihm nicht gegeben, in den leuchtendsten Farben zu schildern, was ihm fehlt.

[1] *Mira Calligraphiae Monumenta,* »Eine kalligraphische Handschrift des sechzehnten Jahrhunderts geschrieben von Georg Bocskay und illuminiert von Joris Hoefnagel«, Luzern 1993, fol. 74.

[2] Ebd., fol. 151 v.

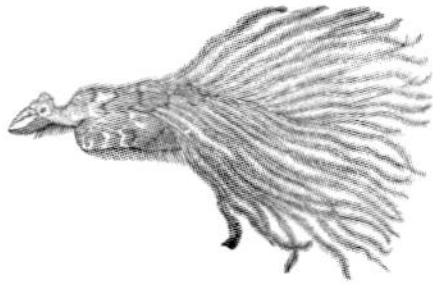

Die alten Wunder der neuen Welt

Wer es nicht gesehen hat, hat keine Wunder gesehen«, heißt es von Sevilla. Wie die Stadt, so ihr Bild. Die 1573 signierte Miniatur von Hoefnagel stellt mit dem reichen Goldschmuck ihrer überquellenden Bordüre ein wundersames Mischgebilde dar, halb Goldschmiedewerk, halb Tapisserie, mit Aquarell- und Deckfarben verdichtet auf einem Blatt Pergament von 21,6 Zentimeter x 32,3 Zentimeter.[1] *Baetica* heißt Andalusien mit altem Namen, *Hispalis* die Stadt am Guadalquivir, der sich vormals *Baetis* nannte. Sevillas goldenes Emblem krönt die Vedute mit der Ansicht ihrer Silhouette am fernen Ufer des Flusses. Auf dem Thron: König Ferdinand III., der die Stadt 1248 von den Mauren befreite; zu seiner Rechten steht Bischof Leander mit dem Krummstab, zur Linken dessen Bruder Bischof Isidor, der seine berühmte Enzyklopädie aufgeschlagen in einer Hand hält. Diesseits des Guadalquivir tummeln sich kleine Figuren auf einer Landzunge; zwei Frauen winken den Insassen vorübergleitender Boote zu; im Vordergrund des gebüschreichen Ufers feuert ein Reiter

seinen davonsprengenden Schimmel mit einer Gerte an, während ein vornehmer Herr, der mit seiner Schönen auf einem Maultier reitet, seinen Hut vor diesem oder jenem Spaziergänger zieht. Zwischen Akanthus-Ranken, durch die sich eine eherne Schlange windet, ragt

[1] Die Miniatur *Blick auf Sevilla* ist in Originalgröße auf der Klapptafel zwischen Seite 200/201 wiedergegeben.

ein Libellenflügelpaar rechts und links über den Vedutenrahmen ins Bild.

In den Kartuschen des äußeren Zierrahmens preisen Devisen den Schöpfer, das Land und die Kunst. Unter *Fructibus Abundans* zeigt die Bordüre zwischen Grotesken die Früchte im Überfluß; daneben stellen unter *Pace Florens* Musikinstrumente, Federschmuck, Blumen, Perlen- und Goldketten, eine Maske, ein Kamm, der in einer Perücke steckt, ein Schminktöpfchen, ein Konvexspiegel und ein Papagei den blühenden Frieden dar, während Harnisch, Helm und Waffen samt einem Feuerkranz, über dem die Eule der Minerva wacht, unter *Inclyta Bello* Spaniens ruhmreiche Kriege symbolisieren; unter *Fertilis Agris* bieten Weintrauben, Olivenzweige, Ähren und Getreidegarben die Fruchtbarkeit der Felder dar.

Mercatura Celebris, durch Handel glänzt Hispania; *Dives Opum,* den Reichtum an Gütern verdankt sie India. Die Verherrlichung der Begegnung Spaniens mit Amerika nimmt die ganze Höhe und Breite der unteren Bordüre ein. Zwei Triumphwagen in Gestalt phantastischer

Schiffe aus schierem Gold, wie man sie von Darstellungen höfischer Wasser-Festspiele kennt, segeln auf offenem Meer. Die Allegorie gebietet, daß die Winde aus entgegengesetzten Richtungen blasen. Hinter dem Segel mit dem spanischen Wappen thront Merkur mit triumphierend erhobenem Caduceus. Der Gott des Handels weiß, woher die Winde wehen und wie man die Wolken zerstreut. »Mit seinem Stab treibt er den Wind und zerteilt die trüben Wolken«, schreibt Vergil in der *Aeneis.*

Zwei Mohren aus Afrika, Nigriten genannt, sitzen auf länglichen Kisten, die vermutlich Feuerwaffen enthalten.

Noch kann der eine die Hände in den Schoß legen, der andere die Arme verschränken. In der Neuen Welt sind sie für die Sklavenarbeit bestimmt, an der die Indianer zugrunde gehen.

Der alte Flußgott Guadalquivir hat seine Wasserurne über den Kopf gestemmt und gießt den Strom, in dem es von Aalen und Fischchen wimmelt, über den eigenen Schoß ins Meer. Indessen breitet sein Nebenfluß-Sohn hinter ihm ein Tuch mit der Aufschrift *Betica* aus.

Spaniens König mit Mauerkrone steht hinter dem Schild von Kastilien. Rauchige Flammen schlagen aus der Fackel an seiner Seite, die die Form eines Füllhorns hat: ein paradoxes Bild, das auf die Vernichtung des Reichtums durch Spaniens Kriege anspielt.

Als Beherrscher der unbeständigen Meere stellt Neptun seine Sicherheit auf einer gläsernen Weltkugel unter Beweis. Den Dreizack in der Rechten wurfbereit, hält er mit der Linken seine Meerpferde an straffen Zügeln. Der Kopf des fuchsfarbenen Reittiers läuft in eine Schweineschnauze aus, während das weiße zum Pferdeleib einen Kalbskopf trägt. Vor Neptun erhebt ein Ungeheuer mit Riesenohren, Stacheln, Hörnern und Langustenfühlern sein gespenstisches Haupt. Es scheint sich um ein gebanntes Monster zu handeln, denn der König selbst prüft das Seil, an dem es festgebunden ist. Vielleicht stellt es das Ungeheuer der Häresie dar und seine Ohren mahnen an die Botschaft Jesu: »Es gibt nichts Verborgenes, das nicht offenbar wird, und nichts Geheimes, das nicht an

den Tag kommt. Wenn einer Ohren hat zum Hören, so höre er!«[1] Einem Betrachter aus dem Dunstkreis der Familisten bot sich eine konkretere Deutung an: überall hatte die spanische Inquisition ihre Ohren.

Ein heller und ein dunkler Triton reiten auf Neptuns Pferden, der helle trägt eine Keule, der dunkle einen Morgenstern. Sie blasen auf ihren Spiralmuschel-Hörnern,

und schon glättet sich das Meer.

Ein Papagei hockt als Sinnbild des gläubigen Menschen[2] auf einem prunkvoll geschmiedeten Kreuz, an dem ein goldenes Banner befestigt ist, das die Säulen des Herkules mit der Devise Karls V. zeigt. *Non plus ultra* soll Herkules selbst auf die von ihm errichteten Säulen geschrieben haben, weil über sie hinauszusegeln als unmöglich galt. Weit ist der unsterbliche Held gekommen, *noch weiter der Kaiser. Plus ultra* war Karls Devise.[3]

Herkules in Person, der als zehnte Arbeit dem dreileibigen spanischen Riesen Geryon auf dessen sagenhafter Insel in der Gegend von Cádiz die Rinderherde stahl, kämpft mit erhobenem Speer auf der Seite von Hispania. Ein Seeschneckenungeheuer mit Truthahnkopf und vielbusigem Giraffenhals dient ihm als Reittier, das Schneckenhaus als Sattel. Von der Beschwerlichkeit des Weges zur Weisheit zeugt ein überdimensionaler Pinienzapfen auf seinem Schoß. »Tugend bringt Mühen, aber auch reichen Lohn«, ist die Lehre der Frucht mit der steinigen Schale im Emblem.[4] Mit Kraft

[1] Mk 4, 22-23. [2] Vgl. Vignau-Wilberg 1969, (Register).
[3] Vgl. *Emblemata,* Sp. 1198 und 1199. [4] *Emblemata,* Sp. 255.

und List bewältigte Herkules seine elfte Aufgabe. Er nahm die Last des Himmelsgewölbes auf seine Schulter und bürdete sie Atlas wieder auf, nachdem ihm der Titan aus dem Garten der Hesperiden die goldenen Äpfel geholt hatte. Für den König von Spanien lag dieser Garten in Westindien. Bei seiner Thronbesteigung ließ sich Philipp II. unter dem Lemma *ut quiescat Atlas,* »auf daß Atlas ausruhe«, zum Herkules stilisieren.[1]

Unermüdlich kämpfte Herkules weiter, nachdem er die zwölf Aufgaben vollbracht hatte. Die Aufschrift *Legio* verweist auf die sagenhaften Heere, die der Musterheld Spaniens für seine Eroberungen aufbot, und erinnert zugleich an die römische Legio VII. Gemina: *Legio* ist der antike Name des Hochlandes und der Stadt León.

Winzig ist das bärtige Gesicht, das aus dem Löwenfell schaut. Mit dem flatternden Röckchen über den bloßen Schenkeln nimmt sich der Tugendheld eher feminin als herkulisch aus. »Unter dem Löwenfell das Frauenkleid«, heißt ein von Erasmus in den *Adagia* kommentiertes Sprichwort, das sich auf Heuchler bezieht, »Mönche und Professoren«, die unter ihrer standesgemäßen Tracht die Gesinnung von Landsknechten verbergen, oder auch auf verweichlichte Wesen, die sich als Asketen gebärden.

Die Episode, in der Herkules sich als Sklave der Königin Omphale wie eine Frau kleidet und schmückt, während sie sich seiner Keule bedient, wird von Erasmus nicht erwähnt. Vielmehr führt er das Sprichwort auf eine von Aristophanes in den *Fröschen* geschilderte Maskerade zurück, mit der sich der Gott des Weines beim Abstieg in die Unterwelt lächerlich macht. Dionysos meint, mit einem Löwenfell über dem safranfarbenen Prachtgewand im Hades Eindruck zu schinden, worüber sich Herakles vor Lachen kaum halten kann.[2]

[1] Vgl. *Antike Mythologie,* S. 397.

[2] Erasmus, Desiderius, *Ausgewählte Schriften,* hrsg. von Werner Welzig, Darmstadt 1990, Bd. 7, S. 572 f.

Ein spanischer Emblematiker stellt die Hasenherzigkeit mancher Landsleute in ein anderes Licht. Die als Minerva gekleidete Hispania bringt einfältige und furchtsame Kaninchen hervor, die Tapferkeit, Mut und Zorn verbergen. »Von mir entfernt, sind sie Löwen«, spricht Hispania, denn nur außer Landes ist der Spanier unerschrocken und kühn. Als Niederländer konnte Hoefnagel ein Lied davon singen.[1]

Im Kontrast zum spanischen Prunkschiff, dessen Wände die Wappen des Landes und das gekrönte »P« des Königs zieren, ist das westindische mit Perlen und Muscheln geschmückt und wird von einem Wasserrad angetrieben.[2] Ein Seeungeheuer mit mächtigem Horn unter zwei Langustenfühlern verdreht am Bug seine Glubschaugen, auf einem Fühler sitzt ein Chamäleon. Ein Affe mit einem Konvexspiegel in der Hand hat sich auf dem goldenen Federkopfputz einer Löwengroteske niedergelassen. Wenn sich der Betrachter nicht täuscht, kann er mit der Lupe im Spiegel des Vanitas-Affen ein Gesicht sehen, in dem er das winzige Selbstportrait des Malers mit Bart erkennt.

Dem spanischen Häresie-Ungeheuer entspricht auf westindischer Seite ein Riesentier, das auf einem langen Hals über dem Katzenrücken den Kopf eines bärtigen Mannes trägt, der mit offenem Mund zu atmen scheint. Als vierfüßiges Pelztier mit Menschengesicht hat es eine lange Reise hinter sich. Ktesias aus Knidos wollte es im vierten Jahrhundert vor Christus in Indien gefunden haben, wo es sich *Martikhora* nannte, was im Persischen Menschenfresser heißt.[3] Aristoteles stellt es im zweiten Buch seiner *Historia animalum* vor, aus welchem es Plinius

[1] *Emblemata,* Sp. 1541.

[2] 1543 experimentierte ein spanischer Seekapitän vergeblich mit Schiffsschaufelrädern, die von Menschen betrieben wurden. Erst mit der Entdeckung der Triebkraft des Dampfes im 17. Jahrhundert kam das Dampfschiff auf.

[3] Vgl. Rudolf Wittkower, *Allegorie und der Wandel der Symbole in Antike und Renaissance,* Köln 1984, S. 120 ff.

als Mantichora übernimmt: »Es hat drei Reihen kamm-artig ineinander greifender Zähne, Gesicht und Ohren eines Menschen, graublaue Augen, eine blutrote Farbe, den Körper eines Löwen und einen Schwanz, der wie ein Skorpion Stacheln einbohrt, eine Stimme, die der Klangmischung einer Schalmei und Tuba gleicht, eine große Schnelligkeit und besondere Gier nach Menschen-fleisch.«[1]

Mantichora aus dem nach 1587 von einem unbekannten Miniaturisten illuminierten Tierbuch des Petrus Candidus.
(© Biblioteca Apostolica Vaticana, Codex Urbinus Latinus 276, fol. 425.)

[1] *Naturkunde,* Bd. VIII, S. 62-65.

Im Mittelalter taucht der Mantichora in verschiedenen Bestiarien auf und schreitet würdevoll auf der Hereford-Karte einher. Als Attribut der personifizierten Häresie erscheint er 1589 auf einem Kupferstich des Stechers und Silberschmieds Anton Eisenhoit.

Im fünften Buch des *Pantagruel* führt Rabelais die tolle Fauna des Tapisserielandes vor. Zwischen allen Mischwesen dieser Welt, tafelnden Elefanten, milchgebenden Krebsen, dem nur von der Luft lebenden Chamäleon

Anton Eisenhoit, *Haeresis Dea,* 1589, Kupferstich.

Faultier aus dem *Tierbuch* von Conrad Gesner, Zürich 1563.

und den munteren Tieren mit den zwei Rücken treten sogar Mantichoren à la Plinius auf.[1]

Zu dieser Zeit war man in Westindien längst auf die Inkarnation des im Orient imaginierten Tieres mit Menschengesicht gestoßen, »ein ziemlich seltsames Tier, Haüt genannt«.[2] Niemand sollte sich wundern, daß sich das Faultier im Land der Menschenfresser fand. Sein träges und scheinbar stumpfes Wesen trug ihm den spanischen Spottnamen *perrico lijero* (behendes Peterchen) ein.[3] Gonzalo Fernández de Oviedo y Valdés erzählt in seiner *Historia general y natural de las Indias* von 1535, das dumme und unnütze Tier lebe von nichts als Luft. »Es wendet auch meistens den Kopf und das Maul nach der Gegend, woher der Wind weht, woraus folgt, daß ihm die Luft sehr angenehm sein muß.«[4]

Der französische Kosmograph André Thevet beginnt seinen Bericht über das Faultier mit einem Lob des Aristoteles und dessen Nachfolger. Obwohl diese Autoren keine Kenntnis Amerikas hatten, fänden wir Trost und Unterstützung in ihren Naturbeschreibungen. Er hoffe,

[1] Rabelais 1974, *Pantagruel*, S. 288. [2] Thevet 1997, S. 199.
[3] Ebd., S. 372. [4] Vgl. *Brehm* 1912, Bd. 1, S. 550.

Faultier in Manticbora-Gestalt im Zentrum der »peruanischen Dinge«, Ausschnitt aus der Süd- und Mittelamerika-Karte von Arnold Florentin van Langren, 1596. Das vom Tupinamba-Volk Brasiliens »Hay« genannte Tier, heißt es in der lateinischen Legende, lebe von nichts als Luft.
(Bayerische Staatsbibliothek München, Hbks F 117-1.)

man werde es ihm nicht verübeln, daß er einige gänzlich unbekannte Dinge der Neuen Welt schildere. Vielmehr solle es für den Leser und Liebhaber seltener und außergewöhnlicher Dinge eine Genugtuung sein, daß die Natur diese in jedem Land anders geschaffen habe.

Thevet zeigt den »Haüt«[1] als eine gutmütige Art von Mantichora, an dessen Blutrünstigkeit nur drei Sichelkrallen an den unbeholfenen Gliedern erinnern, »spitzer und länger als die des Löwen oder sonst eines Tieres, das ich sah, wie wild und groß es auch immer war«.[2] Mit dem Löwenleib-Schema im Sinn, kam ihm dieses uralte Wesen der Neuen Welt so unförmig vor, daß er meinte,

[1] Der Tupi-Name des Faultiers *Ai* ist bis heute der populäre Name der dreizehigen Spezies. [2] Thevet 1997, S. 201.

ohne es gesehen zu haben, würde man es gar nicht glauben können. Anders als das Fabel-Vorbild, das er mit keinem Wort erwähnt, lebt es in den Bäumen. Wenn man es fange, stoße es tiefe Seufzer aus, wie ein von Schmerzen gepeinigtes Kind, wie auch sein Kopf dem eines Kindes gleiche. »Obendrein ganz verliebt in den Menschen, wenn es gezähmt ist, versucht es ihm auf die Schultern zu steigen«[1], was die nackten Wilden wegen der scharfen Krallen nur schwer ertragen können. Denkwürdig sei, daß niemand jemals dieses Tier etwas fressen oder trinken sah, obwohl die Wilden es über lange Zeiträume beobachtet hätten. Ihm selbst wurde während seines zehnwöchigen Aufenthalts in Brasilien ein Faultier geschenkt, das schließlich den aus Europa mitgebrachten Hunden zum Opfer fiel. Sechsundzwanzig Tage lang sah der Kosmograph das arme Tier von der Luft leben.

Faultier, aus: André Thevet, *Les Singularitez ...,* Paris 1557.

Die gleiche Legende umweht seit der Antike das Chamäleon: »Es trägt den Kopf hoch mit stets offenem Munde und ist das einzige Tier, das nicht von Speis und Trank, sondern nur von der Luft lebt; durch seinen auf-

[1] Ebd., S. 200.

gesperrten Mund ist es schreckenerregend, sonst aber unschädlich.«[1] Wo es nicht Wandlungsfähigkeit, Weltuntertänigkeit oder Schmeichelei verkörpert, wird es in der Renaissance als Attribut der Luft und Sinnbild der Genügsamkeit dargestellt.[2]

Thevets Kapitel über das Faultier schließt mit der Erinnerung an das Chamäleon. Einst in Konstantinopel konnte er sich selbst von der Genügsamkeit dieser in Käfigen gehaltenen Tiere überzeugen.

In Thevets *Cosmographie universelle* von 1575 kommen neben dem Haüt noch weitere Tiere mit Menschengesicht vor. Mantichoren-Vettern aus anderen Weltregionen: der krause *Thanact* vom Roten Meer und der äthiopische *Huspalim.* Letzteren zählt der Kosmograph ebenfalls zu den Wesen, die sich vom Wind ernähren.[3]

Thanact, aus: André Thevet, *Cosmographie universelle,* Paris 1575.

[1] *Naturkunde*, Bd. VIII, S. 92-95. [2] Tervarent 1997, S. 83.
[3] Vgl. Lestringant 1997, S. 373.

Huspalim, aus: *Cosmographie universelle.*

Faultier, aus: *Cosmographie universelle.*

Hoefnagel zeigt uns das Chamäleon gleichsam als Wind-Vorkoster des Riesentieres, das sowenig in natürlicher Größe dargestellt ist wie der Haüt im Vergleich zu den ihn umgebenden Menschlein in Thevets *Cosmographie*. Vielmehr scheint es als Entsprechung zum spanischen Häresie-Monster noch ins Abgöttische vergrößert zu sein.

Über dem Kopf des Götzen aus dem Menschenfresser-Land hält ein grauhaariger dunkelhäutiger Faun mit beiden Armen ein juwelen- und perlenbesetztes Segel in den Wind. Zwei an seinem Gürtel befestigte Zügel erlauben es einem brüllenden Affenwesen, ihn vom Heck des Schiffes aus zu dirigieren (Abb. S. 165).

Hinter dem Rücken des Götzen schießt ein perlenbekränzter bärtiger Wilder mit Pfeil und Bogen in Richtung Papagei. *America* steht auf dem Schild, das seinen dicken Silenenbauch nur halb verdeckt. Klauenbewehrte Drachenflügel ragen hinter ihm auf. Mitten im Schiff schüttet *Opulentia* Gold- und Silbermünzen aus ihrer Schürze. Vor ihrem prallen Geldsack nimmt sich eine Groteske mit gewundenen Hörnern ganz und gar höllisch aus.

Als Entsprechung zum Helden mit der Löwenhaut reitet auf amerikanischer Seite ein schwarzbärtiger Indianer auf einem Phantasie-Walfisch. Eine prächtige Federkrone schmückt seinen Kopf, und zum Faltenrock trägt er Federärmel. Mit dem Schild *Nova Hispania,* dem heutigen Mexico, hält er eine rote spatelförmige Kampfkeule.

Was dem Merkur sein Triumphwagen, ist dem Pan seine Weide. Lässig hockt er auf dem Rasenthron einer Felsengrotte und gibt uns mit seinen Attributen Rätsel auf. Unter dem linken Arm hält er ein unbekanntes Instrument, in der rechten Hand eine Art Zierranke, an der ein seltsames Gebilde hängt, das mit seinen weißen und roten straußenartigen Federn wie ein phantastischer Federschirm wirkt. Ähnlichen Indianerschmuck beschreibt Hans Staden 1557 in seiner *Warhaftig Historia und beschreibung eyner Landtschafft der Wilden / Nacketen / Grimmigen Menschenfresser Leuthen / in der Newenwelt America gelegen.* »Haben auch eynen zierraht von Straußfedern gemacht / Das ist ein groß rund

Enduap aus der *Warhaftig Historia* von Hans Staden.

ding von federn / das binden sie auff den hindersten wann sie zu krieg ziehen gegen ire feinde / oder wann sie sunst eyn fest machen / heysset Enduap.«[1] Was der Federputz, den brasilianische Indianer am Hintern tragen, über dem

[1] Hans Staden, *Warhaftig Historia…,* Marburg 1557, Neuaufl. hrsg. von Günter E. Th. Bezzenberger, Kassel 1978, S. r ij.

Theodor de Bry, *Kriegstanz der von Jean de Léry beschriebenen Indianer Brasiliens,* aus: *Americae Tertia Pars,* Frankfurt a. M. 1593.

zierlichen Köpfchen der Opulentia verloren hat, bleibt vorläufig das Geheimnis des hellhäutigen Pan mit dem dunklen Bocksleib. Friedlich jedenfalls scheinen die Zeiten, in denen der Kriegsschmuck als Sonnenschirm dient, und vielleicht will uns dieser Genießer von *luxe, calme et volupté* damit sagen, daß der schöne Schatz unter seiner Schirmherrschaft steht.

Vor dem Schiff der Neuen Welt hält ein nackter Drachenreiter ein sonnenstrahlumkränztes Schild mit der Aufschrift *Dominica.* Man würde den schlanken Alten mit der Stirnglatze und dem wehenden Bart für einen klassischen Meergreis halten, der wie Nereus oder Proteus

über die Gabe der Weissagung verfügt, trüge der Prophet nicht eine Hirtentasche und Steinschleuder bei sich. Sein Blick richtet sich nicht nach Spanien; er ist, wie der des Indianers aus Mexico, nach rechts zurückgewandt.

Weil der Tag, an dem Kolumbus bei seiner zweiten Amerikafahrt im November 1493 die Insel der kleinen Antillen entdeckte, ein Sonntag war, nannte er sie Dominica. Nicht die besondere Insel, ihr Name scheint für Hoefnagel maßgeblich gewesen zu sein. Dominica, der Tag des Herrn, wird zum Gedächtnis der Auferstehung so genannt, und von dieser kündet das Sonntagsschild.

Hirtentasche und Steinschleuder spielen auf die Stärke des Schwachen an. In Davids Sieg über den Riesen Goliath war der Triumph Christi über den Satan vorgezeichnet. »Wenn Du den Spuren Davids folgst, wirst Du eines Tages Gott selbst schauen«, schreibt Zwingli 1531 an François I und beschwört in Gottes Nähe den Anblick einer bunten Gesellschaft aus heidnischen Heroen, römischen Staatsmännern, griechischen Philosophen, Aposteln, Patriarchen und Propheten.[1]

Vergleiche Lebender mit dem tapferen Hirten, dem Dichter der Psalmen, Sänger, Hofmusikanten, König und Propheten David erfreuten sich großer Beliebtheit. In König David war Kaiser Karl V. präfiguriert, Kolumbus pries sich selbst als neuen David an, Wilhelm von Oranien wurde durch den Vergleich mit dem Bezwinger der Philister geehrt, der Poet und gelehrte Postellianer Guy Le Fèvre de la Boderie wurde als David redivivus gefeiert.[2] Chiliasten und christliche Kabbalisten wie

[1] Zit. n. Seznec 1993, S. 34.

[2] Vgl. Vignau-Wilberg 1969, Bd. I, S. 72ff. Zu Le Fèvre de la Boderie und Postel vgl. Secret 1985, S. 171-185.

Postel glaubten, daß jede Seele dreimal erscheine. Die Seele Adams war in den Leib König Davids übergegangen und wird im Messias wiederkehren, wenn das paradiesische Zeitalter der universellen Eintracht anbricht.

»Ich behaupte, daß der Heilige Geist sich in Christen, Juden, Mauren und aller Art Menschen offenbaren kann, und nicht nur bei den Weisen, sondern auch bei den Einfältigen«, schreibt Kolumbus an seine »Erlauchtesten Könige von Aragon und Kastilien«.[1] Als einfältig im besten Sinn, als Menschen »ohne Falsch und Arg«, schildert der Dominikanermönch Bartolomé de Las Casas in seinem 1552 in Sevilla veröffentlichten *Kurzgefaßten Bericht von der Verwüstung der Westindischen Länder* die Indianer. »Sie waren sehr folgsam, äußerst treu, sowohl ihren ursprünglichen Herren, als den Christen welchen sie dienten; waren demütig, geduldig, friedliebend und ruhig; kannten weder Streit, noch Zwietracht, noch Zank; wußten nicht einmal, daß Groll oder Haß oder Zwietracht oder Rachsucht in der Welt vorhanden sei. (...) Sie sind hiernächst sehr arme Leute, besitzen wenig von den Gütern der Erde und trachten auch nicht darnach; deswegen sind sie auch weder stolz, noch hoffärtig, noch habsüchtig. Ihre Nahrung ist von der Art, daß selbst die heiligen Väter in der Wüste nicht spärlicher, armseliger, kümmerlicher gelebt haben mögen. (...) Sie sind von schnellem, unbefangenem, durchdringendem Fassungsvermögen; gelehrig und empfänglich für gute Grundsätze, voll Fähigkeit unsern heiligen katholischen Glauben anzunehmen, und sich an gottseligen Wandel zu gewöhnen. In dieser Rücksicht findet man bei ihnen weit weniger Hindernisse als bei

[1] Zit. n. Friedrich Heer, *Die dritte Kraft,* Frankfurt 1959, S. 310f. Diese Fürsprache der Mission ist keineswegs als Ausdruck der Toleranz in *unserem* heutigen Sinn zu verstehen. Vgl. Frank Lestringant, »Nouveau Monde, Fin du Monde« in: *L'expérience Huguenote au Nouveau Monde (16. siècle),* Genf 1996, S. 367f.

allen übrigen Sterblichen, die Gott auf diesem Erdball erschuf.«[1]

Solch gutem Wilden steht es wohl an, als Prophet der Neuen Welt die Attribute des Sieges über das Böse zu tragen. »Ich habe den Herrn beständig vor Augen«, singt David im 16. Psalm, »er steht mir zur Rechten, ich wanke nicht. / Darum freut sich mein Herz und frohlockt meine Seele; / auch mein Leib wird wohnen in Sicherheit. / Denn du gibst mich nicht der Unterwelt preis;/ du läßt deinen Frommen das Grab nicht schauen./ Du zeigst mir den Pfad zum Leben. / Vor deinem Angesicht herrscht Freude in Fülle, / zu deiner Rechten Wonne für alle Zeit.«[2]

Der Italiener Girolamo Benzoni, der vierzehn Jahre in Amerika war, zitiert in seiner 1565 in Venedig erschienenen *Historia del Mundo Nuovo* einen siebzig Jahre alten Indianerhäuptling, der ihm den Spiegel vorhält: »Lieber Christ, sage mir, wozu sind die Christen nütze oder was sind sie? Sobald sie unsere Wohnungen betreten, begehren sie alle Früchte, Mais, Honig, Baumwolle, Seidengewänder und andere Dinge, dazu eine Indianerin zu unzüchtigen Sachen, schinden und schaben das Gold und Silber an allen Orten, wo sie es von den Indianern bekommen mögen. Über das tun sie keine Arbeit, sondern sind verlogene und leichtfertige Leute, spielen, fressen, saufen, sind böse Buben und lästern Gott daneben ... Sie selbst hauen und stechen und erwürgen sich untereinander, in summa, sind ganz schandlos ehrvergessene Leute von Natur.«[3]

Auch Hoefnagel kehrt die Mission um. Nicht India, Hispania wird das Schild der Auferstehung entgegen-

[1] Bartolomé de Las Casas, *Kurzgefaßter Bericht von der Verwüstung der Westindischen Länder,* hrsg. v. Hans Magnus Enzensberger, Frankfurt 1966, tb 1981, S. 9f.

[2] Ps 16, 8-11.

[3] Zit. n. Gereon Sievernich, »Von Indianern und Protestanten« in: *America de Bry,* Berlin & New York 1990, S. 9.

gehalten. Der es trägt, scheint ein neuweltlicher Prophet zu sein, auch wenn er eher Guillaume Postel als einem Indianer ähnlich sieht. Die Holzschnitte der *Singularitez* zeigen die von Thevet als Mönchstonsur beschriebenen Stirnglatzen der Brasilianer. In seiner kurzen Beschreibung der nach ihren Einwohnern »Kannibalen« genannten Kleinen Antillen hebt Thevet die größte Insel hervor. Ihren christlichen Namen, Dominica, erwähnt er nicht. »Die Wilden dieser Insel sind so tödliche Feinde der Spanier, daß diese dort keinerlei Handel treiben können. Auch ist dieses Volk schrecklich anzusehen, hochmütig und kühn, mit einem starken Hang zu Diebereien. (...) Ihre Art, Krieg zu führen, ist wie die der Amerikaner und anderen Kannibalen, von denen wir gesprochen haben, außer daß sie Schleudern aus Tierhäuten und Holzschale verwenden.«[1]

Die Bartlosigkeit der Eingeborenen Westindiens wurde in allen Entdecker-Berichten hervorgehoben. Dennoch wurden Indianer auf Einblattdrucken und Amerika-Karten als grillende Menschenfresser mit wilden Bärten dargestellt. Realismus lag dem Zeitalter der Allegorisierung fern. Woran sollte man die wilde Natur der Kannibalen erkennen, wenn nicht am Wildwuchs ihrer Haare? Auch ein Prophet aus Übersee wäre ohne seinen langen weißen Bart als solcher sowenig zu erkennen gewesen wie ein Pan oder Faun ohne Fell.

Die Gleichsetzung der Wilden Amerikas mit den »Wilden« der Antike verstand sich von selbst. »Die ferne Zeit und der ferne Raum vereinigen sich, bestimmen ein gemeinsames Terrain, in dem die humanistische Kultur heimisch ist und in vertrautem Land.«[2] Nicht anders war es bei der Rettung antiker Götter in die christliche Arche zugegangen. Pan etwa hat seine Bocksfüße dem Teufel geliehen. In der Emblematik stellt er *Luxuria,* Ausschweifung und Geilheit dar, was ihn nicht hindert, in

[1] Thevet 1997, S. 235 f. [2] Lestringant 1997, S. 25.

Gesellschaft von Nymphen in einem illuminierten Psalter inmitten der Geschichte Davids aufzutauchen.[1] Und war nicht in der Anekdote vom Tod des großen Pan der Tod Christi vorgezeichnet? Rabelais geht noch einen Schritt weiter.

Tränen, so groß wie Straußeneier, kullern Pantagruel über die Wangen, als er vom Tod des großen Pan erzählt. In Rabelais' neoplatonischer Deutung ist der Hirtengott des ländlichen Arkadiens, dieser Faulpelz und Nymphenjäger, dem nichts heiliger war als der Bei- und Mittagsschlaf, niemand anders als der Heiland der Gläubigen. »Und diese Ansicht scheint mir nicht zu verwerfen. Denn mit vollem Recht kann er ja im Griechischen ›Pan‹ genannt werden, insofern er unser alles ist. Alles, was wir sind, was wir leben, haben und hoffen, sind und haben wir in, von und durch ihn. Er ist der große Pan, der gute Hirt, der, wie der zärtliche Hirt Korydon es bezeugt, nicht nur seine Lämmer, sondern auch die Hirten liebt und hegt. Bei seinem Tod erfüllten Wehklagen, Seufzen, Schrecken, Jammer das ganze All, Himmel, Erde, Meer und Unterwelt. Auch die Zeit stimmt mit dieser Deutung überein, denn dieser über alles gute und große Pan, unser alleiniger Heiland, starb zu Jerusalem, während Tiberius zu Rom als Kaiser herrschte.«[2]

Eine Parodie? Die Straußeneiertränen, gewiß. Aber Rabelais hat Postel gelesen, dem nur ein winziges Quentchen Humor gegeben war. Die Postellianische Version vom Tod des großen Pan im ersten Buch von *De orbis terrae concordia* ist über jeden Parodie-Verdacht erhaben. In seinem Schreibfuror vermischte Postel den bocksfüßigen großen Pan und sterblichen Halbgott mit dem mystischen Allgott, dem Pan des orphischen Pantheons, in dem alle Gegensätze zusammenfallen.[3]

[1] Seznec 1993, S. 195. [2] Rabelais 1974, *Pantagruel,* Bd. 2, Kap. 28, S. 103.
[3] Vgl. Wind 1981 (Register).

Rabelais übernahm das Amalgam des Chiliasten. Wenn Pan und Pan identisch waren, konnte der in irdischer Zeit gestorbene Hirtengott nur der Heiland gewesen sein. Ein Postel mußte den »Geiß Mann« dabei wegblenden.[1] Nicht so Rabelais. Die allzumenschlichen Seiten des Pan, der im Emblem des Alciatus die menschliche Natur schlechthin symbolisiert, machte seine Verschmelzung mit dem Heiland für den Dichter nur um so plausibler.

Welche Schriften über die Neue Welt Hoefnagel kannte, ist nicht überliefert. Aber die Bibliothek seines Freundes Ortelius war so reich an Büchern aller Wissensgebiete, daß Bildungshungrige sich dort versammelten, »wie einst in Platos Akademie oder im Lyceum des Aristoteles«.[2] Reise- und Entdecker-Literatur wird einen bevorzugten Platz eingenommen haben. Las Casas, Staden und Benzoni dürften sowenig gefehlt haben wie die in der Oktav-Ausgabe bei Plantin in Antwerpen gedruckten *Singularitez* von Thevet, mit dem Ortelius auch korrespondierte. Selbstverständlich waren auch die *Adagia* von Erasmus präsent, das beliebteste Nachschlagewerk der Zeit. Daß Hoefnagel »dieses Kompendium von Proverbien gekannt hat und vielleicht selber besaß, geht aus vielen, auch weniger bekannten Redewendungen im ganzen Werk Hoefnagels hervor, die man in den *Adagia Erasmiana* wiederfindet.«[3] Auch der im heidnischen Wilden verborgene gute Christ ist eine Figur der *Adagia.* Erasmus' lange Erörterung zur Redewendung *Sileni Alcibiadis* gehört zu den Glanzstücken seiner Sammlung.

Das geflügelte Wort »die Silene des Alcibiades« bezieht sich zum einen auf Dinge, die auf den ersten Blick wertlos und lächerlich erscheinen, sich bei genauer

[1] *Emblemata,* Sp. 1832.
[2] Frans Sweerts, »The Life of Abraham Ortelius« (1603), in: *First Atlas,* S. 29. [3] Vignau-Wilberg 1969, S. 267.

Betrachtung aber als bewundernswert herausstellen, und zum anderen auf einen Menschen, dessen Aussehen und Betragen weniger verspricht, als sich in seinem Herzen verbirgt.

Am Ursprung der griechischen Redewendung stehen die Silene, kleine holzgeschnitzte Figuren, die sich öffnen und zweiteilen ließen. Geschlossen sahen sie wie die Karikatur eines scheußlichen Flötenspielers aus, eben jenes Silen, »Lehrer des Bacchus und Hofnarr der Götter der Poesie«.[1]

Als Silene dieser Art, Wesen, deren göttliche Dimension im Inneren verborgen ist, beschreibt Erasmus nicht nur Sokrates, Diogenes und Epiktet, sondern auch die Propheten, Apostel und Christus selbst. Die gleiche Wahrheit gilt für die Dingwelt. »Stets ist das Bedeutendste das Allerunscheinbarste. Schaut die Bäume an: ihre Blüten und Blätter schmeicheln jedem Auge, und ihr gewaltiger Stamm ist unübersehbar; hingegen das Samenkorn, aus dem das Ganze seine Kraft bezieht: was für ein winziges, gut verstecktes Ding ist es doch, wie fern der Augenweide und wie wenig dazu angetan, für sich selbst zu werben.«[2]

Silenisch konnte also auch ein Indianer sein, der eine göttliche Dimension offenbart, eine christliche, versteht sich. Bei der Besatzung des Schiffes India kann davon keine Rede sein. Der Silen mit den Drachenflügeln, der auf den Papagei zielt, der von einem brüllenden Affenwesen gelenkte Faun und selbst der müßige Pan, der nichts weiter im Sinn hat, als die schöne Opulentia mit seinem Hinternputz zu beschirmen, gehören der Welt Satans an. Die Nachricht vom Tod des großen Pan ist nie in ihre Wildnis gedrungen, und kein Mensch hat ihnen je vom Heiland erzählt. Aber noch ist nicht aller Tage Abend. Wenn sie ihre Bocksnatur ablegen und dem Allmächtigen nicht mehr den Rücken kehren, blüht

[1] *Adages* 1992, Bd. 34, S. 262. [2] Ebd., S. 266.

auch ihnen das ewige Leben. In Menschen verwandelt segeln sie geradewegs ins Paradies, denn sie sind Geschöpfe der Postellianischen Mythologie. *Des Merveilles du monde, et principalement des admirables choses des Indes et du Nouveau Monde* heißt das 1553 in Paris erschienene Werk, dem sie entsprungen sind. Diese dunkle Quelle spiegelt Hoefnagels leuchtende Allegorie und gibt uns die Lösungen der Rätsel preis. Dunkel war sie im doppelten Wortsinn, denn die Schriften des wiedergeborenen Propheten Elija und *Pape angélique,* als der sich Postel verstand, konnten nur im Verborgenen gelesen werden. Seine Bücher standen auf dem Index, und manches Erzeugnis seiner schubweisen »Tachygraphie«[1] wagte selbst sein Freund Oporin in Basel nicht zu drucken. Aber je finsterer die Zeiten, desto heller leuchten die messianischen Sterne. Die unveröffentlichten Weissagungen von Postels *Thresor des Prophéties de l'Univers* zirkulierten im Antwerpen der Alba-Zeit in handgeschriebenen Kopien. Mit großer Besonnenheit gelang es Ortelius, die Weltanschauung des »großen Mathematikers« und Propheten in seiner Asien-Wandkarte von 1567 auszubreiten und zugleich zu verbergen.

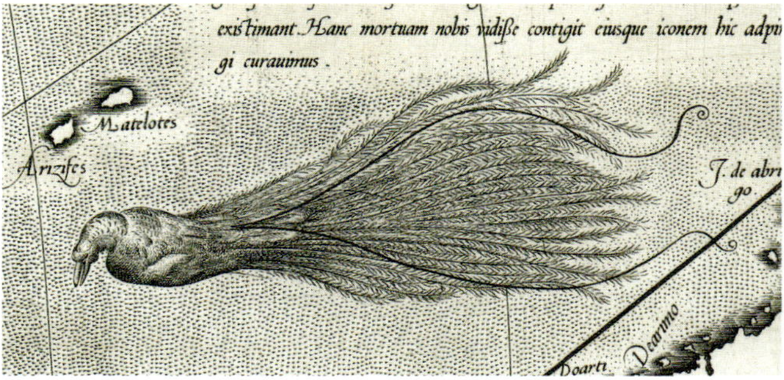

Paradiesvogel, Ausschnitt aus der Asien-Wandkarte von Ortelius, 1567.
(Öffentliche Bibliothek Universität Basel.)

[1] Vgl. Secret 1985, S. 175.

Wer sollte daran Anstoß nehmen, wenn in einer Kartuschen-Inschrift zu lesen war, daß das kultivierte China verdient, ein Paradies auf Erden genannt zu werden? Wer konnte bezweifeln, daß die Chinesen den Buchdruck kannten, lange bevor wir ihn in Europa erfanden? Albas Bluthunde nahmen keine ketzerische Witterung auf. Nur die Eingeweihten erkannten im Balg des Paradiesvogels, der im Inselbereich der Molukken schwebt, das Postellianische Emblem. *Historiae Oculus Geographia,* »die Geographie ist das Auge der Geschichte«, lautet ein Leitsatz von Ortelius.[1] Es könnte der bizarren Doktrin von Postellus als Überschrift dienen.

Die Ewigkeit des Faultiers

Am dritten Tag der Schöpfung ließ Gott die Erde aus den Wassern in die boreale Zone der Welt aufsteigen. Die in die südliche Hemisphäre ragenden Kontinente gleichen die Meere der nördlichen aus. An eine südliche *terra australis* glaubte der ausgezeichnete Kartograph und Elija redivivus nicht.[2]

Im göttlichen Gradnetz der Welt verbinden sich Zeit und Raum. Kein Meridian entging den mystischen Interpretationen des kabbalistisch geschulten Kosmographen. *Omnia in omnibus,* alles ist in allem und alles hängt mit allem zusammen. Dem hermeneutischen Wahnsinn ist keine Grenze gesetzt. Er spiegelt sich in einem System von makelloser Kohärenz und Symmetrie. Aber hüten wir uns, Vorstellungen von Rationalität ins 16. Jahrhundert zu projizieren, die jener Zeit fremd waren. Überlassen wir das Urteil über das ekstatische Gebaren des

[1] *First Atlas,* S. 145 ff.

[2] Vgl. Frank Lestringant, »Cosmologie et mirabilia à la Renaissance: L'exemple de Guillaume Postel«, in: *The Journal of Medieval and Renaissance studies,* Durham 1986, Vol. 16, S. 255.

Visionärs der Inquisition, und halten wir uns vor Augen, wie harmonisch sich sein Denkgebäude in die geistige Landschaft der Spätrenaissance fügt.

Der Mikrokosmos spiegelt den Makrokosmos. Den vier Lebensaltern des Menschen entsprechen vier Welt-Zeitalter in vier Regionen. Die Morgenröte der Molukken stellt die Kindheit der Welt dar, die Mittagssonne Syriens ihre Jugend, die Dämmerung Europas ihre Reife, die amerikanische Nacht ihr Greisenalter. Dem entsprechen vier Zeitalter der Menschheit, die nach dem Gesetz eingeteilt sind, dem sie gehorchen.[1] Das erste nach dem der Natur, das zweite nach dem der Schrift, das dritte nach dem der Gnade. Wenn diese drei vollendet sind, bricht endlich das vierte Zeitalter an, das messianische der Restitution. Die Geschichte der Menschheit ist die des Heils, ihr Ziel: die Wiederherstellung der Dinge in ihrer Ganzheit, die durch den Sündenfall verwirkt worden war. »Bevor aber der Tag des Herrn kommt, / der große und furchtbare Tag, / seht, da sende ich euch den Propheten Elija«[2], verheißt das Alte Testament, und die Worte Jesu bestätigen es: »Ja, Elija kommt, *und er wird alles wiederherstellen.*«[3]

Die Geschichte der drei Zeitalter spielt in einer seit dem Sündenfall gespaltenen Welt. Die irdische Sphäre hat eine Tag- und eine Nachtseite. In der einen Hemisphäre steigt der Himmel empor, in der anderen sinkt er herab. Nicht am Morgen und am Abend, wie die tägliche Erfahrung lehrt, sondern immerdar. Erst in messianischer Zeit werden die Gegensätze zusammenfallen.

Die eine Hälfte der Welt wird von der Sonne regiert, die andere vom Mond: Orient und Okzident. Der Osten ist die lichte, der Westen die dunkle Seite der Welt. Das Morgen- und das Abendland stellen das Erbe zweier Söhne Noahs dar, Sem und Jafet. Der dritte, Ham, wird nicht genannt. Der Noahs Blöße aufdeckte, hätte auch

[1] Secret 1985, S. 176. [2] Mal 3,23. [3] Mat 17,10.

Postels Symmetrie gesprengt. Sem erhielt den paradiesischen Teil, der bis zum Pazifik reicht, während Jafet sich mit dem höllischen zufriedengeben mußte, der Europa und die Neue Welt umfaßt, von der Jafet freilich noch nicht wissen konnte.

»Ich muß hier nicht weiter überreden, daß der abendländische Teil der Welt von den Alten Unterwelt genannt wurde«, schreibt Postel in *Des Merveilles,* »weil die Sonne immer gen Westen untergeht, denn das war einst eine fraglose Sache. Deshalb hat unser gemeinsamer Vater Noah seinen beiden Erben zwei Teile vermacht, einen geistigen, männlichen, orientalischen, aufsteigenden, überirdischen, unwandelbaren, und einen zeitlichen, weiblichen, abendländischen, sinkenden, infernalischen, wandelbaren.«[1]

Jafets finsteres Erbland ist von Pluto beherrscht, dem Gott der Toten und der unterirdischen Reichtümer. Stöhnen und der schwirrende Klang wütender Schläge kennzeichnen nach Vergil das Plutonische Reich.[2] Laut Postel liegt es im nächtlichen Westindien, dem »einst Atlantis genannten Erdteil«.[3] Es zeichnet sich durch sumpfige Niederungen und reiche Minen aus. Die Fülle des Goldes, das habgierige Eroberer der westindischen Erde entreißen, beweist den rein zeitlichen Charakter der »plutischen oder palutischen« Provinzen, deren Bewohner der neue Elija *Inferes* nennt.[4] Wie Oviedo berichtete, beten sie den Teufel an. Man kann sie in keiner Weise davon abhalten, »namentlich wenn sie alt sind. Und ein Hauptgrund ihrer Verstocktheit ist, daß ihnen der Teufel verheißt, wenn sie ihm ungehorsam sind, werde er ihnen einen schrecklichen Sturm schicken, der sich Huracan nennt.«[5]

Sems Reich, die lichte Gegenwelt zur finsteren Plutos, ist der glückliche Orient. Im Bereich des Meridians, der

[1] *Des Merveilles,* f. 67 v. [2] *Aeneis,* 6. 557 f. [3] *Des Merveilles,* f. 40.
[4] Von *palus,* »Sumpf«, ebd., f. 89. [5] Ebd., f. 40 v.

sich vom Archipel der Molukken über China spannt, ist es dem Himmel am nächsten. Einst lag dort das irdische Paradies. Von der Aura der glückseligen Gefilde ist der ferne Osten noch immer erfüllt. Sichtbares Zeichen dafür sind die Wunderwerke der Schöpfung, die in Ostasien so zahlreich sind wie in keiner anderen Region der Welt.

Zu den seltensten Wunderdingen gehören die mit Empfindsamkeit begabten wandelnden Blätter eines Baumes, die Pigafetta auf der Insel Timor sah. »Was ich dar-

Portrait des Baumes der wandelnden Blätter,
aus: Claude Duret, *Histoire admirable des plantes et herbes esmerveillables…,* Paris 1605.
(Bayerische Staatsbibliothek München.)

über schreibe«, beteuert der Prophet, »soll nur zeigen, daß Gott alles in allen Dingen ist, indem er alles durch Wunder macht. Denn gewiß habe ich ebensoviel Bewunderung für die kleinste Frucht, das kleinste Lebewesen, Kraut oder Weizenkorn, wie für den Baum der wandelnden Blätter.«[1] Als wunderlichstes aller Geschöpfe des Orients hat Gott das Pflanzenschaf *Boranetz* geschaffen, das aus einem melonenartigen Samen wächst und seine Nahrung über einen Stiel am Bauchnabel aus dem Erdreich zieht.[2]

Boramets, aus: Claude Duret, *Histoire admirable des plantes et herbes esmerveillables…,* Paris 1605. (Bayerische Staatsbibliothek München.)

Aus dem Morgenland kamen die weisen Magier, die man die Heiligen Drei Könige nennt. Sie waren Heiden und wußten doch den Stern zu deuten, denn im Osten leben die begabtesten Völker der Erde, *Supères* genannt. Ihre Wissenschaften, Künste und Techniken sind den

[1] Ebd., f. 67.

[2] Als »Boramets« lebt das von Postel erwähnte Pigafetta-Schaf bis ins 17. Jahrhundert fort. Vgl. Abb. 80.

unseren weit überlegen. »Alle Dinge besonderer Kunstfertigkeit, die wir im Abendland haben, sind nichts als Schatten der Prächtigkeiten des Orients.«[1] Selbst als Christen können wir von den *Supères* noch lernen. Wie die missionierenden Jesuiten bezeugen, war das heilige Mysterium der Wandlung in China schon vor ihrer Ankunft offenbar, und ohne Jesu Namen zu kennen, führten die Japaner ein gottgefälliges Leben im Sinne des Evangeliums. Wiege aller Religionen ist der glückliche Orient. Die Zeremonien unterscheiden sich, in ihrem Kern stimmen alle Religionen überein. In messianischer Zeit werden sie in der Universalkirche eines geläuterten Christentums aufgehoben sein, ohne ihre unterschiedlichen Formen einzubüßen. Pan ist in Proteus verborgen, in der Vielfalt wird der eine Gott offenbar.[2]

Vorläufig mißverstehen sich die Menschen noch und führen sinnlose Glaubenskriege. Ihre Verblendung ist Folge des Sündenfalls. Unfaßbar bliebe ihrem schwachen Verstand die Erlösung, hätte der gütige Gott ihnen nicht Zeichen gesandt. »Gott gibt sich dem Menschen als Herr dieser Welt zu erkennen, indem er ihm die Wunder der Schöpfung ständig erneuert.«[3] Alle Mirabilien sind von IHM ausgezeichnet. Sie sind dazu ausersehen, das Heilsgeschehen verständlich zu machen. Im Zeitalter der Gnade klärt Gott die Menschen durch konkrete Wunder über die heiligen auf. Im Unglaublichen spiegelt sich der Glaube. Zwei wundersame Kreaturen spielen die Hauptrollen im Welttheater des Heils. In weiser Voraussicht ließ Gott sie erst im 16. Jahrhundert als Darsteller auftreten. Zur Zeit der Emblemata und Paradoxa war die Deutung seiner Mirabilien ein Postelspiel.

Ein Höllenhundchen verkörpert im Plutonischen Reich die Auferstehung des Fleisches und das ewige Leben, während ein Vögelchen Gottes auf den glücklichen Inseln der Molukken den Sündenfall und den Tod auf

[1] Ebd., f. 10. [2] Wind 1981 (Register). [3] *Des Merveilles,* f. 67 v.

Erden darstellt. Als reines Seelenwesen mit dem prächtigsten Gefieder der Schöpfung lebt der Paradiesvogel vom Himmelstau. Verläßt er die glückseligen Gefilde der Luft, stürzt er sich zu Tode, da er keine Füße hat.

Die Paradiesvogelbälge, die mit Magellans Schiff nach Sevilla kamen, waren von den Papuas so täuschend präpariert, daß die Gelehrten der Zeit ihre Knochen- und Fußlosigkeit für natürlich hielten. Gesner und Aldrovandi schlossen sich der Überzeugung Cardanos an, daß der in seiner Heimat *Manucodiata*[1] genannte Wundervogel sein Dasein im Dauerschwebflug verbringt, weshalb er keine Füße braucht. Auch Knochen wären den beiden Gruben hinderlich, die das Brutgeschäft ermöglichen. Die eine hat das Weibchen am Bauch, die andere das Männchen am Rücken. So kann das Weibchen hoch in den Lüften seine Eier auf dem Rücken des fliegenden Männchens ausbrüten, festgebunden durch zwei Schwanzfedern des Gatten, die lang, geschwungen und fest wie Schusterdraht sind.[2] Kein menschliches Auge reicht in die Region der schwebenden Paradiesvogelpäckchen, und niemand hat je ein Vögelchen Gottes lebendig gesehen. Aus den höchsten Höhen auf die Erde oder ins Wasser gestürzt, kann es nur noch als göttliche Reliquie verehrt werden.[3]

Erst am Ende des 16. Jahrhunderts klärte Clusius den Irrtum der Fußlosigkeit des Paradiesvogels auf. Bis heute heißt die größte Spezies *Paradisea apoda.* Es ist das Verdienst Linnés, die Legende im Namen einer Art der Familie *Paradisaeidae* festgehalten zu haben.

Nicht auf Erden, im Himmel ist die Seele unsterblich. Das lehrt der große Paradiesvogel mit den roten und gelben, reich zerschlissenen Schmuckfedern, die unter den Flügeln entspringen wie Schleppen aus gesponnenem Gold.

[1] »kleiner Vogel Gottes«. [2] Vgl. Gesner, *Vogelbuch,* Teil II, S. 362 ff.
[3] *Des Merveilles,* f. 54 / f. 54 v.

Im infernalischen Teil der Welt ist das Faultier berufen, eine entsprechend erbärmliche Figur abzugeben. Zur Darstellung schwerfälliger Leiblichkeit scheint die kleine Kreatur wie geschaffen. Selbst einem Buffon mit seinem glasklaren Deisten-Verstand wird dieses urzeitliche Wesen noch unbegreiflich sein: »So lebhaft, tätig und exaltiert die Natur bei den Affen erscheint, so langsam, beengt und zugeschnürt zeigt sie sich bei den Faultieren; und es ist weniger Faulheit als Elend, es ist Gebrechen, Mangel, fehlerhafter Bau; die Augen blöde und gedeckt, die Kinnbacken unbeholfen und schwerfällig, das Haar platt, getrocknetem Grase ähnlich, die Schenkel schlecht eingefügt und fast außerhalb der Hüfte, die Beine kurz, schlecht gewadet und noch schlechter endigend; kein Fußteller, keine Daumen, keine für sich allein beweglichen Finger, sondern zwei oder drei außerordentlich lange Nägel, nach unten gebogen, die sich nur zusammen bewegen können und beim Gehen mehr hindern, als beim Klettern fördern.«[1] Treffend beschreibt Brehm den Gang des »armseligen Baumsklaven« als ein »mühseliges Fortschleppen des Leibes«, das immer das Mitleid des Beschauers wachruft«.[2]

Postel las über den *perrico lijero* bei Oviedo. Den unsäglichen spanischen Spottnamen übersetzt er mit *petit chien subit,* was soviel wie »hurtiges Hundchen« heißt. Oviedo schreibt, das schwerfällige Tier könne sich nur mit Mühe fünfzig Fuß pro Tag fortbewegen. Den Ehrenplatz im Zentrum der Unterwelt à la Postel verdankt es seiner Plumpheit und seinem melancholischen Gesang.

Oviedo meinte, daß sich die Stimme des Faultiers beträchtlich von der aller anderen Tiere unterscheide. »Man hört es ausschließlich nachts; im allgemeinen ein kontinuierlicher, in Abständen ertönender Gesang, der aus sechs absteigenden Tönen besteht. Der höchste kommt zuerst, dann senkt sich die Stimme allmählich.

[1] Zit. n. Brehm 1912, Bd. 1, S. 550. [2] Ebd., S. 552.

Faultier, aus: Carolus Clusius, *Exoticorum libri decem,* Antwerpen 1605. Diese Darstellung des Ai, die wahrscheinlich nach dem ausgestopften Exemplar der Sammlung Rudolfs II. geschaffen wurde, zeigt den typischen langen Hals des Tieres, das über neun Halswirbel verfügt.

Wie jemand la, sol, fa, mi, re, do singt, so macht das Tier ha, ha, ha, ha, ha, ha.«[1]

Bei Einbruch der Nacht stimmt das Faultier sein Lied an. Die sinkende Tonleiter stellt die musikalische Paraphrase des untergehenden Himmels über dem Totenreich dar. Von höllischem Gelächter ist sein monotones Hahaha weit entfernt. Gott hat der Menschheit mit dem westindischen Emblemtier den Inbegriff aller silenischen Wesen vor Augen gestellt. Das Innere des plumpen Faultierleibes offenbart eine göttliche Dimension. Langsam und enthaltsam lebt das kleine Tier von der Luft, »wie das Chamäleon auch«.[2]

Das wunderbare Höllenhundchen ist der leibhaftige Beweis, daß die Körper in der Ewigkeit der Erlösung

[1] Zit. n. Claude Lévi-Strauss, *Die eifersüchtige Töpferin,* übersetzt von H. H. Henschen, Nördlingen 1987, S. 145.

[2] *Des Merveilles,* f. 90.

ohne Nahrung überdauern können. »Denn wenn sich hienieden eine so große Vollkommenheit findet, daß ein aus vier Elementen zusammengesetzter Körper so temperiert ist, daß seiner Leibesbeschaffenheit die Kraft der Wärme und Feuchtigkeit erhalten bleibt, ohne sich zu verzehren, bis es Gott gefällt, einen solchen Körper aufzulösen, dann wird es uns viel leichter, zu verstehen, wie die vier vom Körper ablösbaren Elemente (...) in ihm für immer ohne Notwendigkeit, zu trinken und zu essen, fortbestehen können.«[1]

Nicht von ungefähr kommt das Sinnbild der Auferstehung des Fleisches und des ewigen Lebens aus der Neuen Welt. Von Meridian zu Meridian ist die Heilsgeschichte von Osten nach Westen fortgeschritten. Am Ende der Erde angelangt, kehrt sie auf derselben Achse aus dem fernen Westen zurück. Der räumlichen Wende entspricht eine zeitliche. Bald wird jeder, der den Namen des Herrn anruft, gerettet sein.[2] »Vom Osten bringe ich deine Kinder herbei, / von Westen sammle ich euch.«[3] Der »mit dem Geist und der Kraft des Elija« dem Herrn voranzugehen bestimmt ist, übernimmt auch die Aufgabe, als Hirte die Schafe Gottes in einer einzigen Gemeinde zu sammeln. Das vierte Zeitalter, in dem alle Dinge ihre ursprüngliche Vollkommenheit zurückerlangen, hat in Postel schon begonnen. »*Petit à petit* stellt Gott die Welt wieder her.«[4] Der dritte Elija ist der Erstgeborene der Restitution. *Rorispergius* ist einer seiner zahlreichen Namen, denn er verbreitet als Magier Gottes Tau.[5] Er vermag im Buch der Natur und in den Herzen der Menschen zu lesen. »Allem Seienden auf Erden korrespondiert ein himmlisches Geheimnis.«[6] Als wahrer Alchemist unterscheidet er sich von goldgierigen Scharlatanen durch die Kunst der messianischen Zeit: er lehrt die Menschen, in der Natur und in ihnen selbst das Bild

[1] Ebd., f. 90. [2] Vgl. Apg 2, 21. [3] Jes 43, 5. [4] *Des Merveilles,* f. 63.
[5] Vgl. Kuntz 1981, S. 134. [6] Zit. n. Secret 1998, S. 200.

Gottes und seine Wahrheit zu finden. Seine Schule ist die Kabbala, sein alchemistisches Traktat das Buch Sohar, seine Verwandlungslehre heißt Gilgul oder die Seelenwanderung.

»Es gibt verschiedene Kräfte, die wirken, aber nur den einen Gott: er bewirkt alles in allen.«[1] Der Messias selbst wirkt in Postel: »So ist jetzt Christus in mir der kleine männliche David, der überall aus menschlichen und göttlichen Gründen den Frieden sucht.«[2] Im kabbalistischen System der Sefiroth ist David mit dem Sabbath identisch und gehört zur zehnten Sefira, der als weiblich gedachten *Schechina.*[3]

Sinnesschichten

Wie Paulus wollte Postel allen alles sein, den Juden ein Jude, den Gesetzlosen ein Gesetzloser, den Schwachen ein Schwacher, »um auf jeden Fall einige zu retten«[4]. Hätte es ihn nach Westindien verschlagen, würde er zweifellos im guten Wilden den Quasi-Christen erkannt haben und wäre so den Indianern ein Indianer gewesen. Als solchen hat Hoefnagel ihn gemalt. Der indianisch-davidische Prophet verkündet eine neue Welt und erscheint als Bändiger des Leviathan. Die Flammen, die dem »König über alle stolzen Tiere«[5] aus dem Maul schlagen, sind zu roten Blättern stilisiert. »Kein Bogenpfeil wird es verjagen, / in Stoppeln verwandeln sich ihm die Steine der Schleuder«, teilt Jahwe Ijob über den Leviathan mit.[6] In Psalm 104 taucht dann der Drache

[1] 1 Kor 12, 6.

[2] Zit. n. Secret 1998, S. 200. Das Zitat ist der Sohar-Übersetzung von Postel entnommen.

[3] Vgl. Zwi Werblowsky, »König David, Wirkungsgeschichte einer biblischen Gestalt«, Schweizer Akademie der Geistes- und Sozialwissenschaften, Kolloquium, Bern, Sept. 2000.

[4] 1 Kor 9, 20-22. [5] Ijob 40, 26. [6] Ijob 40, 20.

im Meer als Spielzeug Gottes auf: »Herr, wie zahlreich sind deine Werke! / Mit Weisheit hast du sie alle gemacht, / die Erde ist voll von deinen Geschöpfen. / Da ist das Meer, so groß und weit, / darin ein Gewimmel ohne Zahl: kleine und große Tiere. / Dort ziehen die Schiffe dahin, / auch der Leviathan, den du geformt hast, um mit ihm zu spielen.«[1]

Wie im Geschichtsbild des Isidor von Sevilla, dessen *Etymologiae* die Humanisten des 16. Jahrhunderts rühmten, überlagern sich bei Hoefnagel die Schichten der Bedeutung.[2] Im Falle der Schleuder entsprechen sie den vier Zeitaltern Postels. Die konkrete Schleuder des Kannibalen gehört zu dem der Natur, die des David zu dem der Schrift, die auf den Sieg über das Böse und das Zeitalter der Gnade verweist; in messianischer Zeit bedarf es keiner Waffen mehr: lässig hält der Reiter auf dem Leviathan die in ein Spielzeug verwandelte Schleuder an einem Finger.

Der auf dem Walfisch reitende Indianer hat die messianische Botschaft vernommen. Er hat den Herrn zu seiner Rechten beständig vor Augen. Auch sein gepflegter Bart scheint ein Zeichen seiner Bekehrung zu sein. Thevet erzählt in den *Singularitez* von einem kranken Indianer-Häuptling, der ihm versprach, wenn er beim Allmächtigen seine Heilung bewirke, werde er diesen Gott ehren und wie Thevet einen großen Bart tragen.[3]

Teufelsmaske und Löwenhaupt an der Bordkante des Schiffes sind Attribute der Hölle.[4] Der rauhbeinige Wüterich, der von Backbord den dunklen Faun dirigiert, ist Pluto persönlich. Auch im Mittelalter wurde dieser als behaartes Monster dargestellt.[5] Eine Kappe verrät den Herrscher der Unterwelt.[6] Zu seinen Füßen prunkt ein

[1] Ps 104, 24-26. [2] Vgl. Arno Borst 1966, S. 1-62.

[3] Thevet 1997, S. 150. [4] Vgl. *Antike Mythologie,* S. 315 und S. 632.

[5] In der Handschrift *Le confort d'amy* von Guillaume de Machaut, Paris 1357. [6] Vgl. *Antike Mythologie,* S. 310.

goldener Zerberus-Helm. Das merkwürdige Heck des Schiffes scheint aus dem Holz eines brasilianischen Baumes geformt, das Thevet als »weiß wie feines Papier und äußerst weich« beschreibt.[1] Zu Schnecken zusammengerollt, umklammern die Heck-Arme zwei Schilfrohre, die auf den Nymphenjäger Pan verweisen. Die vor ihm fliehende Dryade Syrinx wurde in das Schilfrohr *Arundo donax* verwandelt, aus dem er sich dann die Flöte schnitt.[2] Im höllischen Kontext ist es mit dem Geheimnis des hellhäutigen Pan nicht weit her. Da der Teufel von seinen Untertanen verlangt, zum Zeichen ihrer Ergebenheit sein Gesäß zu küssen, nimmt es nicht wunder, daß er Plutos Goldschatz mit dem Hinternputz beschirmt.

Das blonde Mädchen mit der Taler-Schürze ist die von Pluto geraubte Proserpina. Ihre Mutter Ceres sitzt

im spanischen Schiff den beiden Schwarzen gegenüber. Hoefnagel hat die Lenkerin aller Wiedergeburt mit nackter Brust dargestellt, wie sie auch im Emblem des Sambucus erscheint.[3] Über dem reichen Haar trägt die baumliebende Göttin eine geflochtene goldene Kappe mit Eichblatt-Flügeln. Ihre Attribute, Fackel und Füllhorn, sind zu einem brennenden Füllhorn verschmolzen. Während Ceres/Demeter in allen Ländern mit flammender Fackel ihre Tochter sucht, verschlingen Vögel die Saat, erstickt der Weizen im Unkraut und verdorren die Früchte des Landes. Neun Tage irrt sie durch die Welt bis zum Garten der Hesperiden jenseits des Okeanos. Kallimachos' »Hymne auf Demeter« erhellt die Gegenwart der Mohren im Bild:

[1] Thevet 1997, S. 229.
[2] Vgl. Helmut Baumann, *Die griechische Pflanzenwelt,* München 1993, S. 77.
[3] *Emblemata,* Sp. 554; vgl. auch *Antike Mythologie,* S. 245 f.

»Hesperos blickte hernieder aus Wolken (wann wird er erscheinen?), / Hesperos, der allein Demeter zu trinken beredet, / Als sie den Spuren der Tochter, den unerforschlichen, nachging. / Herrin, wie trugen die Füße dich bis zum Sinken der Sonne, / Bis zu den Mohren und gar, wo die goldenen Äpfel gedeihen?«[1]

Aus christlicher Perspektive stellt Ceres die heilige Kirche dar und Proserpina die christliche Seele, die von ihrer Mutter auf den Weg der Erlösung geführt wird. Als Seelengeleiter ist auch Merkur dem Totenreich verbunden und steht Pluto von allen Göttern am nächsten.

Ob man dem Reiter auf dem vielbusigen Seeungeheuer mit dem Schneckenhaus-Sattel den Herkules abnimmt oder ihn für einen hasenherzigen Dionysos unter dem Löwenfell hält, in die Unterwelt sind beide gereist. Was dem einen der Tugendzapfen, ist dem anderen der Fruchtbarkeitsknauf, der auf dem efeu- und weinlaubumrankten Tyrosstab auch die Auferstehung verheißt. Der eine wurde vergöttlicht, nachdem er gestorben war. *Ex morte perennitas,* »aus dem Tod die Ewigkeit«, ist das christliche Lemma des Herkules. Dionysos verkörpert nach Vorstellungen der Orphik die göttliche Macht der Wiedergeburt aus der Zerstückelung und versprach als Mysteriengott seinen Anhängern das Fortleben nach dem Tode.

»Nun könnte einer fragen: Wie werden die Toten auferweckt, was für einen Leib werden sie haben? Was für eine törichte Frage! Auch das, was du säst, wird nicht lebendig, wenn es nicht stirbt. Und was du säst, hat noch nicht die Gestalt, die entstehen wird; es ist nur ein nacktes Samenkorn, zum Beispiel ein Weizenkorn oder ein anderes. Gott gibt ihm die Gestalt, die er vorgesehen hat, jedem Samen eine andere. (...) So ist es auch mit der Auferstehung der Toten. Was gesät wird, ist verweslich, was auferweckt wird, unverweslich.«[2]

[1] *Die Dichtungen des Kallimachos,* übertragen, eingeleitet u. erklärt v. Ernst Howald u. Emil Staiger, Zürich 1955, S. 153. [2] 1 Kor 15, 35-38 u. 42.

Was die Samen-Metaphorik im Dunkeln läßt, soll das Faultier offenbaren. Nicht als Götze, als silenisches Wesen überragt es sterbliche Geismänner und unsterbliche Götter.

Ganz anders ist es aus christlicher Sicht um die Mohren bestellt. Im Vorwort zu seinem *Kurzgefaßten Bericht von der Verwüstung der Westindischen Länder* bekennt Bartolomé de Las Casas, er habe nicht gewußt, was er tat, als er zur Schonung der Indianer als erster empfahl, die Sklavenarbeit in den Metallgruben und Zuckerstoßmühlen Westindiens robusten Nigriten zu überlassen. Vergeblich verurteilte er den Menschenraub in Afrika, und umsonst sprach er den Schwarzen die gleichen Rechte wie den Roten zu. An eine unsterbliche Seele der Mohren konnte Bartolomé de Las Casas gleichwohl nicht glauben.

Afrika wurde als das Erbe Hams angesehen, der die Blöße des berauschten Noah verriet und deshalb verflucht war, den niedrigsten Knecht seiner älteren Brüder abzugeben. Hams Sohn Kusch zeugte Nimrod, den Tyrannen und Himmelsstürmer der »Wirrsal« genannten Stadt Babel. Kusch heißt Äthiopien mit altem Namen, Kuschit der Äthiopier. Wehe den Kuschiten mit der glänzenden Haut, dem hochgewachsenen Volk, das kraftvoll alles zertritt, wie Jesaia sagt.[1]

In einer kleinen Schrift, die 1573 in Antwerpen erschien, gibt Postel seine Version der Ham- und Kusch-Geschichte zum besten. Der auf Jafets Erstgeburtsrecht eifersüchtige Ham habe Kusch verbotenerweise in der Arche gezeugt und seinem Sohn die von Adam gestohlenen Magie- und Astrologie-Bücher vermacht. So sei Kusch zum Vater der Äthiopier geworden, deren

[1] Vgl. Gen 9, 18-27, und 10, 6-8, sowie Jes 18,2f. Zu Ham oder Cham, Kusch und Nimrod vgl. auch Arno Borst, *Der Turmbau von Babel, Geschichte der Meinungen über Ursprung und Vielfalt der Sprachen und Völker,* Stuttgart 1957 bis 1963, tb 1995 (Register).

schwarze Haut weniger der Sonnenglut als dem Fluch über Ham geschuldet sei.[1]

Bei Hoefnagel sitzen die Sünder-Mohren auf harten Kisten. Offenkundig handelt es sich um Vater und Sohn. Ausgerechnet auf Weinfässer müssen sie ihre Füße stützen. Der alte Ham mit weißem Bart schaut ziemlich grimmig drein. Die Sache mit dem Fluch kann ihm niemals eingeleuchtet haben. Der schlanke Kusch hingegen scheint dem Betrachter ein Lächeln zu schenken: wer weiß, ob die Postellianische Verheißung nicht sogar für Mohren galt?

Mitten zwischen Neuer und Alter Welt steht über einer Wolke, die das Tetragramm umschließt, Minerva mit Medusenschild und Lanze, die aus Jupiters Haupt

entsprungene Göttin. Ein dicker Weisheits-Kauz hält auf einer Ranke neben ihr ein langes Band im Schnabel. Eine kleine Vedute zeigt eine ferne Welt. *Artis Largitori,* dem Spender der Kunst, *Deo Optimo Maximo,* Gott, dem Besten und Höchsten, ist das Blatt von »Georgius Hoefnagle« gewidmet, dessen Signatur mit der Devise *Natura sola magistra* schließt.

Die Sevilla-Miniatur ist in Antwerpen entstanden. 1573 erblickte Hoefnagels ältester Sohn Jacob das Licht der Welt, es war das Jahr der Abdankung Albas. Kein Mensch hat die Kabinett-Miniatur bestellt. Hoefnagel hat sie als Kaufmann und freier Künstler gemalt. Die Natur war seine einzige Lehrmeisterin, Gott selbst sein einziger Auftraggeber.

Die Ansicht von Sevilla ist ein Bild im Bild. Hoefnagel hat die Vedute in der *Hispalis*-Kartusche 1570

[1] Vgl. Secret 1969, S. 54. Postels Schrift handelt von einem neuen Stern im Bild der Kassiopeia, das er als eine Projektion der Geschichte Äthiopiens in den Himmel ansah.

datiert. Er hat also etwa drei Jahre an der Bordüre gemalt. Im August 1572 erschien nach vierjähriger Arbeit die Polyglotte Bibel bei Plantin, nachdem Arias Montanus eigens nach Rom gereist war, um die päpstliche Zustimmung zu erwirken. Im Zeitraum der Entstehung und Veröffentlichung dieser acht Bände war Postel in Antwerpen besonders präsent, obwohl er seinen Vorsatz, Plantin und Ortelius zu besuchen, vielleicht nie verwirklichen konnte.[1] Alle Mitarbeiter an der fünfsprachigen Bibel waren entweder Freunde, Schüler oder Jünger des französischen Propheten.

Ende 1572 beschäftigte ein neuer Stern die Gelehrten Europas. Er tauchte am 12. November im Bild der Kassiopeia auf, leuchtete heller als die Venus und blieb, bis er am 27. Juni 1573 wieder verschwand, Gegenstand eschatologischer Spekulationen. Der »souveräne Astrologe« Postel wollte den heiligen drei Königen nicht nachstehen und deutete die Raute, welche die drei hellsten Sterne der Kassiopeia mit dem Neuling bildeten, als Kreuz und Zeichen der baldigen Ankunft des Messias. Den Beginn seines Reiches auf Erden sagt er für 1581 voraus, Postels Todesjahr. *De nova stella* … erschien bald nach Verschwinden des Sterns, und kein Geringerer als Tycho Brahe schloß sich Postels These an, daß das Gestirn ein neues Zeitalter verkündete.[2] Postels auserwählter Schüler Guy Le Fèvre de la Boderie besang in einem Gedicht die Sterndeutung seines Lehrers.[3] Als Mitarbeiter der Polyglotten Bibel hielten sich Guy und sein jüngerer Bruder Nicolas bis 1572 in Antwerpen auf. 1571 erschien bei Plantin *L'Encyclie des secrets de l'Eternité*, ein Gedicht-Zyklus in acht Kreisen oder Gesängen von Guy Le Févre de la Boderie, der mit jeder Zeile der Postellianischen Doktrin verpflichtet ist.

[1] Vgl. Weill, Secret 1987, S. 133.
[2] Vgl. Secret 1969, S. 55.
[3] Vgl. Weill, Secret 1987, S. 135.

Vier Jahre nachdem der Stern im Bild der Kassiopeia verschwunden war, erregte ein Komet die Gemüter.[1] Er leuchtete in dem Jahr, in dem Hoefnagels Sevilla-Blatt einen würdigen Platz in der Kunstkammer der Münchner Residenz fand. Unter Glas durch einen prächtigen geschnitzten Rollwerkrahmen eingefaßt, gehörte es zum Inventar der herzoglichen Sammlung, bis das kleine Wunderwerk mit vielen anderen Kostbarkeiten nach dem Einzug des Schwedenkönigs Gustav Adolf in München im Jahre 1632 aus der Schatzkammer verschwand. Zweihundert Jahre später tauchte es in Brüssel wieder auf. Ein Engländer zog es als Pfand für seine unbeglichene Hotelrechnung aus dem Reisegepäck.[2]

[1] Vgl. Evans 1973, S. 107. [2] Vgl. Vignau-Wilberg 1985, S. 112 f.

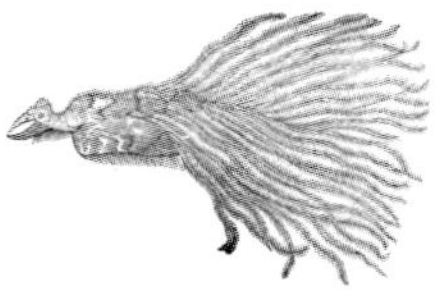

17. Jahrhundert

Fünftes Tagwerk, aus: Johann Jakob Scheuchzer, *Physique Sacrée...*, Bd. I, Tafel 12, gestochen von I. A. Corinus.

Maria Sibylla Merian,
Metamorphosis Insectorum Surinamensium, Amsterdam 1705.

»Unser Sonnensystem verschwindet, verglichen mit dem uns übersehbaren Teil des unermeßlichen Raums, so wie die höchste menschliche Kunst, auch unter der vorteilhaftesten Vergleichung, gegen die vergänglichsten Werke der Natur.«
GEORG CHRISTOPH LICHTENBERG

Blumen und Insekten

Die Grillen der Maria Sibylla Merian 1647 bis 1717

Im dreiundzwanzigsten Jahr des Dreißigjährigen Krieges erschien in der Frankfurter Offizin des berühmten Kupferstechers Matthäus Merian ein Buch mit dem Titel: *Florilegium renovatum et auctum, das ist Vernewertes und vermehrtes Blumenbuch: Von mancherley Gewächsen, Blumen und Pflantzen, welche uns deren Schönheit, lieblicher Geruch und manigfaltiger Unterschied angenehm machet, die nicht allein auß der uns bekandter, sondern auch den alten unbekandter Welt fruchtbaren Schoß uns herfür gegeben werden.* Es war die erweiterte Ausgabe des *Florilegium novum* seines Schwiegervaters selig, Theodor de Bry, ein Werk, das sich einem Diebstahl verdankte. Der geschäftstüchtige Wallone de Bry hatte die Pflanzen aus dem *Hortus floridus* seines Kollegen Crispyn de Passe abgekupfert. Diese zeitgemäße Diebestradition setzte Merian fort, indem er das *Florilegium* durch zweiunddreißig Kupfertafeln bereicherte, die einem italienischen Blumenbuch nachgestochen waren. 1647, im Geburtsjahr seiner Tochter Maria Sibylla, fügte er der letzten Lieferung des Blumenbuchs die Abbildung einer in Prag blühenden Rose hinzu.

Der Krieg war noch nicht beendet. Hunger, Pest, Schwert und Brand hatten das Land verwüstet. In manchen Gegenden waren zwei Drittel der Bevölkerung umgekommen. Auch Frankfurt blieb von den Schrecken des Krieges nicht verschont. Aber wie der von Merian gestochene Plan des Swintschen Gartens im *Florilegium* bezeugt, gab es Patrizier, die ihre Häuser und Gärten vor plündernden Landsknechten schützen konnten. Allen Verheerungen zum Trotz wurde in Künsten und Handwerk eine Kultur tradiert, die in den letzten Dekaden des 16. Jahrhunderts in Städten wie Frankfurt, Hanau und Frankenthal ihre reichste Blüte erlebt hatte. Sie verdankte sich flämischen, wallonischen, hugenottischen, mährischen, böhmischen Emigranten, den Malern, Stechern, Druckern, Goldschmieden, Gobelinwebern und Seidenraupenzüchtern, die vor dem habsburgischen und französischen Papismus in alle Himmelsrichtungen geflohen waren. Sie hatten die Einheimischen im Wettbewerb so spielend überflügelt, daß der Frankfurter Stadtrat 1594 beschloß, weitere Niederlassungen zu verhindern. Die letzte Welle der Zuwanderer, unter ihnen der große Miniaturist Joris Hoefnagel, erhielt kein Bürgerrecht, und die calvinistische Kirche wurde geschlossen.

Wie viele Maler seiner Zeit war auch der 1593 in Basel geborene Merian als Geselle durch Europa gewandert. Er war unter anderem bei Callot in Nancy, bei Jan Bruegel in Antwerpen und kam schließlich von Oppenheim, wo er Maria Magdalena de Bry heiratete, nach Frankenthal zu der von Gillis van Coninxloo gegründeten Malerkolonie. Nach dem Tod seines Schwiegervaters übernahm er die Druckerei in Frankfurt. Der Prager Wenzel Hollar gehörte zu seinen Schülern. Die beiden ältesten Söhne aus erster Ehe, der Portraitmaler Matthäus und der Stecher Caspar, waren bereits erwachsen, als Maria Sibylla Merian, erstes Kind aus zweiter Ehe, das Licht der Welt erblickte.

Man kann sich keinen günstigeren Platz für die Wiege einer künftigen Malerin vorstellen als das Merianische Haus in der Mainzer Straße. Es lag alles bereit: die Kupfer-Platten, Stichel, Federn, Stifte, Pinsel und Farben, kräftiges Bütten, zartes Velin, Seidentücher, Leinen, eine reiche Bibliothek und Kunstsammlung, und dazu eine Familie von Augenmenschen, die auf zweierlei Weise den Künsten huldigten: die einen brillierten in ihrem Fach, die anderen *heirateten* Künstler. So nimmt es nicht wunder, daß Maria Sibylla eine berühmte Malerin wurde. Aber niemand hat ihr an der Wiege gesungen, daß sie ihren Grillen eines Tages bis in den Urwald von Surinam folgen würde.

Im Mai 1650 fuhr Merian mit Familie zur Kur nach Bad Schwalbach. Der Krieg war zu Ende. Nach den Söldnerheeren, Marodeuren und Räuberbanden war die Natur auf dem Vormarsch. Auf dem Marktplatz von Wiesbaden sahen die Durchreisenden Feldhühner herumspazieren. Auf den brachliegenden Äckern breiteten sich Dornengestrüpp und Bäume aus; Kletterpflanzen, Sträucher, Nesseln, Farne und Gräser überwucherten Ruinen und verlassene Häuser, die Vögeln und wilden Tieren als Unterschlupf dienten. In Bad Schwalbach war einst de Bry gestorben. Auch die Badekur Merians, die sein Leiden lindern sollte, endete mit seinem Tod.

Der Merianische Verlag wurde von Matthäus und Caspar übernommen. Die junge Witwe mit ihren beiden Kindern, der dreijährigen Maria Sibylla und dem einjährigen Johann Maximilian, der seinem Vater bald folgen sollte, erhielt eine Abfindung und zog aus dem Haus. Sie blieb nicht lange allein. Im August 1651 heiratet sie den Frankenthaler Jakob Marrell, Maler von Stilleben flämischer Herkunft. Mit diesem Schüler des größten deutschen Stillebenmalers, Georg Flegel, und des bedeutendsten Stillebenmalers seiner Zeit in Antwerpen,

Davidsz de Heem d. Ä., hat das Schicksal der Meriantochter eine Fülle von Möglichkeiten zugespielt, die ihr der frühe Verlust des Vaters entrissen hatte. Da Marrell auch Kunsthändler war, kamen außer seinen Stilleben die seiner Lehrer, Kollegen und Schüler ins Haus.

Kein Stilleben ohne Insekt, und sei es auch nur eine Fliege. Für augentäuschende Maler gibt es kein größeres Vorbild als das phantastische Trompe-l'œil der Insekten, das nicht nur die unterschiedlichsten Texturen der Pflanzenwelt bis ins kleinste Detail nachahmt, sondern die »Wahrheit« durch Zeichen des Verfalls erhöht, indem es Blatt, Blüte, Rinde oder Ast mit Schadstellen, Tupfen, Rissen, schimmligen, faulen, trockenen Flecken versieht. Alle Stillebenmaler haben der Natur diese List abgeguckt, weil es im Bild wie im Leben der kleine Makel ist, durch den der entzückte Blick dem Schönen in die Falle geht.

Noch bevor sie alt genug war, bei ihrem Stiefvater das Handwerk zu lernen, konnten die Augen der Merian sich an der naturgetreuen Wiedergabe einer pelzigen Hummel, eines gläsernen Heupferds, einer metallischen Libelle, eines samtigen Falterflügels weiden. So sehr sich die Bilder Marrells und de Heems von den Flegelschen unterscheiden, sind sie doch alle von der Erkenntnis beseelt, daß die Schöpfung nirgends so groß erscheint wie im Kleinsten.

Der Impuls, das stille Leben, die Pflanzen mit allem, was da kreucht und fleucht, nicht mehr auf einer Steinplinthe zu zeigen, sondern auf dem Boden von Wald, Düne oder Feld, ging in der Mitte des 17. Jahrhunderts von Marseus van Schrieck aus. Die aus der Froschperspektive gemalten Bilder des Europabummlers, dem die Kollegen der niederländischen Gilde in Rom den Spitznamen »Schnüffler« gaben, weil er überall nach Schlangen, Eidechsen, Kröten, Insekten und Pilzen herumschnüffelte, stellen die Natur als Oper dar. Seine dramatischen Szenen mit den kreatürlichen Darstellern vor der düsteren Kulisse des nächtlichen Waldes wurden von anderen Malern aufgegriffen und variiert. De Heem schuf Blumenbuketts und Früchtearrangements, die auf einem Waldboden, in einer Grotte vergessen, von kleinem Getier besucht werden. Sein Schüler Abraham Mignon, der auch Marrells Schüler und Lehrer der Merian war, gab dem Genre eine lichtere Note. Mit den strotzenden Feldblumen, dem fröhlichen Gewimmel der kleinen Lebewesen seiner sonnendurchfluteten Dickicht-Stilleben schildert er die Natur als ein glanzvolles Fest. So lebensnah die einzelnen Dinge in all diesen Bildern wiedergegeben sind, so phantastisch ist ihre Zusammenstellung. Und doch konnte das Genre nur im Kontext genauer Naturforschung entstehen. Nicht zufällig war es der »Schnüffler«, der der Schlupfwespe auf die Schliche kam und seine Beobachtungen dem Forscher Swammerdam mitteilte.

»Ich habe mich von Jugend an mit der Erforschung der Insekten beschäftigt«, schreibt die Merian in dem Vorwort ihrer *Verwandlung der surinamischen Insekten,* »zunächst begann ich mit Seidenraupen in meiner Geburtsstadt Frankfurt am Main. Danach stellte ich fest, daß sich aus anderen Raupen viel schönere Tag- und Eulenfalter entwickelten als aus Seidenraupen. Das veranlaßte mich, alle Raupen zu sammeln, die ich finden konnte, um ihre Verwandlung zu beobachten. Ich entzog mich deshalb aller menschlichen Gesellschaft und beschäftigte mich mit diesen Untersuchungen.«

Die Erforschung der Gliederfüßer lag in der Luft. Zur gleichen Zeit wie die Merian begeisterte sich der Delfter Tuchhändler Leeuwenhoek für die Facettenaugen der Insekten unter den selbstgeschliffenen Lupenlinsen seiner Mikroskope, der Italiener Malpighi studierte unter dem »Flohgucker« die Anatomie der Seidenraupe, Swammerdam entdeckte die Ovarien der Bienenkönigin, die Genitalien der Drohnen, und in Middelburg erschien die dreibändige illustrierte Geschichte der Metamorphose der Insekten des Malers Johannes Goedaert.

»Arcana naturae detecta« nannte Leeuwenhoek die Beschreibung seiner Entdeckungen. Das Geheimnis der Metamorphose aber blieb noch lange verborgen. Erst heute wissen wir, welchen hormongesteuerten Prozessen sich die Entwicklung zur vollständigen Imago des Falters aus dem formlosen Brei der aufgelösten Larve im Inneren der Puppe verdankt, und finden also bestätigt, was das 17. Jahrhundert darin sah: das Wunder der Auferstehung aus der Verwesung. Wollte man aus dem reichen Schatz der barocken Emblematik *ein* Sinnbild auswählen, das mehr als jedes andere die Phantasie der Maler, Forscher und Dichter beflügelt hat, es wäre die aus der Chrysalide schlüpfende Imago, *das* Emblem der Entfaltung.

Mit achtzehn Jahren heiratet die Merian den Nürnberger Maler und Stecher Johann Andreas Graff, der vor seinem Italienaufenthalt ein Schüler Marrells in Frankfurt gewesen war. Das erste Kind, Johanna Helena, kommt 1668 zur Welt. Zwei Jahre später zieht die junge Familie nach Nürnberg. »Meine Jungfern-Company« nennt die Merian die jungen Mädchen, die sie im Zeichnen, Malen und Sticken unterrichtet. Zwei Werke hat sie in den Nürnberger Jahren in Druck gegeben: ein Blumenbuch in bester Diebestradition, angereichert mit vielerlei Insekten, und ein ganz und gar eigenständiges Raupenbuch, in dem sie die unterschiedliche Dauer der Puppenruhe und die Bindung der Larven an bestimmte Futterpflanzen schildert.

Zehn Jahre nach Johanna Helena kommt Maria Dorothea zur Welt. Als Marrell 1681 stirbt, eine umfangreiche Kunstsammlung, viele Bücher und einen Haufen Schulden hinterläßt, kehrt die Merian mit den Kindern zu ihrer Mutter nach Frankfurt zurück. 1685 trennt sie sich endgültig von ihrem Mann und zieht mit

Mutter und Töchtern zum Halbbruder Caspar, der in Holland bei den Labadisten lebt.

Der französische Aristokrat Labadie hatte seine ersten Erleuchtungen als Jesuit. In Paris von den Jansenisten beeinflußt, wurde er in Montauban Calvinist und blieb immer, wozu er sich in seinen Verzückungen bestimmt hatte: ein Herold der Wiederkunft Christi als König eines tausendjährigen Reiches mit einem »unendlichen Geschmack am Unendlichen«. Die Abendmahlfeiern seiner Wiedergeborenen in himmlischer Freude mit Tanzen, Umarmen und Küssen stehen ganz in der Tradition des Chiliasmus, wie auch aus jeder Zeile Labadies der Mystiker spricht: »O Du, unser Ozean, o Du, unsere See, erfülle das Flußbett unserer Seelen.« Der fanatische Schwärmer wurde auch in den Niederlanden als Spaltpilz verfolgt und fand doch etliche geistreiche Anhänger wie Hollands »Minerva« Anna Maria van Schurman oder den genialen Swammerdam. Der gelehrte Blaustrumpf wie der forschende Gelehrte waren im Alter erschöpft von dem vergeblichen Versuch, ihre unersättliche Wißbegier mit der Suche nach dem Heil in Einklang zu bringen. In seinem letzten Werk schildert Swammerdam das Leben der Eintagsfliege als »Abbildung des Menschenlebens« und bekennt, daß er es nur »mit tausend Ängsten, Gewissensnagen und aufwallenden Verweisen seines gottesfürchtigen Herzens, unter Seufzen, Schluchzen und Tränen vollbracht« habe.

Als die Merian nach Westfriesland kam, war Labadie seit elf Jahren tot. Die in Gütergemeinschaft und hierarchischer Tischordnung (Vorstand, Mitglieder, Besucher) lebenden Sektierer bewohnten das Schloß seiner Witwe[1], deren Bruder Gouverneur von Surinam war.

[1] Die Biographen Labadies sind sich nicht einig, ob er die Schurman oder Lucia van Sommelsdijk geheiratet hat. Bei der selbstverleugnenden Herrlichkeit seiner Zeremonien kann man nicht ausschließen, daß beides wahr ist ...

Nach dem Tode Caspars und der Mutter verläßt die Merianin, wie sie sich nun nennt, die zweibeinigen Schwärmer und zieht mit den Töchtern nach Amsterdam. 1699 segelt sie mit der 21jährigen Dorothea nach Surinam und kehrt nach zwei Jahren mit einer reichen Beute und der Malaria zurück. In den folgenden Jahren vollendet sie ihre Darstellungen der surinamischen Insekten auf Pergament, überträgt drei Bilder selbst auf Kupfer – die übrigen läßt sie von den besten Stechern übertragen – und koloriert mit den Töchtern die Tafeln, die sie mit ausführlichen Erläuterungen versieht. Vergeblich hofft sie, ihre Reise- und Druckkosten durch den Verkauf ihres Prachtwerks zu decken. Die deutsche Ausgabe kommt gar nicht zustande, weil sich nur zwölf Subskribenten finden. Im Armen-Register folgt am 13. Januar 1717 ihr Name dem der unbekannten Tryntje Joppe, die ihr im Tod zwei Tage vorangegangen ist.

In ihrer Vorrede zum Blumenbuch hatte die Merianin einst geschrieben: »Soviel vermag nämlich die Natur mit ihrer holdseligen Zierde bei großen Liebhabern auszurichten, daß sie die Beschauung solcher Blumen höher als ihre Schätze achten und lieber ihren Reichtum, dann ihre Lust vermindern wollen. Um welcher willen sie vielleicht desto weniger zu verdenken, indem so bunte Meisterstücke die heimliche Neigung an sich haben, daß sie diejenigen nicht so wohl mit sehenden Augen blind, als mit blinden Augen sehend machen.«

Die unvergleichliche Blüte der Malerei im gelobten Land Europas hatte bereits gegen Ende des Jahrhunderts zu welken begonnen. Die Ratio räumte mit den Grillen auf. Im 18. Jahrhundert wurden auch die »großen Liebhaber« Hollands so überaus vernünftig, ihre Goldmünzen höher als vergängliche Blumen zu achten.

Heute sind wir Gefangene eines technischen Universums, in dem die fortschreitende Verarmung des Naturkosmos einem immer kärglicheren Kulturkosmos ent-

Maria Sibylla Merian,
Metamorphosis Insectorum Surinamensium.

Maria Sibylla Merian,
Metamorphosis Insectorum Surinamensium.

spricht. Blind für den unermeßlichen und durch keinen Zweck zu erklärenden Reichtum der Tier- und Pflanzenwelt, die wir zerstören, neigen wir eher dazu, die Gesetzmäßigkeiten der Natur auf die Kultur zu übertragen und dem zu huldigen, was Panofsky »Insektolatrie« genannt hat.

Wir können das Rad der Geschichte nicht zurückdrehen. Aber wenn wir auf dem Nullpunkt der Malerei die Wüste verlassen wollen, in der sich das Ich seinen armseligen Delirien hingibt, dann werden wir bei einer Merian, ihren Vorläufern und Zeitgenossen anknüpfen müssen, die die Kunst beherrschten, in ihren Bildern zu verschwinden, um die Vergänglichkeit in kleinen Meisterstücken aufzuheben.

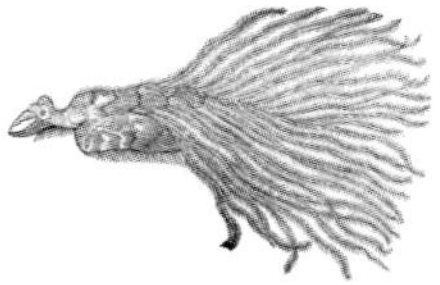

18. Jahrhundert

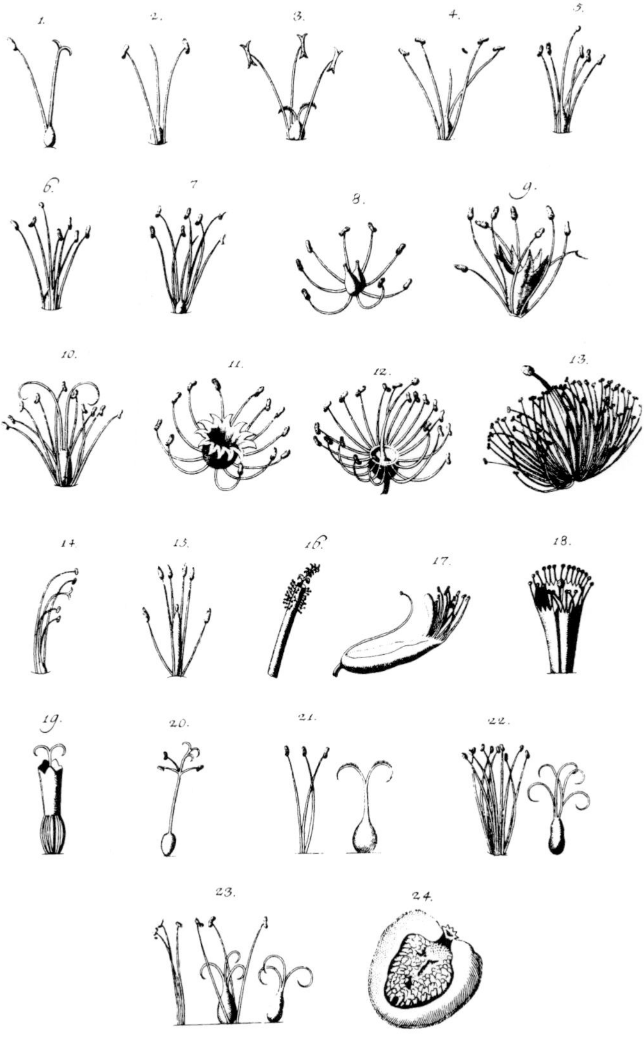

Die 24 Klassen des Linnéschen Systems,
aus: *Genera plantarum,* Leiden 1737.

Aus dem Leben der Botaniker

Alles Fleisch ist Gras
Carl von Linné, 1707 bis 1778

Es war Ende Mai, »zwischen dem Sprießen der Blätter und der Blüte«, als Carl Linné in Småland zur Welt kam, und unter Blumen wuchs er auf, »zu denen er schon mit der Muttermilch so große Neigung faßte, daß sie in der Folge durch keine Noth getilgt werden konnte. Da der Knabe noch ganz klein war, steckte ihm seine Mutter, sobald er schrie und auf keine andre Art beruhigt werden konnte, immer eine Blume in die Hand, wo er dann sogleich stille ward.«

Den unerfüllten Traum einer Reise nach Holland gestaltete sein Vater, ein Pfarrer und Pflanzenliebhaber, der den Namen *Linnaeus* einer mächtigen Linde entlieh, zu einem der schönsten Gärten von Småland. Es war ein kleines botanisches Paradies mit seltenen Bäumen und Blumen. Die väterlichen Garten-Erläuterungen waren die einzigen pflanzenkundlichen »Vorlesungen« für Linné.

Er war ein schlechter Schüler in Metaphysik, Eloquenz und den Sprachen. Seine Ordnungsliebe duldete keine Weitschweifigkeit: Linnés Stil ist lakonisch, suggestiv und apodiktisch wie das Alte Testament. Sein liebstes Bibelwort: *Alles Fleisch ist Gras.* Zu seiner Lieblingslektüre gehörten die *Metamorphosen* des Ovid. Die Natur als Spiegel des Lebenswandels: »Aus der schönsten Jungfrau kann das häßlichste Bilsenkraut, aus dem stärksten Goliath der schwächste Hünerdarm werden.«

Seine Vergleiche sind immer anthropomorph, Allegorien eines Naturverfallenen. Die Jahreszeiten versinnbildlicht der menschliche Lebenslauf, dem Linné verschiedene Farben zuordnet, vom weißen Ei über die purpurfarbenen Jugendjahre bis zum Eismonat: »Die Leiche, schwarz, vermodert.«

Die Gesellschaft der Pflanzen war nach seiner Vorstellung hierarchisch geordnet, der ärmste Stand waren die Moose, die Bauern wähnte er in den Gräsern verkörpert, den Adel bildeten die Kräuter, und in den Mächtigsten, den Bäumen, sah er die Fürsten.

Mit scharfem Auge teilt er die Pflanzenwelt in 24 sexuelle Klassen auf, während ihm seine blühende Phantasie Gemächer der Wollust vorgaukelt, Liebeslager *en miniature,* sonderbarste erotische Konstellationen. In *Systema naturae* nennt er die Blumenblätter »Vorhänge des ehelichen Bettes«. Die *Publicae* (Phanerogamen) sind in seinen Augen Pflanzen, die ihre Hochzeit für alle Welt sichtbar feiern, während sich das Beilager der *Clandestinae* (Kryptogamen) im Verborgenen abspielt. Bei den drei Klassen der *Diclinia* »erfreuen sich Männer und Frauen unterschiedlicher Brautgemächer«, bei den 20 Klassen der *Monoclinia* teilen sie das gleiche Lager. Nur in der ersten Klasse der *Monandria* ist das Paar monogam. Die übrigen 19 Zwittergeschlechter offenbarten für diejenigen, die Linnés Vergleiche wörtlich nahmen – von der Zwei- über die Vielmännigkeit bis zu den Lotterbetten der *Syngenesia* (Korbblütler) –, eine skandalöse Promiskuität.

»Wenn acht, neun, zehn, zwölf oder gar zwanzig und mehr Männer in demselben Bett mit einer Frau gefunden werden«, entrüstet sich J. G. Siegesbeck, Professor der Botanik in Petersburg, »oder wenn bei den Kompositen die Betten der wirklich Verheirateten einen Kreis bilden, und auch die Betten der Dirnen einen Kreis beschließen, so daß sie von den verheirateten Männern begattet werden … Wer möchte glauben, daß von Gott solche verabscheuungswürdige Unzucht im Reich der Pflanzen zur Fortpflanzung eingerichtet worden ist? Wer könnte solch unkeusches System der akademischen Jugend darlegen, ohne sie zu beleidigen?«

Der schwedische Bischof Johan Browall verteidigte *Systema naturae* in einer Gegenschrift. Zum Dank taufte Linné ein südamerikanisches Nachtschattengewächs *Browallia.*

Kein Unkraut jedoch, kein noch so stinkendes Gewächs erachtete Linné für hinreichend unwürdig, den Namen seines Petersburger Feindes zu tragen. Die einzige »Ehre«, die er Siegesbeck angedeihen ließ, war der unterste Rang eines Feldwebels in »Flora's Leibregiment«, einer Botaniker-Armee, erdacht und befehligt von General Linnaeus. Siegesbeck hatte indes die Zensoren auf seiner Seite, die *Systema naturae* auf den *Index librorum prohibitorum* setzten.

Linnés Anzüglichkeiten monierte auch Rat Goethe: »Wenn unschuldige Seelen botanische Lehrbücher zur Hand nahmen, so konnten sie nicht verbergen, daß ihr sittliches Gefühl beleidigt sei; die ewigen Hochzeiten, die man nicht los wird, wobei die Monogamie, auf welche Sitte, Gesetz und Religion gegründet sind, ganz in vage Lüsternheit sich auflöst, bleiben dem reinen Menschensinn völlig unerträglich.«

Von dieser moralischen Schelte abgesehen, fühlte sich Goethe dem Schweden dennoch sehr verbunden. Im November 1816 schrieb er an Zelter: »Dieser Tage habe ich wieder Linné gelesen und bin über diesen außerordentlichen Mann erschrocken. Ich habe unendlich viel von ihm gelernt, nur nicht Botanik. Außer Shakespeare und Spinoza wüßte ich nicht, daß irgendein Abgeschiedener eine solche Wirkung auf mich getan.«

Linnés Leben war erfüllt von »botanischen Romanzen«. So trocken und knapp seine naturwissenschaftlichen Beschreibungen auch sind, seine »Herbationes« – botanische Exkursionen durch die Umgebung von Uppsala in Begleitung seiner Studenten – inszenierte er in theatralischer Weise. Waldhornklänge verkündeten das Auffinden einer seltenen Pflanze; die Rückkehr am Abend fand unter festlicher Musikbegleitung statt, und ein lautes »Vivat Linnaeus« der mitunter bis zu zweihundert Teilnehmer zählenden Gesellschaft beschloß die Exkursion. Diese Triumphzüge erregten Neid und Ärger der Universitätskollegen. Aber Linnés Feind zu sein war eine schlechte Empfehlung, war er doch überzeugt, Gott lasse ihn allein in seine »geheime Ratskammer« hineinlauschen und rotte alle Feinde vor ihm aus.

Das Heer der Freunde und Apostel hingegen befahl General Linnaeus an die Blumenfront. Sein Herbarium war ein botanischer Weltspiegel, denn der große Systematiker war auch ein ehrgeiziger Sammler. Er schickte seine Schüler in die entlegensten Regionen der Erde und ließ keinen Zweifel daran, was ihnen blühen würde, wenn sie mit leeren Händen zurückkämen. So schrieb er an Pehr Osbeck, als dieser gerade zum Prediger auf einem Schiff ernannt worden war, das nach China auslaufen sollte: »Hochwürdiger Herr Botanicus, Orarissima Osbeckia, willkommen unter Flora's Armee! Fahren Sie, reisen Sie, setzen Sie alle Segel bei; aber wenn Sie zurückkommen ohne Beute, so soll Pluto mit seinem ganzen Heer Sie hinunter in den Styx werfen.«

Etliche Forscher ließen ihr Leben auf Floras Feld. Bartsch starb 28jährig in Surinam, Forsskål, der als Beduine verkleidet Arabien durchstreifte, starb mit 31 Jahren, und Ternstroem verschied auf einer Insel vor China. Gottes Geheimrat in Uppsala verwandelte die Verstorbenen in Stauden, Kräuter und Sträucher und verleibte sie seinem Herbarium ein: *Bartschia, Forskohlea, Ternstroemia.*

»Keiner vor ihm hat seinen Namen mehreren Gewächsen, Insekten, ja der ganzen Natur eingeschrieben«, rühmt er sich selbst in einer Art vorweggenommener *Laudatio funebris.* Zugleich bekennt er, immer einsam gewesen zu sein, ständig in Gedanken, selbst im Schlaf. Seine Ehe mit der Tochter des wohlhabenden Arztes Moraeus, der seine Promotion finanzierte, scheint nicht glücklich gewesen zu sein. *Morea tristis,* ein fahlfarbiges Irisgewächs.

1774, im Jahr der silbernen Hochzeit, schreibt der 67jährige Ritter Carl von Linné an die leidenschaftliche Botanikerin Lady Anne Monson: »Ich habe lange versucht, gegen eine Leidenschaft anzukämpfen, welche sich als unüberwindbar erwiesen hat und nun in mir zu Feuer geworden ist… Möge es mir erlaubt sein, mit Ihnen eine kleine Tochter zu zeugen, die Beweis unserer Liebe sein soll – eine kleine Monsonia, durch die Ihr Ruhm ewig währen wird…« Lady Monson, deren Namen er in einem Storchenschnabelgewächs verewigte, war ihm nur durch Korrespondenzen bekannt.

»Gott schuf und Linnaeus ordnete« – mit dieser Sentenz suchte er sein Lebenswerk auf den Nenner zu bringen. Drei Reiche: Die Steine wachsen, die Pflanzen wachsen und leben, die Tiere wachsen, leben und empfinden. Der Mensch: ein Anthropomorph. »Ich frage Sie und die ganze Welt nach einem Gattungsunterschied zwischen dem Menschen und dem Affen«, schreibt er 1747 an den Sibirienforscher Gmelin. »Ich kenne wahrlich keinen und wünschte nur, daß jemand mir auch nur einen einzigen nennen könnte.«

Als Haustiere hält er sich eine Meerkatze, Diana genannt, und einen Waschbären, dessen possierliches Wesen ihn entzückt, aber mehr noch bestaunt er den wunderlichen Bau der Geschlechtsorgane.

Seiner kontrollierenden Vernunft gelang es, wuchernde Phantasien auf verborgenen Blättern in vermischte Geschichten zu bannen: die Gesetzmäßigkeiten der *Nemesis Divina.* Am Ende trifft ihn der Schlag. Unbeweglich und stumm wie eine Pflanze erwartet er den Tod. Seine Lieblingsblume, das Moosglöckchen, Helmzier seines Wappens, das er in seinen Namen eingebunden hat, *Linnaea borealis L.*, ist ein so zierliches wie zähes, rasenbildendes Pflänzchen. Das Eiszeitrelikt wächst auf moosigem Grund, duftet weithin nach Vanille; seine Blüten sind homogam, die Honigdrüse sitzt vollkommen verborgen und gegen unberufene Besucher geschützt im Inneren der Kronröhre. Für die Verbreitung seiner Früchte sorgt »der Vögel leichte Reiterei«.

Die Flora der Place Vendôme
Charles Louis L'Héritier de Brutelle
1746 bis 1800

Charles Louis L'Héritier de Brutelle war von Beruf Jurist, Botaniker aus Leidenschaft und ein selbstvergessener Verschwender. Obwohl er über ein großes Vermögen verfügte, war seine Kleidung schlicht, seine Küche kärglich; auch ging er unstandesgemäß immer zu Fuß. Doch für die Botanik gab er jährlich 20000 frs aus. Ein deutscher Botaniker der Zeit bemerkte, L'Héritiers Werke hätten den Fehler, daß sie alle ungewöhnlich großformatig seien und äußerst kostspielig. Ihre Pracht verdankt sich vor allem den Illustrationen von Pierre-Joseph Redouté, dessen Name auf immer mit dem L'Héritiers verbunden bleibt. L'Héritier entdeckte den in seine Blumenstudien vertieften jungen Künstler 1782 im *Jardin du Roi;* er erkannte sofort seine außerordentliche Begabung und bestärkte ihn, seine Brotarbeit als Bühnenmaler aufzugeben. Er brachte ihn mit dem Blumenmaler van Spaendonck zusammen, der am *Jardin des Plantes* Ikonographie unterrichtete und die königliche Velinen-Sammlung betreute.

1786 erwarb L'Héritier das Herbar eines Reisenden, der an einer von der spanischen Regierung ausgerüsteten Expedition teilgenommen hatte. Er verpflichtete sich, dem Besitzer der Pflanzensammlung ein Jahr lang eine Rente zu zahlen. Die spanische Regierung erklärte den Handel jedoch für ungültig und reklamierte die Sammlung. L'Héritier war nicht der Mann, sich solcher Forderung zu beugen. Mit der Hilfe seiner Frau und seines Freundes Redouté verpackte er nächtens die kostbare Sammlung und brach im Morgengrauen nach Calais auf, von wo er nach England übersetzte.

Fünfzehn Monate verbrachte er in absoluter Zurückgezogenheit in London, mit nichts anderem als der Beschreibung seiner Schätze beschäftigt. Er hatte die berühmte naturwissenschaftliche Bibliothek von Sir Joseph Banks zu seiner Verfügung sowie das 15000 Pflanzen umfassende Herbarium Linnés, das 1783 nach dem Tod von Linnés Sohn zusammen mit Büchern und Manuskripten in den Besitz des Botanikers James Edward Smith gelangt war.

L'Héritier vollendete das Manuskript seiner *Flore du Perou,* das nie veröffentlicht wurde, und kehrte nach Frankreich zurück.

Redouté war ihm nach England gefolgt, um in seinem Auftrag die herrlichsten Blumen der Gärten in Londons Umgebung zu malen. *Sertum anglicum* – »das englische Bukett« – war der Titel des mit 35 Kupfertafeln geschmückten Prachtbandes, den L'Héritier seinen englischen Gastgebern widmete.

Mit der Finanzierung dieses Werkes war sein Vermögen dahingeschmolzen, so daß er sich gezwungen sah, in den öffentlichen Dienst zu treten. Aber dem Augenmerk eines passionierten Botanikers entgeht nichts Pflanzliches. Kein Pflaster ist so dicht, daß aus den Zwischenräumen keine Gräser sprössen, kein Stein so glatt, daß nicht Flechten und Moose darauf wüchsen, und

Pierre-Joseph Redouté, *Großes Ochsenauge,*
aus: Charles Louis L'Héritier de Brutelle, *Stirpes Novae,*
Paris 1784.
(Mit freundlicher Genehmigung von Sotheby's, London.)

noch in jeder Mauerfuge können Schöllkraut und Farne nisten. Auf seinem täglichen Weg ins Justizministerium sammelte L'Héritier alles vegetabilische Leben. Aus dieser Pflanzenlese entstand schließlich die *Flore de la Place Vendôme,* ein Katalog, der mehrere hundert Arten umfaßt.

Seine Bibliophilie grenzte ebenfalls an Besessenheit. Er ließ seine botanischen Abhandlungen in nur fünf Exemplaren drucken, die er unter verschiedene Personen verteilte – niemand sollte in den Besitz der kompletten Sammlung kommen.

In wenigen Jahren stellte er in Paris die größte botanische Bibliothek Europas zusammen. Er war ein unerschrockener und seiner Wissenschaft selbstlos ergebener Mann, berühmt auch für seine Gerechtigkeit als Richter der *tribunaux civils.* Die einzige Rache, die er sich erlaubte, war die unter Botanikern so beliebte: er taufte übelriechende Gewächse auf die Namen mißliebiger Kollegen. Er war ein angesehener Offizier der Nationalgarde und als Botaniker ein strenger Anhänger des Linnéschen Sexualsystems. Am 16. April 1800 wurde er unweit seines Domizils durch einen Säbelhieb ermordet; der Täter und sein Motiv blieben unentdeckt.

Klammerkämpfe
Richard Anthony Salisbury (geb. Markham)
1761 bis 1829

Die Lektüre der Lebensläufe berühmter Botaniker vermittelt den Eindruck, als würden die Rivalitätskämpfe unter den Pflanzenkundlern, nicht anders als die Wurzelkämpfe im vegetabilischen Reich, unterirdisch ausgetragen. Das Sichtbare ist ganz friedlich. Zwei Namen verbinden sich mit einem Gewächs – wer ahnt schon, welche Bosheit in der Klammer einer Benennung eingeschlossen sein kann?[1] Salisbury zum Beispiel war

[1] Laut Nomenklaturregel folgt auf die Gattungs- und Artbezeichnung einer Pflanze der Name desjenigen Botanikers, der ihr den wissenschaftlichen Namen gegeben hat. Wird ein Gattungsname neu bestimmt, wird die Artbezeichnung beibehalten und der frühere Autor in Klammern gesetzt. Zum Beispiel: *Brodiaea coronia (Salisb.) Engl.*

ein Anhänger des Natürlichen Systems (Jussieu), weshalb sich die prominenten Linneaner Joseph Banks, Robert Brown und James Edward Smith verschworen, seine botanischen Werke nach Möglichkeit zu ignorieren. Aber dabei blieb es nicht. Im März 1808 beschrieb Salisbury eine nordamerikanische Pflanze und nannte sie nach seinem Freund, dem Maler William Hooker, *Hookera.* Zwei Monate später gab Smith einer ganz anderen Gattung den Namen *Hookeria,* »nach meinem jungen Freund William Jackson Hooker, dem Botaniker aus Norwich«, wie er blauäugig hinzufügte. Drei Jahre später taufte Smith die *Hookera* seines Kontrahenten *Brodiaea,* ein noch heute gültiger Name für das Liliengewächs.

Allein, Salisbury stand seinen Feinden in nichts nach. 1809 las Robert Brown vor der Linnean Society über die *Proteaceae.* Sein Vortrag wurde erst ein Jahr später publiziert. Derweil erschien unter der vermeintlichen Autorschaft eines Gärtners namens Joseph Knight eine Arbeit zum nämlichen Thema. Dieses Werk glänzte mit Beschreibungen, die ein aufmerksamer Hörer des Brownschen Vortrages im Gedächtnis behalten hatte: hinter Knight verbarg sich Salisbury.

Zwanzig Jahre später, nachdem der Plagiator an Paralyse verstorben war, erübrigten sich die rachelüsternen Machenschaften, und großmütig gab Smith dem in England »Frauenhaarbaum« genannten Ginkgo den Namen *Salisburia adiantifolia,* eine Bezeichnung, die jedoch bald wieder dem alten *Ginkgo biloba* Linnés weichen sollte. Aber wer weiß, ob Smith nicht nur die stinkenden Früchte des Baumes im Sinn hatte, als er ihn *Salisburia* nannte? Er mißbilligte nämlich nicht nur den Systematiker, er hielt ihn auch für ein verkommenes Subjekt, das als ehrenamtlicher Sekretär der Horticultural Society innerhalb eines Jahres einen derartigen Wirrwarr anrichtete, daß man es seines Amtes wieder entheben mußte.

Eigentlich hieß Salisbury Markham und war Sohn eines Tuchhändlers. Seinen Namen hatte er als 24jähriger für 10000 Pfund von einer ältlichen Jungfer, Miss Anna Salisbury, übernommen.

Zehn Jahre vor seinem Tod versuchte Salisbury seinerseits, verschiedenen illustren Personen seine Bibliothek und sein Vermögen um den Preis seines Namens aufzudrängen. Sein erstes Opfer war ausgerechnet Alphonse de Candolle, der berühmte Genfer Botaniker, der dankend ablehnte. Endlich fand er einen Erben in dem Sohn eines befreundeten Blumenzüchters, der sich später als Forschungsreisender einen Namen machen sollte – als John William Burchell.

So lebte weder im Ginkgobaum noch im Floristensohn sein Name fort. Aber zahlreiche Pflanzen, die er als erster bestimmte, taufte und zeichnete, tragen bis heute an dritter Stelle das Kürzel *Salisb.* – mit oder ohne Klammer.

Der gelüftete Vorhang
Christian Konrad Sprengel
1750 bis 1816

Christian Konrad Sprengel muß ein sehr eigensinniger Mann gewesen sein. Er war Altphilologe und bis 1794 Rektor der Großen Schule in Spandau. In die Stadtchronik ist er als »grausam in der Disziplin, willkürlich in seinen Lectionen und wenig religiös« eingegangen. Statt in die Kirche zu gehen, zog er aus, »die Natur auf der That zu ertappen und es mit anzusehen, wie Insekten Blumen befruchten« – dieser Anblick verschaffte ihm »ein unbeschreibliches Vergnügen«. Zunächst waren es nur Spaziergänge gewesen, bei denen das botanische Augenmerk helfen sollte, hypochondrische Launen zu vertreiben. Aber nicht lange, und aus dem Heilmittel wurde ein furchtbarer Spleen. Die Vernachlässigung des Gottesdienstes, die Weigerung, seinen Schülern Privatstunden zu geben, hätte man ihm vielleicht noch nachgesehen, aber die Willkür seiner Lektionen brachte ihn um sein Amt. Er *glaubte* nicht, er *sah.* Für seine Zeitgenossen war sein Blick wahnhaft, närrisch seine Theorie. Seine Beobachtungen der phantastischen Korrespondenzen in der Gestalt der nektarführenden Blumen und ihrer Besucher, der Insekten, war nicht vereinbar mit dem Dogma der Artenkonstanz. 1793 erschien das Resultat seiner fünfjährigen Feldforschung. *Das entdeckte Geheimnis der Natur im Bau und in der Befruchtung der Blumen.* Sein Werk wurde allgemein verunglimpft und fiel schließlich dem Vergessen anheim. Erst siebzig Jahre später sollte seine epochemachende Entdeckung durch Darwin bestätigt werden: die Zweckmäßigkeit der Dichogamie[1], da »die Natur es nicht haben wolle, daß irgendeine Blume durch ihren eigenen Staub befruchtet werde«.

»Auch der einfältigste Mensch, wenn er auf den Einfall käme, das Ideal einer Blume zu entwerfen, würde am ersten darauf fallen, die Antheren unmittelbar auf das Stigma hinzusetzen, weil er glauben würde, daß auf solche Art die Befruchtung nie fehlschlagen könnte«, schreibt Sprengel angesichts des von Linné falsch interpretierten Geschlechts der Osterluzei. »Ich glaube aber«, fährt er fort, »daß keine Blume von dieser Einrichtung in der ganzen Welt anzutreffen sey, aus dem Grunde, weil ich sonst zugleich würde glauben müssen, daß der Schöpfer auch solche Blumen habe hervorbringen wollen, in welchen ganz und gar keine Kunst anzutreffen seyn sollte.«

25 Kupfertafeln illustrieren den stattlichen Folioband *Das entdeckte Geheimnis der Natur,* auf denen Sprengel die

[1] Dichogamie nennt man die ungleichzeitige Entwicklung der beiden Geschlechter innerhalb derselben Blüte.

erfindungsreiche Kunst in der Struktur der Blüten detailliert wiedergibt. Da ihm die Mittel für weitere Abbildungen fehlten, war er gezwungen, jeden Quadratmillimeter für seine Darstellungen zu nutzen, wodurch der Eindruck eines *horror vacui* entsteht: ein dichtes, durchnumeriertes Gewimmel aus Blütenblättern, Staubgefäßen, Griffeln, Stempeln, Narben und Nektarien, aus Schlünden, Rachen, Kesseln und Kelchen, dazu die Buchten, Lappen, Fransen, Höcker, Stangen, Zapfen und Schemel, die den heranschwirrenden Gästen als Landeplatz an der Pforte der Honighöhle dienen. 25 Rätselbilder über das Spiel der Befruchtung bei 500 verschiedenen Arten – bis 1858 schien es das Dokument eines Narren.

Jahrtausendelang hatte man sich über die Rolle der Insekten im botanischen Schauspiel getäuscht, Honigraub und Pollendiebstahl für zwecklosen Zufall gehalten. Nun behauptete ein armer Schulmeister, die Blumen verlangen nach »dem Zuspruch der Insekten« und beschrieb, wie Blüten in kleinen Fächern Pollen bereithalten, damit Schlupfwespen sie als Kopfschmuck davontragen, oder schilderte den Krieg winziger Fliegen im Kessel der Osterluzei. Keine Menschenseele mochte das glauben, und wüßten wir es nicht besser, es käme uns auch heute noch höchst unwahrscheinlich vor.

Besonders merkwürdig ist die Befruchtung der gemeinen Osterluzei: »Als ich im May die Pflanzen in der Blüte fand, fiel ich mit großer Hitze über die Blumen her und gerieth, nachdem ich dieselben untersucht hatte, in ein frohes Erstaunen, da ich durch den Augenschein überzeugt wurde, daß, so wie ich mir vorgestellt hatte, der große Urheber der Natur die kleinen Fliegen erst in diese Blumen einsperrt, damit sie dieselbe befruchten, hernach aber, wann dieser Endzweck erreicht worden ist, sie wieder aus ihrem Gefängnis herausläßt, folglich durch die wundervolle Einrichtung dieser Blume eben so sehr seine Güte, als seine Weisheit an den Tag legt.

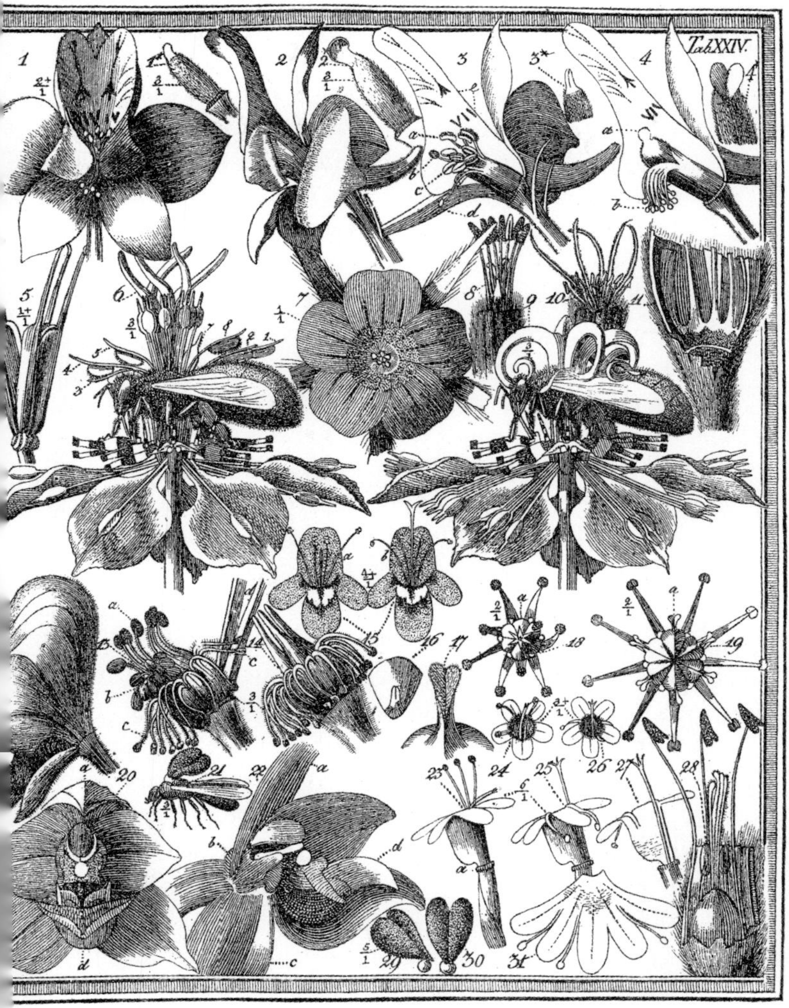

Christian Konrad Sprengel, *Das entdeckte Geheimnis der Natur im Baue und der Befruchtung der Blumen,* Berlin 1793. Tafel 24 zeigt in der Mitte zwei Bienen beim Befruchtungsgeschäft auf zwei Schwarzkümmelblüten.

Ich schnitt zuerst den Kessel verschiedener aufrecht stehender Blumen auf und fand fast jedesmal eine Anzahl kleiner Fliegen in demselben, welche recht froh zu seyn schienen, daß sie aus diesem Gefängnis erlöset wurden.« Um zu verstehen, wie die Fliegen aus dem Kessel wieder entweichen, schneidet Sprengel eine ältere, bereits herabhängende Blüte auf und macht eine Entdeckung, die ihn entzückt: »Ich sehe nemlich, daß die Kronenröhre der aufrecht stehenden Blume mit steifen fadenförmigen weißen Haaren besetzt war, welche ungefähr in der Mitte derselben anfingen, und daselbst einzeln, nach und nach immer häufiger, am Ende derselben am häufigsten standen, daß diese Haare mit der Spitze nicht der Oeffnung der Kronröhre, sondern dem Kessel zugekehrt waren, folglich da, wo die Röhre auf dem Kessel sitzt, eine kleine Reuse bildeten, welche verursacht, daß die kleinen Fliegen zwar leicht durch die Röhre hindurch und in den Kessel hineinkriechen können, wann sie aber in den Kessel hineingekrochen sind, nicht wieder herauskriechen können. Was aber die herabhangenden Blumen betrifft, so sahe ich, daß in derselben diese Fäden zusammengeschrumpft waren und wie schwarze Punkte aussahen. Da also hierdurch das Gefängnis geöffnet worden war, so hatten die Fliegen nicht gesäumt, sich aus demselben wieder herauszubegeben und in Freyheit zu setzen.« Dann schildert er die Zusammenkunft der Fliegen im Blütenkessel: »Da nun aber, sobald die Blume aufgebrochen ist, nicht sogleich die Fliegen wie gerufen angeflogen kommen, sondern nach und nach und auch vom Zufall herbeygeführt werden: so mußte dieser Zustand von ziemlich langer Dauer seyn. Ich habe gefunden, daß er sechs Tage währet. Auf solche Art findet sich endlich eine ansehnliche Gesellschaft von diesen Thierchen ein, denen eine so unvermuthete Zusammenkunft in einem so engen Zimmer, und eine so unverschuldete Gefangenschaft in einem so wohl verschlossenen Gefängnis sonderbar genug vorkommen mag. Es hat aber noch keins von denselben Staube an seinem Körper, weil die Antheren sich noch nicht geöffnet haben. Darauf folgt der zweyte Zustand, in welchem die Blume reifen Antherenstaub, ein ausgebildetes Stigma, und Fliegen genug hat, welche jenen auf dieses bringen. Natürlicherweise sind die Fliegen, da sie nun schon so lange eingesperrt gewesen sind und nichts zu freßen bekommen haben, darüber ungeduldig geworden und laufen unwillig im Kessel umher; auch können bey solcher Gemüthsstimmung Streitigkeiten nicht leicht unterbleiben, und es mag in diesen kleinen Gefängnissen, in welche das menschliche Auge nicht hineinschauen kann, zuweilen ziemlich kriegerisch zugehen. Auf solche Art aber müssen sie unter andern auch an die Antheren geraten, ihren Staub abstreifen, denselben allenthalben umherschleppen, und unter andern auch auf das Stigma bringen.«

Nach seiner Zwangspensionierung, ein Jahr nach der Veröffentlichung seiner Entdeckung, lebte Sprengel in der Dachwohnung eines Berliner Hinterhauses das einsame Leben eines gelehrten Sonderlings. Allsonntäglich hielt er gegen ein geringes Entgelt botanische Exkursionen ab, erklärte die Architektur der Pflanzen und den Sternenlauf, den Bau einer Windmühle oder die Schrift auf einem Leichenstein. Fünf Jahre vor seinem Tod schrieb er *Die Nützlichkeit der Bienen und die Nothwendigkeit der Bienenzucht, von einer neuen Seite dargestellt.* Dann wandte er sich wieder den alten Sprachen zu. Sein letztes Werk, *Neue Kritik der classischen römischen Dichter,* wurde von den Altphilologen so ungnädig aufgenommen wie einst seine botanischen Schriften von den Naturforschern. Bei seinem Tode vermachte er den Berliner Waisen 5000 Taler.

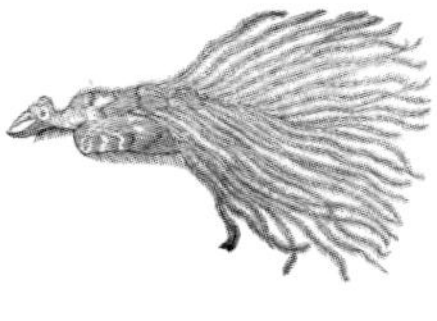

19. Jahrhundert

»Alles war falsch: ein falscher Realismus, eine falsche Armee, ein falscher Kredit und sogar falsche Dirnen! Man nannte sie ›Marquisen‹, so wie auch die großen Damen sich gegenseitig vertraulich ›Schweinchen‹ nannten. [...] Man pries eine Schauspielerin, aber als gute Familienmutter! Man verlangte von der Kunst, daß sie moralisch, von der Philosophie, daß sie klar, vom Laster, daß es dezent sei; und von der Wissenschaft, daß sie sich dem Auffassungsvermögen des Volkes anpasse.«

Gustave Flaubert

Menschen im Etui

Edmond, 1822 bis 1896, und Jules de Goncourt, 1830 bis 1870

Dunkelblond der eine, brünett der andere, gleiche Frisur, gleiches Bärtchen der *Jeune-France*-Romantiker, gleiche Kleidung: Hose aus hellgrauem Tuch, dunkle Weste, dunkler Gehrock, darüber baumelt das eckige Monokel am schwarzen Band – so sitzen sie dicht nebeneinander in zwei gleichen Sesseln. Edmond und Jules de Goncourt, photographiert von Nadar im Jahre 1855. Der acht Jahre ältere und etwas größere Edmond vor sich hinbrütend, das umdüsterte Haupt leicht gesenkt, doch kann die Hand es nicht stützen: die Strecke zwischen Kinn und

Sessellehne, auf der der Ellbogen ruht, ist für den Arm um zwei oder drei Zentimeter zu lang, und so verharrt er gleichsam katatonisch. Jules hingegen hält beide Hände – halb offen, halb geballt – hilflos auf dem Schoß, als wisse er nicht recht, wohin damit. Auch seine Miene spricht von Trübsal, aber seine schwarzen Augen blicken mißtrauisch aus ihren schattigen Höhlen auf den Betrachter. Seine weichen Züge haben, wie die des Bruders, etwas Teigiges und Lymphatisches; quirliger und ausgelassener als Edmond, dem er auf der Straße stets ungestüm vorauseilte, war er gleichsam das Lächeln seines melancholischeren Bruders. Seine stark gewölbte Unterlippe wirkte unter dem zarten goldenen Bärtchen wie eine nicht ganz reife Kirsche: ein Cherubino, der einen Valmont in sich verbirgt – so hätte er sich gerne gesehen. Ein vehementer Spötter, klar und manchmal schroff in seinem Urteil, aber von ausgesuchter Höflichkeit. Edmond war eher schüchtern, etwas hölzern, steif und leicht grämlich.

Beiden gemeinsam war etwas Greisenhaftes und zugleich Kindliches – ein Gegensatz, der in ihrer Sammelleidenschaft aufgehoben war. »Die alte Welt erneuern, das ist der tiefste Trieb im Wunsch des Sammlers, Neues zu erwerben.«[1] Die Sammelwut der Goncourts speiste sich aus dem Abscheu vor den Tapeziierergrüften, den Schnörkeltotgeburten, dem Leichenschauhausprunk des sich entfaltenden Industrialismus. Sie beklagten die leichenbitterschwarze und kellerasselgraue Männerkleidung ihrer Zeit und sahen darin ein Symptom für das Alt- und Trübwerden einer Welt, »in der so manches zu Grabe getragen wurde.«[2]

»Hier ist die Welt so häßlich wie ihre Photographie«, notieren sie lakonisch während eines Kuraufenthalts in Vichy. Ihre Lieblingsfarben waren die irisierenden Pa-

[1] Walter Benjamin, *Angelus Novus,* Frankfurt a. M. 1966, S. 171.
[2] *Journal,* 22. April 1857.

stelltöne des 18. Jahrhunderts: »Schwefelblüte, Taubengefieder, Rosengeriesel, *caca dauphin, désespoir d'opale* und Flohbauch-im-Milchfieber«, wie sie denn überhaupt das Zeitalter der Aufklärung über alles stellten. Diderot, Galiani, Beaumarchais und Laclos gehörten zu ihren Lieblingsautoren.

Edmond war es, der die Jagd auf das Kleinod betrieb. Elf Jahre nach dem Tod seines Bruders gab er eine zweibändige Beschreibung aller Schätze heraus, die sie im Laufe der Jahre zusammengetragen hatten: Zeichnungen von Watteau, Chardin, Liotard, Boucher und Fragonard; Tapisserien, Gouachen, Radierungen, Erstausgaben und Autographen aus dem 18. Jahrhundert; Porzellan aus Meißen und Sèvres, und in einem Kabinett, das dem fernen Osten gewidmet war, alles Japanische, Chinesische, Koreanische: Alben von Utamaro, Hokusai, Harunobu mit den »Bildern der vergänglichen, fließenden Welt«, den *Ukiyo-e* genannten farbigen Holzschnitten, zu deren europäischen Entdeckern die Goncourts gehören, japanische Bildrollen, seidene Tücher, Lackdosen, Bronzen und die ganze Chimärenwelt Japans in Form von *Netsukes* sowie eine umfangreiche Sammlung ostasiatischer Keramik. 615 Seiten umfaßt dieses *La Maison d'un Artiste* betitelte Inventarisierungswerk – allein der Beschreibung des *cabinet de toilette* sind sechs Seiten gewidmet. Sammler und Künstler – für die Goncourts war das ein und dasselbe.

Sie waren stolz auf ihre aristokratische Herkunft, doch es gab in ihren Augen nur eine einzige gültige Noblesse: die des Künstlers. Sein Privileg: die Langeweile. Seine Hoheitszeichen: Spleen, Nervosität und krankhafte Empfänglichkeit für Sinneseindrücke. Sein Emblem: die Melancholie, die dem Leben zuschaut, ohne daran teilzunehmen. Seine Devise: *l'art oblige.*

Die Kunst war die oberste Instanz, sie bestimmte ihr Weltbild, ihre Moral, ihre Lebensweise. Die Kunst gehorcht nur ihren eigenen Gesetzen, sie beugt sich vor keiner politischen Doktrin und frönt niemals dem Nützlichen – so lautete ihr Credo. Unter diesem Absolutismus der Kunst diktierte der Ehrenkodex des Künstlers, sich nicht dem Zeitgeist zu verschreiben. Es galt, auf das Unmögliche zu setzen, auf das unwiederbringlich Verlorene oder auf das Niedagewesene: nur im Vergessenen und im Unbekannten schlummert das Schöne. *Selten* war das höchste Prädikat, das sie zu vergeben hatten.

Der Künstler muß sich in das Elend schicken, Fremder im eigenen Land zu sein – wie sonst könnte er seine Zeit beschreiben? Mit seinen klaffenden Widersprüchen war der beginnende Hochkapitalismus in extremer Weise von der Gewalt der Phrase beherrscht. »Sozialistisch« war der Refrain der Epoche, Guizot nannte den Staatsstreich »den definitiven und vollständigen Sieg des Sozialismus«, wie man überhaupt alles für »sozialistisch« erklärte, es war »sozialistisch, eine Eisenbahn zu bauen und es war sozialistisch, sich mit dem Stocke zu verteidigen, wenn man mit dem Degen angegriffen wurde.«[1]

Karl Marx hat im *18. Brumaire* diese *verkehrte Welt* eindringlich geschildert und auseinandergenommen. Er beschreibt die Revolution von 1848 als eine Kaskade des Verrats, die merkwürdig an die sich lösenden und reorganisierenden Figurationen in einem Sadeschen Boudoir gemahnt. In einer rückläufigen Bewegung stützt sich jede Partei auf die jeweils nächste und wird fallengelassen und verraten, bis die letzte »in dieser lächerlichen Positur das Gleichgewicht verliert, und, nachdem sie die unvermeidlichen Grimassen geschnitten, unter seltsamen Kapriolen zusammenstürzt. (...) Die Periode, die wir vor uns haben, umfaßt das bunteste Gemisch schreiender Widersprüche: Konstitutionelle, die offen gegen die Konstitution konspirieren, Revolutionäre, die

[1] Karl Marx, *Der 18. Brumaire des Louis Bonaparte*, Frankfurt a.M. 1965, S. 61.

eingestandenermaßen konstitutionell sind, eine Nationalversammlung, die allmächtig sein will und stets parlamentarisch bleibt; […] eine Exekutivgewalt, die in ihrer Schwäche selbst ihre Kraft und in der Verachtung, die sie einflößt, ihre Respektabilität findet, eine Republik, die nichts anderes ist als die zusammengesetzte Infamie zweier Monarchien […] – Verbindungen, deren erste Klausel die Trennung, Kämpfe, deren erstes Gesetz die Entscheidungslosigkeit ist, im Namen der Ruhe wüste, inhaltsleere Agitation, im Namen der Revolution feierlichstes Predigen der Ruhe, Leidenschaften ohne Wahrheit, Wahrheit ohne Leidenschaften, Helden ohne Heldentaten, Geschichte ohne Ereignisse, Entwicklung, deren einzige Triebkraft der Kalender scheint, durch Wiederholung derselben Spannungen und Abspannungen ermüdend, Gegensätze, die sich periodisch nur auf die Höhe zu treiben scheinen, um sich abzustumpfen und zusammenzufallen, ohne sich auflösen zu können, prätentiös zur Schau getragene Anstrengungen und bürgerliche Schrecken vor der Gefahr des Weltuntergangs und von den Weltrettern gleichzeitig die kleinlichsten Intrigen und Hofkomödien gespielt …«[1]

Die Goncourts glaubten, wie viele Künstler ihrer Zeit, weder an den Fortschritt noch an den Sozialismus, nicht an die Demokratie und erst recht nicht an das Dogma der Gleichheit – wollte man etwa die unterschiedlichen Talente leugnen? Auch die Natur verabscheuten sie als Inbegriff brutaler Notwendigkeit, die Natur, »in der alles der rohen Gewalt gehorcht, wo vom kleinsten bis zum größten Tier, das Leben des einen vom Tod des anderen lebt«, im ewigen »Kreislauf des Fressens«.[2] Wenn sie beim Anblick einer Landschaft in Verzückung gerieten, so nur, weil diese die Erinnerung an ein Kunstwerk in ihnen wachgerufen hatte.

[1] Ebd., S. 37f.

[2] J. u. E. de Goncourt, *Ideen und Impressionen,* Leipzig 1904, S. 72.

Wie Flaubert träumten sie von einer Geistesaristokratie. Sie sollte dem Volk offenstehen, sich durch intelligente Arbeiter erneuern und das Elend aus der Welt schaffen. »Eine Regierung, die das Massengrab beseitigte, für alle Toten und für alle Lebenden Raum schaffte, die unentgeltliche Rechtsprechung dekretierte, Rechtsanwälte für die Armen bestellte, (...) die in der Kirche vor Gott, die Unentgeltlichkeit und die Gleichheit in bezug auf die Taufe, Hochzeit und Begräbnis einrichtete ...«[1] Selbstverständlich sollte das Privateigentum unangetastet bleiben.

Sie priesen das verschwenderische 18. Jahrhundert und erachteten sich als großzügig, indem sie ihr Geld für die Kunst ausgaben. Ihr Geiz war, wie der aller Sammler, gleichsam okkult. In Bankiers, Börsianern, Wechselagenten sahen sie ihre potentiellen Feinde, und ihrem Klassendünkel ist auch ihr schlimmstes Vorurteil anzulasten: der Antisemitismus.

Sie selbst gehörten nicht zu den Geschädigten, deren Vermögen durch die Wechselfälle der Börse zusammengeschrumpft war und die, »statt der Dummheit den Verlust zuzuschreiben, (glaubten), die Pfiffigkeit derer, die ihr Vermögen behalten haben, sei daran schuld«[2], und dennoch bliesen sie ins gleiche Horn. Mit ihrer Liebe für alles Fremde, Andersartige und Exotische scheinen sie auch nicht gegen das Jüdische schlechthin eingenommen gewesen zu sein: »Ich betrat die Synagoge in der Rue Lamartine. Man fühlt sich wie in einer Amsterdamer Religionsgemeinde. Ein Hauch Rembrandt und ein Hauch Orient. Es hat den Anschein einer glücklichen Religion. Eine Art Vertraulichkeit mit Gott. Im Katholizismus nimmt sich das Gebet immer so aus, als bitte es um Vergebung für ein Verbrechen: hier hingegen

[1] Ebd., S. 92.

[2] Heinrich Heine, *Sämtliche Werke,* »Aphorismen und Fragmente«, München 1961, Bd. 4, S. 747.

plaudert man, ruht sich aus und sitzt wie in einem *Café zum guten Glauben.*«[1]

Ihre Ranküne galt einem Fould, einem Pereire oder Rothschild; was sie verachteten, war die Anhäufung des Geldes. Ein Jude, der Wissen anhäufte, war ihresgleichen, namentlich wenn es sich um einen Künstler handelte. So ist es nicht weiter verwunderlich, daß Heine ihr Lieblingsdichter und großes Vorbild war.

Die Freiheit galt ihnen als Phrase, an die Gleichheit glaubten sie nicht, aber der Brüderlichkeit huldigten sie im buchstäblichsten Sinne. Sie bildeten ein seltsames Duo, berichtet Judith Gautier. Ihre Stimmen wechselten sich ab, ohne sich zu mischen oder sich in die Quere zu kommen. Begann Jules ein Gespräch in seiner mutwilligen Art und machte eine Atempause, dann war es Edmond, der den Satz fortführte, den Gedanken entfaltete, den sein Bruder schließlich zusammenfaßte.

Ihre geistige Übereinstimmung ging so weit, daß man sie mitunter verwechselte, ein Gespräch mit dem einen begann und versehentlich mit dem anderen wieder anknüpfte: Nichts deutete darauf hin, daß man einen anderen Gesprächspartner vor sich hatte.

Sie waren ein Herz und eine Seele, nur pflegte Edmond stets *wir* zu sagen, während Jules grundsätzlich in der Ichform sprach. Als aufmerksame Zuhörer und charmante Plauderer wußten sie ihre Mitmenschen für sich einzunehmen. Ihre Betrachtung schien selbstlos, ihr Interesse noch für die nichtigsten Kleinigkeiten ganz ungeteilt, und doch spürte man, daß sie nie wie andere Leute nur um des Plauderns willen plauderten. Théophile Gautier wurde den Eindruck nicht los, daß sie sich insgeheim Notizen machten: »Sobald man sie nicht anschaut, müssen sie wohl auf ihre Manschetten schreiben.«[2]

[1] *Journal,* 9. April 1865.

[2] André Billy, *La Vie des Frères Goncourt,* Monaco 1956, Bd. 2, S. 72.

Es teilte sich ihren Zeitgenossen mit, daß sie sie beobachteten und studierten, wie Ethnologen einen fremden Stamm. Doch was war es, das ihre Anteilnahme so eigentümlich reserviert erscheinen ließ? Offenbar der Jägerinstinkt, der allen Sammlern eignet: er bewog sie, sich durchlässig zu machen, um soviel wie möglich für ihr *Journal* zu erbeuten.

Als »Physiognomiker der Dingwelt«[1] waren sie geübt im Spurenlesen, Umzingeln und Einfangen. Sie lauerten der Wirklichkeit auf, erschnüffelten die flüchtige Wahrheit des Augenblicks, im Staub vor den *petits faits,* wie Nietzsche, der Verächter des Ephemeren und Dekadenten, meinte.

Von 1849 an wohnten die Geschwister zusammen in der Rue Saint-Georges, in einem pittoresken Viertel, in dem Huren, Kurtisanen, Schauspieler, Krämer und der Erfinder des Saxophons zu Hause waren. Am 2. Dezember 1851, dem Tag, an dem Louis Bonaparte mit Hilfe seiner 10000 bewaffneten Schurken »die bürgerliche Gesellschaft von der Sorge befreite, sich selbst zu regieren«[2], erschien das Erstlingswerk der Goncourts: *En 18..,* und ging im Spektakel von Säbel und Muskete unter. Am selben Tag begannen sie ihr *Journal.*

Im Laufe der Zeit wurde es ihnen zur festen Gewohnheit, ihre Impressionen des Pariser Lebens festzuhalten, wenn sie des Nachts aus der »Welt« in ihre Stube zurückgekehrt waren. Bis zum Ausbruch der Paralyse war Jules fast immer federführend.

L'école du document humain nannten sie ihr literarisches Verfahren. Für ihre kunsthistorischen und sittengeschichtlichen Studien zogen sie alle Dokumente heran, die sie bei ihren Streifzügen aufgestöbert hatten: Briefe und Rechnungen, Theater- und Speisekarten, Testamente

[1] Walter Benjamin, *Das Passagen-Werk,* Gesammelte Schriften, Frankfurt am Main 1982, Bd. V, 1, S. 274.

[2] Karl Marx, *18. Brumaire,* S. 29.

und Memoiren. Für ihre Romane lieferten die Tagebücher das Rohmaterial.

Sie teilten alles: die Arbeit, die Vorlieben, die Anschauungen, die Vorurteile, und schließlich auch die Geliebte. Das *genre canaille* der Hebamme Maria war's, das ihnen so sehr gefiel. Der Beschreibung ihrer Person kann man ablesen, daß sie, die vorgaben, die Liebe zu verachten, über beide Ohren verliebt waren. Trotzdem taucht Maria von Februar 1869 bis zum Tod von Jules im Juni 1870 im Tagebuch nicht mehr auf; dann verschwindet sie für immer aus dem *Journal*. Die endgültige Trennung von ihr war nicht der Rede wert. »Kaum haben wir uns zu etwas Leidenschaft hinreißen lassen, schon steigt ein gewaltiger Seelenschmerz in unserer Brust auf und gibt uns den Wunsch ein, die Orgie des Vorabends gleichsam wieder auszuspeien. Angewidert und von der Sache übersättigt, kehren wir diesen spitzenverzierten Betten den Rücken, wie man ein Museum mit anatomischen Präparaten verlassen mag, und ich weiß nicht, welche chirurgischen und betrüblichen Erinnerungen wir von diesen liebenswerten und so angenehmen Körpern zurückbehalten.«[1]

Wann immer der Gedanke an Liebe zu einer Frau sie auch nur streifte, kam ihnen der Tod in den Sinn. Sie müssen wirklich untröstlich darüber gewesen sein, ihr Geschlecht nicht *teilen* zu können. Ihre Vorliebe für den weiblichen Nacken, mit dem feinen Gefieder der Härchen »im Gegenlicht«, mag ihnen das seltsam priapische Bild eingegeben haben, das sie im Tagebuch am 4. Juni 1861 festhalten: »Die Frau – zwei Paar Flügel um einen Phallus.«

Wären sie nicht immer so schnell davongeflattert aus den Armen ihrer Geliebten, vielleicht wären sie sich wie Raupen vorgekommen, den zersetzenden Säften der Weiblichkeit ausgesetzt.

[1] *Journal*, zitiert nach André Billy, *La Vie des Frères Goncourt*, Bd. 1, S. 87.

Die monströs anmutende Assoziation der Frau im Lotterbett mit einem Museum anatomischer Präparate ist ein Amalgam aus individuellem Trauma und kollektiver Phantasmagorie. Die maßgebliche Frau dieser Zeit war die Hure: sie war das bevorzugte Tauschobjekt für das inbrünstig verdiente Geld, und indem sie es kaltblütig verschwendete – den Ruin das Galans einkalkulierend –, fachte sie das Spekulationsfieber an, das den Mysterienspielen von Hausse und Baisse so förderlich war. Sie war berechnend feil, aber zügellos kaufsüchtig, und so nimmt es nicht wunder, daß sie vor allem in der Mode den Ton angab. »Parodie der bunten Leiche, Provokation des Todes durch das Weib und zwischen geller memorierter Lache bitter geflüsterte Zwiesprach mit der Verwesung«, sei die Mode zu allen Zeiten, schreibt Walter Benjamin.[1] Zu keiner Zeit war dieses Raunen deutlicher zu vernehmen als in der von Zersetzung phosphoreszierenden des zweiten Kaiserreichs mit seiner übertünchten Roheit, seiner Genußwut, Zerstörungssucht und höllischen Neuerungslust.

Darum nehmen sich alle »Museen der Möse«, wie wir sie von Photographien kennen, so *pompes-funèbres*-haft aus, deshalb wirkt das überladene Interieur des Bürgers so schaurig-gemütlich wie eine unterirdische Grotte, der man nicht entfliehen kann.

In einer Art Schachtelwahn schuf das 19. Jahrhundert Etuis, Schutzhüllen, Behälter, Dosen, Kapseln, Hülsen, Futterale und Gehäuse für alle möglichen und unmöglichen Gegenstände; auch die Menschen spannen sich in ihre Interieurs ein, wie in samtverbrämte Kokons: »Das Interieur ist nicht nur das Universum sondern auch das Etui des Privatmanns.«[2] Sarah Bernhardt übte sich in einem satingefütterten Sarg, der in ihrer Wohnung aufgebahrt war, als schöne Leiche. Der Kaiser selbst nahm

[1] Walter Benjamin, *Das Passagenwerk,* Bd. V, 1, S. 111.
[2] Walter Benjamin, *Illuminationen,* Frankfurt a. M. 1961, S. 194.

sich aus wie ein künstlich belebter Kadaver. In diesem Mann, der sich, wie eine Prostituierte, von seinen Maitressen nicht ins Gesicht küssen ließ, durchdringen sich das Leichen- und das Hurenhafte.

Die irdische Wechselwirtschaft, das Unstabile und Haltlose der Zeit, spiegelt sich auch in dem Bild, das sich die fortgeschrittensten Geister vom Unendlichen machten. Taine, Renan und Berthelot schildern es im Oktober 1866 ihren Freunden im Magny als immense Diffusion, in der die zerstreuten Welten nichts als »Blutkörperchen« oder »Filzläuse« sind. In diesem auseinanderfließenden Universum haust ein seltsamer Gott, ein zwittriges Wesen; das Weiche und Schlüpfrige seines Inneren aber gleicht dem weiblichen Geschlecht, und wie im 19. Jahrhundert nicht anders zu erwarten, ist auch Gott mit einem Gehäuse verwachsen: der ernsthafteste aller Menschen, der gläubige Renan, stellt ihn als Auster dar!

1868 kündigte sich Jules' Paralyse durch eine eigentümliche Pein an: er hatte die Empfindung eines schmerzenden Ohres in der Magengrube. Mit diesem dritten Ohr steigerte sich seine Geräuschempfindlichkeit zu einer derartigen Lärmphobie, daß die Brüder beschlossen, das turbulente Stadtzentrum zu verlassen. Sie kauften eine bürgerliche Villa mit Garten in Auteuil; die Nähe der Eisenbahnlinie erschien ihnen günstig: sie erleichterte die Rückkehr in die Stadt. Erst nach ihrem Einzug registrierten sie das Pfeifen, Schnaufen und Rattern der vorbeifahrenden Züge. In einer seiner schlaflosen Nächte malte sich Jules eine Poesche Geschichte aus: Ein Mann, dem es nicht gelingt, der lärmenden Welt zu entkommen – in keiner Wohnung, keinem Haus, weder auf dem Land noch in den Wäldern und nicht einmal in den Grüften der Pyramiden –, beschließt, sich umzubringen. Allein – in seinem Grab raubt ihm das ewige Nagen der Würmer den Schlaf.

So zogen auch die Goncourts auf der Flucht vor Zügen, Glocken, Pferden, Karossen und Vögeln von einer Behausung in die andere, während die Nacht in Jules immer undurchdringlicher wurde. Der vollständigen Aphasie ging eine *idée fixe* voran, mit der er Edmond an den Rand des Wahnsinns trieb: er deklamierte laut die *Mémoires d'Outretombe.*

Am Vorabend seines Todes murmelte er in der Agonie: »Maman, maman, à moi maman«, und dann kam noch einmal der geliebte Name der Hebamme über seine Lippen.

Auf dem langen Weg von Auteuil zum Friedhof Montmartre konnte die Trauergemeinde zusehen, wie sich das dunkle Haar Edmonds weiß färbte. Er war wie gelähmt vor Verzweiflung. Aber so gebrochen, so vernichtet er sich auch fühlte, als er sich allein im Haus in Auteuil wiederfand – die Feder legte er nicht aus der Hand. Er hatte Jules' Verfall und Tod verzweifelt genau protokolliert. Von nun an wurden die Tagebücher das Medium der Zwiesprache mit dem verstorbenen Bruder.

Die erste vollständige Ausgabe der Tagebücher erschien erst sechzig Jahre nach Edmonds Tod – immer wieder war die Veröffentlichung als *contraire à l'ordre publique* verschoben worden. 1956 endlich gab die Académie Goncourt das im Untertitel von Edmond *Mémoires de la Vie Littéraire* benannte *Journal* in Monaco in Druck: 5000 Seiten in 22 Bänden.

Diese Auflage von 5500 Exemplaren ist bis heute die einzige geblieben. Man hat jedoch aus dem gigantischen Steinbruch der Tagebücher immer wieder Bruchstücke herausgehauen, mal die Belagerung von 1870/71, mal Künstlerportraits, mal gallige Sentenzen und spinöse Aphorismen. Eine hervorragende Ausgabe in deutscher Sprache gibt einen Querschnitt des Zeitraums von 1851 bis 1870 wieder: 400 Seiten, ausgewählt aus den ersten

2000 Seiten der Académie-Ausgabe, übertragen und herausgegeben von J. F. Wittkop.[1]

Das Album der *Blitzlichter*[2] enthält flüchtig hingehuschte Skizzen und breit ausgeführte, detaillierte Genrebilder – willkürlich aus dem Kontext herausgesprengt sind sie allesamt. Das Register der *Denkwürdigkeiten aus dem literarischen Leben* enthält Tausende von Namen, von Abadie bis Zola sind alle Berufe, alle Stände vertreten. Selbst wenn man die Personen auf eine einzige »Momentaufnahme« beschränkte, wäre es unmöglich, die komplette »Fauna« der Hauptstadt des 19. Jahrhunderts zwischen zwei Buchdeckel zu pressen. Im Bemühen um eine Vielfalt verschiedener Spezies werden hier 77 Figuren vorgestellt, die sich um einen »Bären« versammeln, dem wir die vollkommenste Prosa der Zeit verdanken: Gustave Flaubert.

Bichons, Schoßhündchen, nannte er die Brüder Goncourt – im Französischen eine zärtliche Wendung ohne abfälligen Beigeschmack, ein Kosewort, mit dem man Kindern oder Frauen schmeichelt. »Die *Manette Salomon* der *bichons* scheint mir eine Jacke von solcher Länge erhalten zu haben, daß sie für ein Leichentuch gelten kann, es ist trotzdem lesenswert«[3], schreibt Flaubert im Dezember 1867 an Jules Duplan. Diese Charakterisierung ist mehr oder weniger für alle Romane der Goncourts zutreffend.

Die gleichen Figuren, die uns im *Journal* so lebendig entgegentreten, daß wir uns die Augen reiben, sind in der bearbeiteten, ausgefeilten, polierten Form, in der sie in die Romane eingegangen sind, leblos wie Wachsfiguren.

[1] Edmond und Jules de Goncourt, *Tagebücher,* Frankfurt a. M. 1983.

[2] Edmond und Jules de Goncourt, *Blitzlichter, Portraits aus dem 19. Jahrhundert;* ausgewählt und aus dem Französischen übertragen von Anita Albus, Nördlingen 1989. – Der vorliegende Essay erschien zuerst als Nachwort zu dieser Ausgabe.

[3] Gustave Flaubert, *Briefe,* hrsg. und übersetzt von Helmut Scheffel, Stuttgart 1964, S. 526.

Mit *Germinie Lacerteux* machten sie den vierten Stand literaturwürdig, doch der Roman ist nur ein blasser Abklatsch der ergreifenden Schilderung der Rosalie Malingre aus den Tagebüchern.

Sie wollten niemandem nach dem Munde reden, weder im Leben noch in ihren Werken. Statt sich in Germinie Lacerteux zu verwandeln, verliehen sie ihr eine Goncourtsche Seele. So kranken alle Gestalten ihrer Romane an den Selbsttäuschungen ihrer Schöpfer. Sie blieben Herr über ihre Werke, weil sie der Illusion erlagen, es sei das künstlerische Vermögen ein Eigentum, über das man verfüge wie über Latifundien.

Wann immer sie eine Diskrepanz zwischen einem Menschen und seinem Werk feststellten, reagierten sie mit gereiztem Staunen. Sie verkannten nicht nur die Notwendigkeit dieser Kluft: in ihrem Künstlerwahn wären sie eher bereit gewesen, ihr Werk zu opfern, als den falschen Anspruch auf Identität preiszugeben.

Zwar zeugen gerade die Tagebücher an vielen Stellen von dieser Verblendung, aber sie sind nicht von ihr geprägt. Bei der raschen Fixierung ihrer frischen Impressionen standen sie nicht im Bann des Wollens. Um das Leben in die Falle ihrer Aufzeichnungen zu locken, mußten sie als Personen zurücktreten. Wo sie ganz Auge und Ohr waren, da glückten ihnen die schönsten Romane *en miniature,* die dichtesten Schilderungen flüchtiger Augenblicke, und wir sehen in scharfen Konturen die Bilder einer Gesellschaft aufblitzen, die sich anschickt, in der Hölle der Notwendigkeit die Skrupel abzuschaffen. Inmitten der infernalischen *Feerie* ertönen die »Brüllarien« Flauberts, der einsam, unbeirrbar und geduldig dieser Welt zum Trotz seine Werke hervorbringt:

»Was mir das Höchste in der Kunst erscheint (und als das Schwierigste), ist nicht Lachen oder Weinen hervorzurufen, nicht jemand in Brunst oder Wut zu versetzen, sondern auf dieselbe Weise wie die Natur zu wirken, das heißt, *zum Träumen zu bringen.* Die sehr schönen Werke haben diese Eigenschaft. Sie sind von gelassen heiterem Äußeren und unverständlich. Was ihr Verhalten betrifft, so sind sie reglos wie Felsen, tosend wie der Ozean, voll von Keimen, von Blattwerk und Gemurmel wie die Wälder, traurig wie die Wüste, blau wie der Himmel.«[1]

[1] Gustave Flaubert, *Briefe,* S. 288.

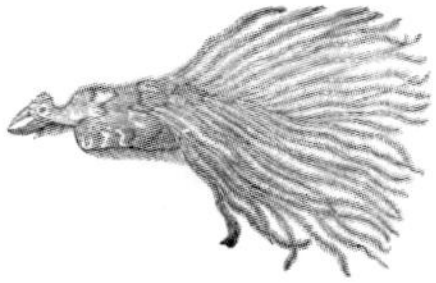

20. Jahrhundert

»Entgegen dem Gemeinplatz besteht die Malerei nicht in der zweidimensionalen Darstellung dreidimensionaler Objekte, sondern in der Verwandlung dreidimensionaler Objekte in ein anderes Objekt, das ebenfalls drei Dimensionen hat: das Gemälde.«
Claude Lévi-Strauss

Der gelbe und der blinde Fleck

Marcel Proust
1871 bis 1922

Einzige Zierde der armseligen Zelle, in der Proust die letzten drei Jahre seines Lebens verbrachte, waren seine Manuskripte in Gestalt der *cahiers* und *paperoles*[1], die sich auf dem Kamin, auf dem »Schaluppe« genannten Bambustischchen und auf einem zweiten Tisch neben seinem Bett türmten. »Indem ich hier oder dort ein zusätzliches Blatt anheftete, würde ich mein Buch zusammenfügen – ich wage nicht in ehr-

[1] Das im *Temps retrouvé* von Françoise erfundene Schachtelwort *paperoles* – eine Kontamination von *papier* und *paroles* – wurde von Eva Rechel-Mertens, aus deren Übersetzung ich im folgenden zitiere, leider nicht übernommen. Sie deutschte statt dessen das französische *paperasse,* »(alter) Papierkram« als »Paperassen« ein. Vgl. *Die wiedergefundene Zeit,* Frankfurt am Main 1984, Taschenbuch-Ausgabe, S. 487.

geiziger Weise zu sagen, wie man eine Kathedrale baut, sondern nur ganz einfach, wie man ein Kleid entstehen läßt.«[1] Das Handwerk seiner Wahl, beschied er die Anfrage eines Journalisten, wäre genau das von ihm ausgeübte: die Schriftstellerei. Der Trennung von manueller und geistiger Tätigkeit mochte er sich nicht anschließen. »Der Geist führt die Hand.« Seine Zeugen sind Chardin und Leonardo. Eine Sache des Herzens und *cosa mentale* ist die Malerei, und galt das nicht sogar für die körperlichen Übungen der Liebe, was sie mitunter so anstrengend machte? Sollte es aber eines Tages gar kein Schreibpapier mehr geben, würde es ihm eine Ehre sein, den Menschen statt des himmlischen Brotes das alltägliche zu backen.[2]

An das Ende der *Suche nach der verlorenen Zeit* angelangt, vergleicht der Erzähler sein Handwerk mit dem seiner Dienerin Françoise, die er mal als Flick-Schneiderin schildert, mal als Köchin, die mit der Sorgfalt eines Michelangelo im Marmorbruch auf dem Markt die Fleischstücke zur Anreicherung des Gelées auswählt, das in mächtigen Kristallen, »wie Blöcke aus durchsichtigem Quarz«, ihren kalten Rinderschmorbraten umgibt.[3] Wie das Gelée des so geschätzten *bœuf à la mode de Françoise* die erstarrte Reduktion eines geklärten Fonds aus allerlei Fleischstückchen, Knochen und Aromaten darstellt, so sind die Figuren der *Recherche* aus Körperteilen, Gesten, Wesenszügen, Redeweisen, Denkgewohnheiten von unterschiedlichen Menschen rekonstruiert, denen

[1] Ebd. [2] *Contre Sainte-Beuve,* Paris 1971, Pléiade, S. 604 f.

[3] *Im Schatten junger Mädchenblüte,* Frankfurt am Main 1960, S. 49. Eine *daube de bœuf* ist ein Rinderschmorbraten, kein »Rinderfilet«, wie Rechel-Mertens übersetzt; auch soll nicht »die Jus«, wie es in der *Wiedergefundenen Zeit* heißt, sondern das Gelée nicht nach Gelatine schmecken, weil es ohne künstliche Dickmittel aus Kalbsfüßen etc. hergestellt ist; daß das Rindfleisch nicht »gedämpft« wurde und ein Gelée keine »Galantine« ist, wäre nicht weiter erwähnenswert, würde Proust nicht die Herstellung dieses Gerichts mit seiner Arbeitsmethode vergleichen. Vgl. *Die wiedergefundene Zeit*, S. 489.

Proust auf dem »Markt« des mondänen Paris begegnet war. *Bergotte à la mode de Marcel* ist mit einer Prise Bergson und einem Hauch Barrès aromatisiert und mit der roten Scheckenhausnase von Renan angereichert, während sich seine Marotte, die Schönheit eines Werkes durch eine aus dem Kontext gerissene Einzelheit zu erklären, der Verschmelzung einer Untugend von Anatole France mit einer kleinen Schwäche von Ruskin verdankt: »Sicher war das Bedürfnis, von der vorhergehenden Generation mit ihrer Neigung zu Abstraktionen und Gemeinplätzen abzurücken, der Grund, weshalb Bergotte, wenn er von einem Buch etwas Gutes sagen wollte, immer irgendeine bildhafte Szene, eine Impression ohne Bedeutung (in intellektueller Hinsicht) zitierte und hervorhob. ›Ach ja, sagte er dann, das ist wirklich gut! Da kommt ein kleines Mädchen vor mit einem orangefarbenen Schal. Das ist gut, das ist gut!‹ oder: ›Ja richtig, da ist eine Stelle, wie ein Regiment durch eine Stadt zieht, o ja, das ist gut!‹«[1]

Die Liebe zum Detail ist das eine, etwas anderes die Vergötterung des Partikularen. Selbst in den Schriften des geliebten Ruskin fand Proust den Keim dieser Idolatrie, die er als ein Hauptgebrechen des menschlichen Geistes ansah und in der er die intellektuelle Lieblingssünde der meisten Künstler, ihre *felix culpa* erkannte. »Es kommt einer einzelnen Form nicht zu«, erklärt er in »Pastiches et mélanges«, »so schön sie auch sein mag, ihren Wert aus etwas anderem zu beziehen als dem Anteil an der unendlichen Schönheit, der in ihr Gestalt angenommen hat: nicht einmal der Blüte des Apfelbaums, nicht einmal der Blüte des Weißdorns.« Seine Abschweifung über Abgötterei beschließt er mit dem Satz: »Ich verehre nicht den Weißdorn, ich gehe ihn betrachten und atme ihn ein.« Sollte er etwa ein Bild schöner finden, nur weil es eine Weißdornhecke darstellt? Er, der nichts

[1] *Im Schatten junger Mädchenblüte,* S. 194 f.

Schöneres als den Weißdorn kennt, will doch wahrhaftig bleiben und weiß, »daß die Schönheit eines Gemäldes nicht von den Dingen abhängt, die darauf abgebildet sind.«[1]

In den »Notizen zu Literatur und Kritik« versucht er die ihm eigene Gabe, die in einem ausgeprägten Sinn für Relationen zum Ausdruck kam, als Jungen zu fassen, der selig zwischen Ruinen spielt. Sein Glück währt so lange, wie sich ihm etwas Allgemeines zwischen zwei unterschiedlichen Erscheinungen offenbart. »Er stirbt unverzüglich im Besonderen«, und lebt erst wieder auf, wenn er zwischen zwei Ideen, Eindrücken oder Empfindungen, zwischen zwei Büchern eines Autors oder zwei Bildern ein und desselben Malers eine tiefe Verbindung entdeckt, »die gleichen Kurvenlinien von Profilen (...), ein und dasselbe Stoffstück, ein und denselben Stuhl, die bei beiden Bildern etwas Gemeinsames zeigen: die Vorliebe und das geistige Wesen des Malers.« Eine Fußnote, in der er die Entdeckung einer Übereinstimmung zwischen einem idealen Buch und einem idealen Bild, die beide aus der Relation zwischen zwei realen Werken hervorgegangen sind, als Gipfel des Glücks beschwört, endet mit einer Satz-Ruine, die dem Leser verrät, an welchen Maler er dabei dachte: »Wenn er zwischen zwei Bildern von Ver Meer –«.[2]

Bevor er 1921 im Jeu de Paume »das schönste Bild der Welt« wiedersah, kannte er von Vermeer fünf Bilder. Das *Mädchen mit dem Perlenohrgehänge* und die *Ansicht von Delft* hatte er im Herbst 1902 in Begleitung seines Freundes Bertrand de Fénelon im Mauritshuis in Den Haag gesehen, den *Liebesbrief* und die *Briefleserin in Blau* während derselben Reise im Rijksmuseum in Amsterdam, und schließlich war ihm aus dem Louvre die *Spitzenklöpplerin* vertraut. Anfang Februar 1920 teilt er einem seiner Freunde, dem Schriftsteller und Kunstkritiker

[1] *Contre Sainte-Beuve,* S. 136 f. [2] Ebd., S. 303 f.

Jan Vermeer, *Die Spitzenklöpplerin,* 1669/70,
Musée du Louvre, Paris, aus: Gustave Vanzype,
Jan Vermeer de Delft, Brüssel/Paris 1921.

Jean-Louis Vaudoyer, in einem Brief den Wunsch mit, dieses kleine Bild im Louvre möge »als Meisterwerk für sich hängen, statt mit den Malern des gleichen Landes zusammen«.[1]

Anläßlich der Ausstellung holländischer Malerei im Jeu de Paume, in der auch die beiden Vermeers aus dem Mauritshuis und die vom Rijksmuseum neu erworbene

[1] *Correspondence générale de Marcel Proust,* herausgegeben von Robert Proust und Paul Brach, Paris 1933, Bd. 4, S. 82 (aus dem Französischen übersetzt von A. A.).

Dienstmagd mit Milchkrug zu sehen waren, erschien in der Wochenzeitung *L'Opinion* am 30. April 1921 der erste Teil eines Essays von Vaudoyer, »Geheimnisvoller Vermeer«, der Proust mehr berührte als alles, was er je von dem Freund gelesen hatte. »Ich wagte nicht zu hoffen«, teilt er ihm unverzüglich mit, »daß Sie diesem unerhörten Meister eine solche Gerechtigkeit widerfahren lassen würden. Denn ich kenne Ihre (sehr wahren) Ansichten über die Hierarchie in der Kunst und fürchtete, er könnte für Sie ein wenig zu sehr Chardin sein. Welche Freude aber auch, diese Seite zu lesen! Dabei kenne ich fast nichts von Ver Meer.«[1] Er beendet den Brief mit einem Hinweis auf seine Erschöpfung und die Unmöglichkeit, in seinem elenden Zustand in die Ausstellung zu gehen. Erst Teil zwei und drei des »Geheimnisvollen Vermeer«, die am 7. und 14. Mai im *Opinion* zu lesen waren, bewirkten das Wunder, daß der Eremit in der Rue Hamelin mit der Regel brach, die so alt war wie seine Liebe zu Vermeer: seit seinem zwanzigsten Lebensjahr pflegte er um acht Uhr früh schlafen zu gehen. Bald nachdem er am 14. Mai in einem Brief an den Freund seine Begeisterung über den »wunderbaren« Artikel mit dem »herzzerreißenden« Schluß zum Ausdruck gebracht hatte, schickte er seinen Diener Odilon am frühen Morgen mit einer schriftlichen Bitte zu Vaudoyer: »Lieber Freund, ich bin nicht zu Bett gegangen, um heute morgen Ver Meer und Ingres zu sehen. Wollen Sie den Toten, der ich bin und der sich auf Ihren Arm stützen wird, dorthin geleiten? (...) Wenn Sie zusagen, werde ich Sie gegen Viertel nach neun Uhr abholen lassen.«[2]

Noch fünf Monate sollten ihm bleiben, sein Werk zu vollenden, als er im Juni 1922 ein letztes Mal an seinen »sehr lieben Freund« schreibt. Er vermisse seine Artikel

[1] Ebd., S. 86.

[2] Ebd., S. 88. Nach dem Besuch im Jeu de Paume sah sich Proust noch die Ingres-Ausstellung an, die zur gleichen Zeit in Paris gezeigt wurde.

im *Opinion,* »die Watteau, Ver Meer, etc.«, die ihn so entzückten. »Ich bewahre die leuchtende Erinnerung an den einzigen Morgen, den ich wiedersah und an dem Sie meine Schritte so liebevoll lenkten, die zu sehr schwankten, in Richtung auf jenen Ver Meer[1] mit den Giebeln der Häuser, ›die wie kostbare chinesische Objekte sind‹. Seither konnte ich mir ein belgisches Buch mit zahllosen Reproduktionen beschaffen, die, mit Ihrem Artikel in der Hand betrachtet, es mir erlaubt haben, auf den verschiedenen Bildern das gleiche Beiwerk wahrzunehmen ...«[2]

Mochte sich auch der Tod endgültig in ihm einnisten »wie eine Liebe«[3], zwischen Vermeer und Vermeer wohnte noch immer das Glück, und sei es auch nur dank braun-weißer Heliogravüren, die ein Seidenblatt schützt. Zwischen *cahiers* und *paperoles* muß auf der »Schaluppe« neben dem Bett der Quartband von Gustave Vanzype, *Vermeer de Delft* (Paris et Bruxelles, 1921) gelegen haben, der 37 Heliogravüren enthält und schon in Vaudoyers Artikel als hervorragende Quelle erwähnt worden war. Vanzype feiert Vermeer als das vielleicht ergreifendste Beispiel für die Unsterblichkeit der Kunst, das auf uns gekommen sei, und hebt die unvergänglichen Aspekte der flirrenden Atmosphäre in der *Ansicht von Delft* hervor. Das Licht in Vermeers Bildern akzentuiere das Robuste der Dinge; statt die Formen zu verschlingen, ihr Relief zu vermindern, lasse es jeder noch so kleinen Parzelle ihre Eigenart. Der Maler mache es wie die Natur, »er zeigt uns nicht die Geheimnisse seiner magischen Erzeugung. Die Natur umfließt die zitternde Materie mit Sonnenlicht, durchdringt die Formen, aber zersetzt sie nicht.«[4]

Ein gutes Jahrhundert nach der Wiederentdeckung Vermeers hat der Blick auf die Werke an Frische verloren. Vermeer-Rummel: ein Oxymoron. Auch die Proustelei

[1] *vers ce Ver Meer* läßt sich leider nicht mit »vermeerwärts« wiedergeben, weil die Häusergiebel im Wege stehen.

[2] *Correspondence,* S. 90 f. [3] *Die wiedergefundene Zeit,* S. 499. [4] Ebd., S. 52.

à la recherche du pan perdu[1] stellt einen Widerspruch in sich dar. Unter Aufbietung aller Lichtzellen des gelben Flecks in unserer Netzhaut suchen wir das ganz kleine gelbe Mauerstück mit einem Vordach, das Bergotte im Augenblick des Todes in der *Ansicht von Delft* festzuhalten versucht, und können es doch gar nicht finden, solange wir nicht bereit sind, »uns unserer inneren Wirklichkeit zu unterwerfen.«[2] Als optisches Instrument wollte Proust sein Werk verstanden wissen, als Vergrößerungsglas, das er dem Leser reicht, damit er in sich wahrnimmt, was er sonst vielleicht nicht erkennen könnte.

Es gelte, das offene Meer wieder zu erreichen, notiert er in einem *cahier.* Das heißt, »mit all unseren Kräften das Eis zu zerbrechen, das sich durch Gewohnheit und Raisonnement unmittelbar auf der Wirklichkeit bildet und macht, daß wir sie nie sehen.«[3] Versucht man, die Übereinstimmung zwischen Proust und Vermeer in ihrer ganzen Ausdehnung zu erfassen, kann man sich keinen geeigneteren Eisbrecher vorstellen als Jean-Louis Vaudoyer, dessen Artikel alle Elemente enthält, aus denen sich die Sterbeszene Bergottes zusammenbraut. Wenn wir uns herausnehmen, seinen Text auf die Abschnitte zu reduzieren, die für die *Suche nach der verlorenen Zeit* bedeutsam sind, liest er sich so:

[1] Vgl. Philippe Boyer, *Le petit pan de mur jaune,* Paris 1987, Hans Belting, *Das unsichtbare Meisterwerk,* München 1997, und Willibald Sauerländer, »Marcel Proust und die Malerei«, in *Jahrbuch 10* der Bayerischen Akademie der Schönen Künste, Schaftlach 1996, S. 3 f. Boyer serviert das gelbe Mauerstück als Inzest-Fertiggericht mit viel rosafarbenem Begehren. Belting bedient sich daran und meint, »dieses ›Element reiner Malerei, das gar nichts darstellt‹«, durchziehe als *idée fixe* Prousts Werk (S. 264). Für Sauerländer symbolisiert Bergottes Tod sogar Prousts Abschied von der Kunst (S. 25). Hat man erst Elstir als impressionistischen Maler verkannt, läßt sich auch Proust zum »Anti-Panofsky« stilisieren (S. 22). Die Behauptung, Bergotte sei Anatole France oder Elstir sei Monet, ist so richtig und so falsch wie die, ein Gelée sei ein Kalbsfuß.

[2] *Die wiedergefundene Zeit,* S. 279.

[3] *Contre Sainte-Beuve,* S. 304 f. (Übers. A. A.).

»(…) Bei Vermeer sind Sujet und Ausdruck eins. (…) Die Macht, die von seinen Gemälden ausgeht, erwächst einzig und allein aus der Art und Weise, in der die gefärbte Materie angeordnet, behandelt und bearbeitet ist. (…) Vermeer jedoch erfindet nichts, kommentiert nichts. In seinen Gemälden wird die Kunst der Komposition auf die geheimste, verborgenste Art eingesetzt. (…) Die wahren Zauberer unter den Künstlern sind letztendlich vielleicht nicht diejenigen, die alle Freiheiten und Vorurteile ausschöpfen, die ihnen die Einbildungskraft gewährt, indem sie in ihren Bildern ein angenommenes, willkürliches Universum schildern, angefüllt mit allem Blendwerk aus Täuschung und Lüge, sondern jene, denen es gelingt, ohne sich zu erkühnen, die Erscheinungen der Wirklichkeit zu verschleiern, einen Eindruck von Größe und Geheimnis, von Würde und Reinheit hervorzurufen. Ein solcher Eindruck ähnelt dem, was wir spontan und unwiderstehlich beim Anblick der Natur oder eines Menschen empfinden; wenn wir zum Beispiel unerwartet das Blau des Himmels im Spiegel des Wassers wahrnehmen, den Kelch einer entfalteten Blüte, das Samtene einer vom Spaten gerade aufgelockerten Erde, die blaue Ader, die über einen Handrücken läuft, oder den nichtssagenden Blick eines eben vorbeieilenden Kindes. (…)

Sein ganzes Leben malt Vermeer nur in einer Stadt, sogar nur in einem Viertel, ja nur in seinem Haus. (…)

Es sind fünf Frauen, für die vielleicht eine einzige Modell gestanden hat. (…)

Beide Landschaftsbilder[1] sind Ansichten von Delft. Der Maler war unter freiem Himmel genau wahrheitsgetreu wie ein Photoapparat, eine Wahrheitstreue, die bedingt, daß die Reproduktion des Gemäldes auf den ersten Blick wie ein guter Abzug eines Negativs erscheint. Was uns angeht, so können wir nicht verhehlen,

[1] Die zweite Landschaft ist Vermeers Gemälde *Die Straße*.

Jan Vermeer, *Ansicht von Delft,* 1660/61, Mauritshuis, Den Haag, aus Vanzype 1921.

daß wir, bevor wir einst das Bild in Den Haag sahen, die Reproduktion jedes beliebigen Poussin, jedes beliebigen Claude Lorrain, ja jedes beliebigen Vernet, Vermeers reproduzierter *Ansicht von Delft* vorzogen. Hat man jedoch einmal das Original betrachtet, verklärt die Erinnerung, die man daran bewahrt, jede Reproduktion, und ein Fest von Farben, Licht und Raum überflutet das Gedächtnis. Sie sehen dann diese Ausdehnung rosa-goldenen Sands wieder im Vordergrund des Bildes, wo eine Frau mit blauer Schürze steht, die mit diesem Blau um sich herum eine herrliche Harmonie erzeugt; Sie sehen die dunklen vertäuten Lastkähne wieder und jene Ziegelhäuser, die aus einem so kostbaren Material gemalt sind, daß Sie, wenn Sie eine kleine Oberfläche davon isolieren und das Sujet vergessen, glauben könnten, sowohl Keramik als auch Malerei vor Augen zu haben. Sie sehen vor allem diesen immensen Himmel wieder, der von den Dächern der Stadt bis zum Zenit einen fast schwindelerregenden Eindruck von Unendlichkeit erzeugt. Sie genießen nicht zuletzt diesen Geruch, diesen Atem des Klimas, der Ihnen von der gemalten Leinwand entgegenschlägt und Sie durchdringt, wie etwa der unerwartete Wohlgeruch von Wasser und die plötzliche Empfindung eines Luftzuges, wenn Sie, nachdem Sie lange in einem geschlossenen Abteil gereist sind, das Fenster herunterlassen und blindlings von der Natur den physischen Beweis Ihres Fremdseins erhalten. Vermeers *Ansicht von Delft* ist vielleicht *das* Bild der Welt, das die meteorologische Poesie, wenn man so sagen darf, am besten zum Ausdruck bringt; es ist unbeschreiblich, wie prätentiös die flüchtigen und zerstreuten Spiele der Impressionisten anmuten, wenn man dieses kompakte und konsistente Bild lange betrachtet hat.

Unserer Meinung nach sind es jedoch nicht diese Landschaften, so groß ihre Schönheit auch sein mag, in denen das eigentliche Genie Vermeers zum Ausdruck kommt. Vermeers Meisterwerke sind seine ›Interieurszenen‹. (...) Das Wort ›Szene‹ suggeriert eine Aktion, bis auf wenige Ausnahmen kann man jedoch sagen, daß sich in Vermeers Bildern nichts ereignet. Und vielleicht liegt einer der Gründe ihrer blendenden Wirkung auf uns in dem Kontrast zwischen dem unbeweglichen, stillen Leben der Menschen in Interieurs, die so ruhig und klar wie Spiegel sind, und dieser Tyrannei der Farben, die auf ihnen lastet, von denen sie beherrscht, gebannt, bezwungen scheinen. (...)

Denn diese Monotonie bildet den festen Grund, das Fundament seiner Werke; und Vermeers Privileg besteht gerade darin, aus dieser beschränkten, schläfrigen kleinen Provinzwelt die ganze Seele der Malerei mit all ihren Geheimnissen aufsteigen zu lassen. (...)

Wie schnell werden wir durch diese Werke, die zunächst nur Ausarbeitungen der Sinne zu sein scheinen, aus der Wirklichkeit gerissen! Der Grund liegt darin, daß die Farben für Vermeer sowohl Wörter eines materiellen als auch eines ideellen Vokabulars sind. Ein Gelb und ein Blau werden hier in den Rang von Personen erhoben; sie sind es, die bei Vermeer die wahren Akteure des Dramas abgeben, und die Pinsel lassen sie unter Mitarbeit des Lichts eine Rolle spielen, ohne die diese Bilder nur mehr eine ›Dame bei der Toilette‹ oder eine ›lesende Frau‹ wären. (...)

Es versteht sich von selbst, daß Vermeer dieses Ergebnis nur erreicht, weil er diese märchenhaften Farben mit der sachkundigsten, raffiniertesten, ritterlichsten, liebevollsten Technik behandelt. Vermeers Metier zeugt von einer chinesischen Geduld, einer Fähigkeit, das Minutiöse und den Arbeitsprozeß zu kaschieren, wie man sie nur in den Malereien, Lackarbeiten und geschnittenen Steinen des Fernen Ostens wiederfindet. Fast alle modernen Maler haben der Farbe und dem Licht den Vorrang gegeben, indem sie die Malerei auf den Zustand der

Skizze reduzierten, was ein leichtes Spiel ist, wenn man allen Schwierigkeiten ausweicht, wie es diese Maler tun. Vermeer jedoch macht aus seinen Bildern sowohl ein Objekt der Kunst wie der Malerei. Widmet man seine Aufmerksamkeit bei der Betrachtung der *Spitzenklöpplerin* (im Louvre) oder der *Köchin* (im Jeu de Paume) einem Bilddetail, könnte man rasch glauben, nicht mehr einen Rahmen vor sich zu haben, sondern eine Vitrine, die das kostbarste und einzigartigste Kunstobjekt einschließt.

Die Farbe und das Material eines Gemäldes stillen die sinnliche Begierde, erfüllen die genüßliche Erwartung, die uns immer ein wenig antreibt, wenn wir ein Museum betreten. Diese Köstlichkeit des Materials und der Farbe geht jedoch bei Vermeer nach der ersten Kostprobe, wenn man so sagen darf, schnell über die Befriedigung des Feinschmeckers und Liebhabers der guten Küche hinaus. Die Vermeersche Farbe mag noch so sorgfältig zu einer glatten und kunstvollen, gleichsam ›geschmorten‹ Paste verarbeitet sein, sie bleibt doch natürlich, dem bemühten Auftrag, der geschickten Gewissenhaftigkeit, der mühsamen Akribie zum Trotz. Nachdem sie zunächst an Dinge denken läßt, die man berührt, wie Emaille oder Jade, Lack oder poliertes Holz, dann an Dinge, die man durch komplizierte und delikate Rezepte erlangt, wie eine Creme, ein Coulis oder einen Likör, bringt sie uns schließlich dazu, an die lebenden Dinge der Natur zu denken: das Innere einer Blume, die Schale einer Frucht, den Bauch eines Fisches, das Achatauge bestimmter Tiere, und vor allem an die Quelle des Lebens selbst, nämlich an Blut.

Das mutet bei dem Mann von Genie, der uns hier beschäftigt, um so sonderbarer und verblüffender an, als man doch sogleich bemerkt, daß, wenn uns Vermeer auch an Blut denken läßt, er nur selten rote Farben verwendet. Aber Blut wird hier nicht durch den Farbton heraufbeschworen, sondern durch seine Substanz. Es wäre also gleichsam – schließlich handelt es sich um einen Geisterbeschwörer – gelbes, blaues, ockerfarbenes Blut. Diese Schwere, diese Dicke, diese Langsamkeit der Materie in den Bildern Vermeers, diese dramatische Dichte, diese grausame Tiefe des Tons (selbst wenn dieser weiß, grau oder falb ist) verschaffen uns oft eine Empfindung, die derjenigen ähnelt, die man verspürt, wenn man die glänzende und wie von fettem Lack bedeckte Oberfläche einer Wunde sieht oder auch den Fleck auf den Fliesen einer Küche, den das herabtropfende und sich ausbreitende Blut eines darüber hängenden Wildbrets erzeugt. Es versteht sich von selbst, daß dieser Vergleich – unangenehm und unartig, drückt man ihn in Worten aus, wie wir es hier zu tun gezwungen sind (wofür wir uns entschuldigen) – ganz anderer Natur ist, wenn man ihn empfindet, ohne sich darüber im klaren zu sein, wie das bei jenen, die diese anziehenden Bilder betrachten, ziemlich lange der Fall ist. (...)

Ein Vermeer ist ein bis zum Rand gefüllter Honigkelch, der Inhalt eines Eis, ein Tropfen geschmolzenes Blei. Hat man seine Gemälde einmal gesehen, scheint (ungerechterweise übrigens) alles, was uns die großen Meister von ihrer Technik, ihrem Savoir-faire und ihren Verfahrensweisen sehen lassen, Eitelkeit, Schwäche, Gewöhnlichkeit, eine Art ›Bluff‹. Aus einem Gefühl der Diskretion und Scham heraus, die bei ihm obendrein auch noch völlig unbewußt gewesen sein muß, verbirgt Vermeer alles, was er weiß, und alles, was er tut. Sein Ehrgeiz gleicht dem eines Kutschenlackierers, der die Farbe Schicht für Schicht auf die Karosserie aufträgt, dann abschleift, dann wieder aufträgt, dann abschleift, bis auch noch die kleinste Pinselspur getilgt, verloren, verschwunden ist. (...)

Kommen wir jetzt auf Vermeers Figuren zurück, so stellen wir fest, daß diese (...) den Betrachter zu ignorieren scheinen. (...) Diese Verachtung des Öffentlichen, dieses Bedürfnis, bei sich zu bleiben, hat Vermeer so heftig empfunden, so eifersüchtig gehütet, daß es ihm gelungen ist, es für die Zukunft aufzubewahren. Die einzige sterbliche Erscheinung, die die Nachwelt von ihm besitzt, ist ein sitzender Mann, der die Figur eines ihm teuren Menschen inmitten ihm teurer, vertrauter Requisiten malt – aber dieser Maler kehrt uns den Rücken zu. Er gestattet uns nicht, je sein Gesicht zu kennen, und überläßt man sich in kindischer Weise dem Träumen, sagt man sich, daß er niemals in unseren Gesichtern unsere glühende Bewunderung lesen wird.

Das Bild, auf das wir hier anspielen, hängt in der Galerie Czernin in Wien. Es handelt sich um das *Atelier des Malers*. In ihm ist Vermeers ganze Kunst enthalten, sein vollständiges Möbelrepertoire, wenn man so sagen kann, und seine ganze Seele. Da ist also im Vordergrund die Wandteppich-Verdüre, dahinter der Stuhl, dann der Tisch mit den Stoffen; all diese Möbel und all diese Gegenstände sind hier Komparsen, vertraute Mitwirkende, halb lebendig, zutraulich, aber respektvoll um die Hauptfiguren gruppiert. Vor der cremefarbenen Wand: das Modell mit gesenktem Blick, wahrscheinlich die Tochter des Malers und ohne Zweifel das Mädchen, dessen göttlicher Kopf mit dem Turban sich im Jeu de Paume befindet, um unsere Herzen zu quälen. Sie hat sich naiv als Muse verkleidet und dafür eine große Stoffbahn über ihr Kleid geworfen; sie preßt ein großes Buch an sich und hält, um allegorisch zu erscheinen, eine Trompete, die wohl nur eine Ventilposaune ist. Ihren Kopf schmückt ein schwerer, ungeschickter Kranz, der hastig aus einigen Blättern der draußen am Haus wachsenden wilden Rebe geflochten worden ist. Die berühmte Landkarte hängt hinter ihr an der Wand, und wie es sich schickt, fällt das Licht von links auf sie und den Maler. Und da ist Vermeer, der, während er diese rührende und sanfte Figur malt, uns den Rücken zukehrt. Er gestattet uns zu wissen, wie er sich kleidete, aber sein Gesicht bleibt uns unbekannt, wie sein Leben, wie sein Tod. Angesichts dieser doppelten Allegorie fragt man sich, ob das Schicksal die scheue Erwartung Vermeers nicht betrog, als die ›moderne Gelehrsamkeit‹ sein Werk und seinen Namen der Vergessenheit entriß, in die sie fast zwei Jahrhunderte versunken waren, um ihnen diesen bereits strahlenden Ruhm zu verleihen, der aber heute erst an seinem Anfang steht.«[1]

Eindringlicher als in dieser Hymne auf Vermeer kann man die geistige Dimension seines Handwerks und die Körperhaftigkeit seiner Farben nicht schildern. Blau und Gelb sind die berühmten Hauptdarsteller Vermeerscher Farbdramen. Der lichte heißt Bleizinngelb, auch »Gelbchen«[2] genannt, und tritt in vielen Nuancen auf. Aber gleichgültig, ob er als Kirchturm in ewiger Morgensonne glänzt oder dunkel als Mieder einer Küchenmagd changiert, die aus einem kleinen Tonkrug unerschöpfliche Milch gießt, die Wirkung seiner Töne verdankt sich immer dem Tiefenlicht, das durch mehr oder weniger opake und transparente Malschichten bis auf den geschliffenen Kreidegrund mit der »Totfarbe«[3] dringt, um von dort, Schicht für Schicht, durch die in Balsame und eingedicktes Leinöl gebetteten Pigmentkörner wieder aufzusteigen und von der Oberfläche des Bildes ins Auge des Betrachters zu springen.

Vernachlässigt man die Differenz der Medien, könnte man sagen, daß Proust in der *Suche nach der verlorenen Zeit*

[1] Aus dem Französischen übertragen von A. A.

[2] Vgl. Anita Albus, *Die Kunst der Künste,* Frankfurt am Main 1997, S. 301.

[3] »Totfarbe« ist ein Terminus der Schichtentechnik und bezeichnet im 17. Jahrhundert die Anlage der Komposition mit ihren Schatten- und Lichtpartien in einer einzigen Farbe auf dem Kreidegrund mit der Vorzeichnung. In der *Ansicht von Delft,* die Proust übrigens noch mit dem gelb eingefärbten Firnis des 19. Jahrhunderts sah, konnte keine Vorzeichnung identifiziert werden. Ihre *couleur morte* setzt sich aus Bleiweiß, Schwarz, rotem Ocker und Umbra zusammen.

pan de passé für *pan de passé*[1] in Schichten übereinanderlegt wie Vermeer seine Farben und wie dieser der Mühsal unterworfen ist, die Spuren des Machens zu tilgen, die sich in seinem Fall aus den Brüchen zwischen den aus verschiedenen Menschen und Zeiten zusammengesetzten Erinnerungsbahnen ergeben.[2]

Der Monotonie der kleinen Provinzwelt von Delft entspricht die ganz anders geartete und deshalb nur um so heillosere der großen Welt von Paris. Sie ist das Fundament der Werke, in denen es dem Maler wie dem Romancier gelang, die Menschen als Wesen zu schildern, »die neben dem so beschränkten Anteil an Raum, der für sie ausgespart ist, einen im Gegensatz dazu unermeßlichen Platz – da sie ja gleichzeitig wie Riesen, die in die Tiefe der Jahre getaucht, ganz weit auseinanderliegende Epochen streifen, zwischen die unendlich viele Tage geschoben sind – einnehmen in der ZEIT.«[3]

Grausam nennt Vaudoyer die Tiefe der Töne Vermeers, tyrannisch das Wesen ihrer Farben, an Blut gemahnt ihn ihre Zähflüssigkeit, und wie sollte für den »Geisterbeschwörer« der *Recherche* darin nicht das Gesetz anklingen, »daß es mit den Werken wie mit den artesischen Brunnen ist, nämlich daß sie sich um so höher erheben, je tiefer die Grube ist, die das Leben in unseren Herzen ausgehoben hat.«[4] Gegen Ende der *Wiedergefundenen Zeit* kehrt das Thema im Kontext des Todes wieder:

»Victor Hugo sagt:

Das Gras muß sprießen und die Kinder müssen sterben.

[1] Vgl. im folgenden S. 268 f.

[2] Vgl. Claude Lévi-Strauss, *Sehen Hören Lesen,* München 1995, S. 9 f.

[3] *Die wiedergefundene Zeit,* S. 507. In der ersten Ausgabe von 1957 übersetzt Rechel-Mertens: »neben dem so beschränkten Anteil an Raum, der für sie ausgespart ist, einen im Gegenteil unermeßlich ausgedehnten Platz – da sie ja gleichzeitig wie in den Jahren wesende Riesen an so weit auseinanderliegende, von ihnen durchlebte Epochen rühren, zwischen die unendlich viele Tage geschoben sind – einnehmen in der ZEIT.«

[4] Ebd., S. 315.

Ich aber behaupte, das grausame Gesetz der Kunst besteht darin, daß die Wesen sterben und daß wir selbst sterben und dabei alle Leiden bis auf den Grund ausschöpfen, damit das Gras nicht des Vergessens, sondern des ewigen Lebens sprießt, der derbe, harte Rasen fruchtbarer Werke, auf dem künftige Generationen heiter, ohne Sorge um die, die darunter schlafen, ihr ›Frühstück im Grünen‹ abhalten werden.«[1]

Was die Nachwelt von ihm denken mochte, kümmerte Proust am Ende sowenig wie den Maler an seiner Staffelei. Schon lange hatte er der Welt den Rücken zugekehrt, um sein der Empfindungsfähigkeit entsprungenes Universum zu schaffen.[2] Aber anders als bei Vermeer können wir uns ein Bild davon machen, wie der ans Bett gefesselte Kranke, von Céleste und Odilon mit Milchkaffee und geeistem Bier versorgt, sein Werk vollendet, und können uns vorstellen, wie er eines Nachts den Vermeer-Band von Vanzype aufschlägt und, mit Vaudoyers Artikel in der Hand, aus diesem und aus der heliogravierten *Ansicht von Delft* einen ganz kleinen *pan de mur jaune avec un auvent* herausliest.

Es war unser blinder Fleck, der ihn uns unsichtbar machte: unsere *felix culpa* der Idolatrie, die wir mit Bergotte teilen. »Da, wo ich die großen Gesetze suchte«, lesen wir in der *Wiedergefundenen Zeit,* »glaubte man in mir jemand zu sehen, der nach Einzelheiten grub.«[3] Für die Darstellung der Häusergiebel waren Vermeer die körperhaftesten Pigmente noch nicht körperhaft genug, weshalb er ihnen Quarzsand und grobe Bleiweißbrocken beimischte. Damit erreichte er die keramikartige Textur, die alle Ziegelhäuser aufweisen, wie auch alle Dächer, Mauern, Lastkähne, Bäume, Himmel, Wasser und Sand

[1] Ebd., S. 494.
[2] Zur Austauschbarkeit von Einbildungskraft und Empfindungsfähigkeit als Quellen der Kunst vgl. ebd., S. 304f.
[3] Ebd., S. 497.

der *Ansicht von Delft* und nicht minder die Menschen und Requisiten der Interieurs von dem kostbaren Schmelz seiner Schichtentechnik leben.

Der Gedanke, daß Bergotte der Schlag trifft, während er sich in ein Detail verliert, muß Proust bei der Lektüre des »Geheimnisvollen Vermeer« gekommen sein, als er in dem realen Schriftsteller Vaudoyer einen Zug seines fiktiven wiederfand. Der Versuchung, eine beliebige Einzelheit aus einem Kunstwerk herauszureißen, kann auch sein »lieber Freund« an zwei Stellen seiner ins Extrem getriebenen Beschreibung der sinnlichen Erscheinung Vermeerscher Farbe nicht widerstehen. Zuerst isoliert er ein Stück aus den Ziegelhäusern, *une petite surface,* und dann treibt er den Frevel der Vergötzung sogar so weit, aus der *Küchenmagd* und der *Spitzenklöpplerin* ein beliebiges *détail* herauszuschneiden, um es als kostbaren Nippes in eine Vitrine einzuschließen. Das Wort *pan* kommt in seinem Text nicht vor. Es leitet sich vom lateinischen *pannus,* »Stoffstück« ab und ist im Französischen sowohl mit der Schneider- wie mit der Baukunst verbunden. Im Kontext des Schneiderhandwerks bezeichnet es die Stoffbahnen, aus denen ein Kleidungsstück zusammengesetzt ist, auch der Schoß eines Fracks und der Zipfel eines Rockes, an den sich jemand flehentlich klammert, heißen *pan;* im Kontext der Architektur stellt *pan* die mehr oder weniger große gerade fortlaufende Vorderfläche eines Gemäuers oder auch nur einen Teil davon dar, und *pan de comble* heißt die ganze Fläche einer Dachseite; im übertragenen Sinn von *pan de ciel* oder *pan de passé* ist wieder die Stoffbahn enthalten, das mehr oder weniger große fortlaufende Stück eines ganzen Himmels, eines ganzen Lebens.

Im gelben Mauerstück ist, wie in der ganzen *Recherche,* die Zeit aufgehoben. Proust hat es wie Vermeer in Schichten aufgebaut, die mehr oder weniger opak oder transparent über dem aus der Tiefe reflektierenden Grund

Ausschnitt aus der *Ansicht von Delft.*
(Hervorhebung des gelben Daches von A. A.)

liegen. Die der *Küchenmagd* und der *Spitzenklöpplerin* entrissenen *pans de l'habit* teilen dem darüber liegenden *pan de mur* ihre gelbe Farbe mit; die leuchtende Erinnerung an den *pan de comble*, das gelbe Dach, dessen Ziegel in der *Ansicht von Delft* nach dem Regen im Sonnenlicht glitzern, ist als Lasur darüber gelegt, während aus der Tiefe des Grundes der *pan lumineux* Marcels Kindheit in Combray reflektiert.[1]

Ein Detail, ein Stück, kann jedem beliebigen Ganzen entrissen sein. Schon durch die Wahl des Wortes *pan* hat Proust die Bindung an zwei Welten – die des Gewebes und die des Gemäuers – wiederhergestellt. Es gibt keine

[1] *A la recherche du temps perdu,* Pléiade, Paris 1954, Bd. I, S. 43.

Schönheit, die sich selbst genügt. Die des ganz kleinen gelben Mauerstücks lebt von den Relationen zwischen Proust und Vermeer, zwischen Vermeer und Vermeer, zwischen Vaudoyer und Bergotte, zwischen dem einzigen und letzten Morgen im Jeu de Paume und der ersten und einzigen Nacht mit der Mutter in Combray. Im *pan* ist alle Vereinzelung aufgehoben, und so stirbt Bergotte in dem Besonderen, das seine Unsterblichkeit enthält:

»Ein verhältnismäßig leichter Anfall von Urämie[1] war die Ursache, daß ihm Ruhe verordnet worden war. Aber ein Kritiker hatte geschrieben, daß Vermeers ›Ansicht von Delft‹ (die das Museum im Haag für eine Ausstellung holländischer Kunst leihweise zur Verfügung gestellt hatte), ein Bild, das er liebte und sehr gut zu kennen meinte, eine kleine gelbe Mauerecke (an die er sich nicht erinnerte) enthalte, die so gut gemalt sei, daß sie allein für sich betrachtet einem kostbaren chinesischen Kunstwerk gleichkomme, von einer Schönheit, die sich selbst genüge; Bergotte aß daraufhin nur ein paar Kartoffeln, verließ das Haus und trat in den Ausstellungssaal. Schon auf den ersten Stufen, die er zu ersteigen hatte, wurde er von Schwindel erfaßt. Er ging an mehreren Bildern vorbei und hatte den Eindruck von Kälte und Zwecklosigkeit angesichts einer Kunst, die nur künstlich war und nicht gegen das Fluten von Luft und Sonne in einem venezianischen Palast oder einem einfachen Haus am Meeresufer aufkommen konnte. Endlich stand er vor dem Vermeer, den er strahlender in Erinnerung hatte, noch verschiedener von allem, was er sonst kannte, auf dem er aber dank dem Artikel des Kritikers zum ersten Mal kleine blaugekleidete Figürchen erkannte, ferner feststellte, daß der Sand rosig gefärbt war, und endlich auch die kostbare Materie des ganz kleinen gelben Mauerstücks entdeckte. Das Schwindelgefühl nahm zu; er heftete

[1] Die eingebildete Urämie hat Proust von sich auf Bergotte übertragen; auch in dieser Akkumulation von Harnstoff im Blut ist das Gelbe präsent.

seinen Blick – wie ein Kind auf einen gelben Schmetterling, den es festhalten möchte – auf die kostbare kleine Mauerecke. ›So hätte ich schreiben sollen‹, sagte er sich. ›Meine letzten Bücher sind zu trocken, ich hätte mehr Farbe daran wenden, meine Sprache kostbarer machen sollen, wie diese kleine gelbe Mauerecke es ist.‹ Indessen entging ihm die Schwere seiner Benommenheit nicht. In einer himmlischen Waage sah er auf der einen Seite sein eigenes Leben, während die andere Schale die kleine so trefflich gemalte Mauerecke enthielt. Er spürte, daß er unvorsichtigerweise das erste für die zweite hingegeben hatte. ›Ich möchte dabei doch nicht‹, sagte er sich, ›für die Abendzeitungen die Sensation dieser Ausstellung sein.‹

Er sprach mehrmals vor sich hin: ›Kleine gelbe Mauerecke unter einem Dachvorsprung, kleine gelbe Mauerecke‹. Im gleichen Augenblick sank er auf ein Rundsofa nieder; ebenso rasch dachte er auch schon nicht mehr, daß sein Leben auf dem Spiel stehe, sondern in wiederkehrendem Optimismus beruhigte er sich: ›Es ist eine einfache kleine Verdauungsstörung, die Kartoffeln waren nicht ganz gar, es ist weiter nichts.‹ Ein neuer Schlag streckte ihn hin, er rollte vom Sofa auf den Boden, wo die herzueilenden Besucher und Aufseher ihn umstanden. Er war tot. Tot für immer? Wer kann es sagen. Gewiß erbringen spiritistische Experimente nicht deutlicher als religiöse Dogmen den Beweis für das Fortleben der Seele. Man kann nur sagen, daß alles in unserem Leben sich so vollzieht, als träten wir bereits mit der Last in einem früheren Dasein übernommener Verpflichtungen in das derzeitige ein; es besteht kein Grund in den Bedingungen unseres Erdendaseins selbst, weshalb wir uns für verpflichtet halten, das Gute zu tun, zartfühlend, ja auch nur höflich zu sein; auch nicht für den Künstler, der nicht an Gott glaubt, weshalb er sich gedrungen fühlen soll, zwanzigmal ein Werk von neuem zu beginnen, dessen Bewunderung seinem von Würmern zerfressenen

Leib wenig ausmachen wird, ebensowenig wie die gelbe Mauerecke, welche mit so viel Können und letzter Verfeinerung ein auf alle Zeiten unbekannter und nur notdürftig unter dem Namen Vermeer identifizierter Maler einmal geschaffen hat. Alle diese Verpflichtungen, die im gegenwärtigen Dasein nicht hinlänglich begründet sind, scheinen einer anderen, auf Güte, auf Gewissenhaftigkeit, auf Opferbereitschaft basierenden Welt anzugehören, einer Welt, die vollkommen anders als unsere hiesige ist, aus der wir aber gekommen sind, um auf dieser Erde geboren zu werden, bevor wir vielleicht in jene zurückkehren, um wieder unter der Herrschaft jener unbekannten Gesetze weiterzuleben, denen wir gehorchen, weil wir ihr Gebot in uns tragen, ohne zu wissen, wer es dort eingeschrieben hat – Gesetze, denen alle vertiefte Arbeit des Geistes uns näherbringt und die unsichtbar – vielleicht sogar noch weniger erkennbar als das Unsichtbare – einzig den Narren bleiben. Der Gedanke, Bergotte sei nicht für alle Zeiten tot, ist demnach nicht völlig unglaubhaft.«[1]

[1] *Die Gefangene,* Frankfurt am Main 1962, S. 276 f.

Im Spiegel der Sperbereule

Vladimir Nabokov 1899 bis 1977

Ein blaßgelbes Geschöpf mit zinnoberroten Augen im schwarz und blau gemusterten Flügelkleid, das sich im Juni 1906 auf der Blüte einer Heckenkirsche im Park von Wyra, keine achtzig Kilometer südlich von St. Petersburg in einer Mütze haschen ließ, als Gefangene die Nacht im Mottenkugelreich einer Kleiderkammer verbrachte und am nächsten Morgen aus dem Fenster auf und davon gesegelt war, entfachte in dem siebenjährigen Vladimir Nabokov die Schmetterlingsleidenschaft. »Sie haben mich gewählt, nicht ich sie«, erwidert er dreiundvierzig Jahre später auf die Frage, warum er ausgerechnet Schmetterlinge studiere. Inzwischen war ihm jener Schwalbenschwanz, der ihn als Knaben zum Forscher erkor, nach vierzigjähriger Wanderschaft um die Erde auf einem »immigrierten Löwenzahn« in Kalifornien ins Netz gegangen.

Die aus dem Besitz seiner naturwissenschaftlich interessierten Großmutter stammenden wundervollen Bücher, die er ein Jahr nach dem Ausbruch seiner Schmetterlingsleidenschaft auf dem Dachboden des Landhauses in Wyra »unter einem Sammelsurium verstaubten Trödels« entdeckte, hatten wie der ganze Kosmos seiner Kindheit nur in der Erinnerung Bestand, als sich der einundzwanzigjährige Emigrant für das Pseudonym Sirin entschied.

Die Frage, was Nabokov bewog, seine russischen Schriften, vom anagrammatischen Cantaboff des einen oder anderen Gedichts abgesehen, mit Sirin zu zeichnen, beschäftigte mich im Herbst 1997. Ich malte den Federnamen nach der Palette seiner extravaganten *audition colorée*, das *s* »in einer merkwürdigen Mischung aus Himmelblau und Perlmutt«[1], das *i* in Gelb, auf das rußschwarze *r* war mir ein weiteres Gelb willkommen, aber dann folgte statt Zinnoberrot das hafermehlweiße *n*, und es ließ sich kein Schwalbenschwanz daraus zaubern.

Das Register der *Deutlichen Worte* verweist unter dem Stichwort Sirin auf ein Interview vom August 1970, in dem Nabokovs Cornell-Schüler Alfred Appel den Meister auf das Pseudonym seiner russischen Schriften ansprach. Ich fand neunzehn Zeilen Zauberei. Magier Wladimir Sirin, alias Cantaboff zieht drei Vögel aus dem Zylinder und verschwindet dabei. Als ersten läßt er die große Schnee-Eule auffliegen. Während der gelehrige Schüler noch bei dem Bild des weißen »Schreckens der Tundra-Nager« verweilt, zieht der Zauberer, hast du nicht gesehen, die »schmucke Sperbereule« heraus. Kaum ist sie erfaßt, breitet auch schon das russische Vogelfräulein, »das zweifellos identisch ist mit der griechischen Sirene«, ihre farbenfreudigen Fittiche aus. »Als ich 1920 nach einem Pseudonym suchte und mich für das Federtier der Fabel entschied«, kommentiert Nabokov die Sirin-Vorstellung, »hatte ich noch nicht den faulen Zauber der byzantinischen Metaphorik abgeschüttelt, dem junge russische Poeten der Blok-Ära gern erlagen.«[2]

Die Schnee-Eule fand ich weder im alten Dahl, den auch Nabokov benutzte, noch im modernen russischen Wörterbuch unter *sirin* aufgeführt, und so sah ich mir die »schmucke Sperbereule« und das Vogelfräulein näher

[1] Vladimir Nabokov, *Erinnerung, sprich,* hrsg. und übers. von Dieter E. Zimmer, Reinbek bei Hamburg 1991, S. 40f.

[2] Vladimir Nabokov, *Deutliche Worte,* hrsg. v. Dieter E. Zimmer, Reinbek bei Hamburg 1993, S. 254.

Anita Albus, *Rücken eines Sperbereulenbalgs,*
Aquarell und Deckfarben auf Papier, 15 x 30 cm,
München 2000.

Iwan Bilibin, Sirenen aus einer Bordüre zu dem Märchen *Die schöne Wassilissa,* St. Petersburg 1900.

an. *Sirin* ist der russische Name zweier Zwitterwesen, seraphisch gefiedert das eine, mimetisch das andere: ein paradiesisches Ungeheuer und ein tagaktiver Nachtvogel. Als bunte Vögel mit Jungfrauenantlitz und -brüsten flattern die russischen Schwestern der Sirenen durch die Fabelwelt, während die Sperbereule, *Surnia ulula,* auch Eulenfalk genannt, als Lemming-Räuberin die boreale Zone der Alten und der Neuen Welt bejagt, von Skandinavien über Rußland bis nach Kamtschatka und Sachalin, von Labrador über Britisch-Kolumbien bis nach Alaska. Im Norden reicht das Brutgebiet der Sperbereule bis an die Waldgrenze, im Süden dehnen sich ihre Jagdgründe bis zum 55. Grad nördlicher Breite aus.

Ein Eulenaugenpaar mit schwefelgelber Iris leuchtet aus dem hafermehlfarbenen Gesichtsschleier, den eine seitlich mit bisterbraunen Bändern verbrämte Federpelzhaube umrahmt. Jede einzelne der sepiabraunen Federn im V-förmig in die Stirn gezogenen Kopfputz ziert ein weißer runder Fleck, der zum Nacken hin immer größer wird, bis endlich die lichte Farbe die dunkle verdrängt und die Zeichnung vom Getüpfelten zum Gestreiften übergeht; jede weiße Rückenfeder schmückt ein Sepiastreifen und ein Sepiasaum. Das verwaschene Querband

J. C. Keulemans, *Sperbereulen-Paar,*
aus: Carl R. Hennicke, *Die Raubvögel Mitteleuropas,*
Halle a. S. 1904.

über der gesperberten Seidenweste – zartes Wellenmuster, braun auf weißem Grund – täuscht über der Brust einen Kragen vor. Als Sonnenstempel auf schattiger Rinde erscheinen die Streifen und Blättchen auf Schwingen und Schwanz.

Mit der Färbung und Zeichnung ihres schimmernden Gefieders hat sich die Sperbereule ihrem bevorzugten Baum anverwandelt – an einen Birkenstamm geschmiegt ist sie praktisch unsichtbar –, in den Konvexspiegeln ihres Gesichts bewegen sich nur die Pupillen.[1]

Tritt sie in Erscheinung, stellt die Augenbetrügerin verschiedene Vögel dar. Sie fliegt in der Weise der Weihe, schreit wie ein Turmfalke und jagt nach Würgerart. Die langschwänzige Silhouette, die sich dem enger anliegenden Gefieder verdankt, die spitzen Flügel, der Kopf mit den seitlich gesträubten und in der Stirn geglätteten Federn täuschen einen Sperber oder Falken vor.

Ihr scharfes Auge, feines Ohr und die Gabe, das Gesicht vollständig auf den Rücken zu drehen, sind ganz eulengemäß, aber selten streicht sie, wie ihre Artgenossen, auf Mäusefang tief über die Erde hin und verfolgt ihre Beute in rasantem Flug. Der Saum aus gefiederten Wimpern an den Federn der Nachteulenschwingen, der die Lautlosigkeit des Fluges bewirkt, ist bei *Surnia* nur schwach ausgebildet. Als Tag- und Dämmerungsjägerin auf Anstand, kann sie sich ein leises Rauschen leisten: sie erwartet die Nager in einem Baumwipfel sitzend und schlägt sie von oben herab. Erscheint ein menschliches Wesen in ihrer Waldeinsamkeit, gibt sie sich ganz unbehelligt, »starrt alles ruhig an, ihr Blick gewinnt dabei den Anschein halb verlegener Verschmitztheit; ihren gefährlichsten Gegner aber fest ins Auge zu fassen, fällt ihr gar nicht ein«, schreibt ihr alter Bewunderer Brehm.[2] Selbst Wurfgeschosse nimmt sie mit Gelassenheit, den Kopf ruckweise um 180 Grad drehend, schaut sie verwundert den vorbeifliegenden Steinen nach. Der gemeine Zweibeiner jedoch, der sich ihrem Nest mit den kreideweißen Eiern oder den geschlüpften Dunenbäuschen

[1] Die Hornhaut der Eulenaugen ist vorn so stark gewölbt, daß der sichtbare Teil der Halbkugel einem Konvexspiegel gleicht.

[2] *Brehms Thierleben,* Leipzig und Wien 1911, *Die Vögel,* Bd. 3, S. 220.

naht, wird gerupft wie die Moorhühner, die sie im Winter verzehrt. Verletzt und in die Enge getrieben, deckt sie ihren Rücken und wehrt sich verzweifelt.

Heller und weniger unheimlich als das Rufen der Nachteulen nimmt sich *Surnias* Ululieren aus. Mit sanftem Triller-Stakkato »u u u ü ü ü«, das sich allmählich ins Schrille steigert, setzt im Frühjahr das tägliche Lied von Eulerich und Eule ein. Mit dem klirrenden »kiiirk« eines Falken zeigen sie sich beunruhigt, »kui kui kui« gellt ihre Sirene, und mit ewigem »tschipp-epp« erbetteln die Jungen ihr Lemming-Kebab.

Es kann nicht der Sperbereulen Gesang gewesen sein, der im Russischen ihre Gleichsetzung mit den Sirenen hervorrief, sonst wäre ihr Name eher mit dem der Zauberin verwandt, der in ihrem »kiiirk« anklingt und auf griechisch »Falke« heißt. Alle Eulen sind, wie die bestrickenden Sirenen, vor denen Kirke Odysseus warnt, in der Mythologie mit dem Tod verknüpft, aber keine beherrscht die Kunst der Ohr- und Augentäuschung wie *Surnia ulula.* Ihre Vorspiegelung der Sirene ist ein Zaubertrick: den weißen Gesichtsschleier auf den Rücken gedreht, überläßt sie es dem Zuschauer, unter den keusch gefalteten Flügeln nackte Brüste zu imaginieren.

Die Übereinstimmung von *sirin,* der Sperbereule und *sirin*, der Sirene wird offenbar, wenn sich die Eule wie Tamara in *Speak, Memory* durch eine Bewegung der Augen verrät und plötzlich »mit der lautlosen Vollkommenheit einer mythologischen Erscheinung«[1] aus dem »sonnendurchwirkten grünen Meer«[2] eines Birkenwaldes auftaucht. »Es kommt mir der Gedanke«, schreibt Nabokov in seinen Erinnerungen, »daß die genaueste Entsprechung zur Geburt des Geistes, deren man habhaft werden kann, jene jähe verwunderte Überraschung ist, die der Mensch empfindet, wenn er ein Gewirr von Zweigen und Blättern anschaut und plötzlich merkt, daß ein anschei-

[1] *Erinnerung, sprich,* S. 309. [2] Ebd., S. 182.

nend ganz natürlicher Teil dieses Gewirrs in Wahrheit ein Insekt oder ein Vogel mit wunderbarer Tarnung ist.«[1]

Sirin sieht uns nicht an. Die Geheimnisse seiner Mimikry hat der Sprachmaler in seinem Werk aufgehoben. Ob er sich in eine Birke, einen Steinpilz, eine Libelle oder einen Sonnenkringel verwandelt, als Vogel den hölzernen Knauf eines Bettpfostens oder eine Karaffe vortäuscht, sein Wunsch ist immer, im Bild zu verschwinden, wie jener alte Restaurator noch älterer Gemälde in der Erzählung »Die Venezianerin«, der sich vom Leben losreißt und als Pilger unter Pilgern durch Patinirs »Ruhe auf der Flucht nach Ägypten« streift. Nur dem geduldigen Auge erscheint die winzige Gestalt Van Eycks im konvexen Spiegel der Rüstung des heiligen Georg, nur dem detailverliebten Betrachter gibt sich Henri met de Bles als Käuzchen im Unterholz der Landschaft zu erkennen, während der größte Augenbetrüger im Eulenreich eine Federpelzhaube als Tarnkappe trägt und sich dem Leser Nabokovs mit keiner Silbe verrät.

In *Erinnerung, sprich* beschwört Nabokov seine Liebe zur Landschaft der borealen Zone: »Heute berührt das geistige Bild der Grasmatten im Jaila-Gebirge, einer Schlucht im Ural oder der salzigen Ebenen um den Aralsee meine Sehnsucht und meinen Patriotismus nicht mehr und nicht weniger als zum Beispiel Utah; aber man gebe mir nur etwas auf irgendeinem Kontinent, das der Landschaft um St. Petersburg gleicht, und mein Herz schmilzt dahin.«[2] Die Sperbereule ist der Charaktervogel der Taiga. Das verlorene Paradies des Dichters ist des Eulenfalks Habitat, sein Birken- und Tannen-Mobiliar ist mit gesperbertem weißen Glanzpapier, durchsichtig grüner Laubseide und dunkelblauem Samt bespannt. Aus der »rauhen, aber anmutigen Gegend« mit der kühlen »getüpfelten Luft« und den langen Dämmerungszeiten, der Landschaft mit Wäldern aus hellen

[1] Ebd., S. 406. [2] Ebd., S. 337 f.

Birken, dunklen Tannen, mit Erlen, Weiden und Traubenkirschen an blauen Flußbändern, mit Adlerfarn-Schluchten, Torfmooren und Kiefern-Ödland ist *Surnias* »sonnengestempeltes« Gefieder nicht wegzudenken und kommt doch im Erinnerungsbuch nicht vor. Sirin steckt im Detail. Als namenloser Dämmerungsvogel beklagt er im Erlengebüsch am Ufer der Oredesh den Riß im Gewebe der Zeit:

»Sommerliche *sumerki* – das schöne russische Wort für Abenddämmerung. Die Zeit: eine undeutliche Stelle im ersten Jahrzehnt dieses unbeliebten Jahrhunderts. Der Ort: 59 Grad nördlicher Breite von Ihrem Äquator, 100 Grad westlicher Länge von meiner schreibenden Hand. Der Tag brauchte Stunden, um zu verdämmern, und alles – Himmel, hohe Blumen, stilles Wasser – verharrte in einem Zustand unendlicher abendlicher Spannung, vertieft eher denn aufgehoben von dem klagenden Muh einer Kuh auf einer fernen Weide oder dem noch ergreifenderen Schrei eines Vogels vom jenseitigen Ufer des Flusses herauf, wo die weite Fläche eines neblig-blauen Torfmoores ihres Geheimnisses und ihrer Ferne wegen von den Rukawischnikow-Kindern auf den Namen Amerika getauft worden war.«[1]

An dieser Stelle von *Erinnerung, sprich* angelangt, glaubte ich meine Überlegungen zu Sirin beendet, als mir im Winter ein holländischer Antiquar ein seltenes Vogelbuch aus dem 17. Jahrhundert anbot. Es war kein naturwissenschaftliches Werk, sondern ein Vorlagenbuch für Maler und Stecher, ein sogenanntes Tiermusterbuch, das mich vor allem mit der unerwarteten Darstellung einer Sperbereule entzückte, die am Ufer eines Flusses neben zwei in Holland heimischen Vögeln, einem Stieglitz und einem Kibitz, auf einem Ast sitzt. Ich hatte im alten Brehm gelesen, daß reichlicher Schneefall, »mehr vielleicht noch Mangel an Lemmingen«, die Sperbereule

[1] Ebd., S. 102 f.

Nicolaus Visscher, *Avium Vivae,* Amsterdam 1659.

mitunter zwingt, »gegen den Winter hin ihre beliebtesten Aufenthaltsorte zu verlassen«, und daß sie bei dieser Gelegenheit nicht allzu selten auch in Deutschland, »ja selbst im Elsaß« auftaucht.[1]

So mag wohl die eine oder andere Sperbereule in Zeiten der Hungersnot bis in niederländische Moore ziehen, und vielleicht war die zutrauliche Eule vor dreihundert Jahren in Amsterdam ein beliebter Volierenvogel weitgereister Kaufleute. Der Gattungsname *Surnia* stammt von 1806. Trüge die plüschohrige Eule, deren winzige Federöhrchen in Wirklichkeit nur im Zustand der Erregung zum Vorschein kommen, nicht die typische quergebänderte Weste, könnte es auch eine andere Ulula sein.

Ich zeigte das im Jahre 1659 in Amsterdam verlegte Vogelmusterbuch mit 23 Kupfern des Stechers Nicolaus Visscher (1618 bis 1709) bei nächster Gelegenheit einem kenntnisreichen Gast. Die Kunsthistorikerin Thea Vignau-Wilberg, berühmt für ihre Forschungen über den Dichter und letzten großen Miniaturisten des 16. Jahr-

[1] Brehm, *Thierleben,* S. 219.

hunderts, Joris Hoefnagel, konnte mir sofort das Vorbild von Visschers Vögeln nennen und lud mich ein, in der Graphischen Sammlung das Musterbuch meines Musterbuches anzusehen, das etwa sechzig Jahre früher entstandene Werk des wie Hoefnagel aus Antwerpen stammenden Stechers Adriaen Collaert (1560 bis 1618), aus dem Nicolaus Visscher in der damals üblichen Weise die Vögel einfach abgekupfert hat.

Weltlandschaften à la Patinir bilden den Hintergrund zu Collaerts Geflügel, während die identischen, aber durch das Abpausen spiegelverkehrt erscheinenden Vögel des Nachahmers vor dem typisch niedrigen Horizont der Landschaften à la van Goyen stehen. Ich betrachtete verzückt Blatt für Blatt und bedauerte, nicht das ältere Vogelmusterbuch zu besitzen, als ich auf Nabokovs Eule stieß: nach einer langen Reise durch die Jahrhunderte blickte mich Vladimir Sirin, von zwei Schmetterlingen beschützt, aus einer Weltlandschaft à la Patinir an.

Keinen anderen der zahlreichen Vögel auf den vierzig Blättern des Musterbuches hat Collaert in Falter-Gesell-

Adriaen Collaert, *Avium Vivae Icones.*

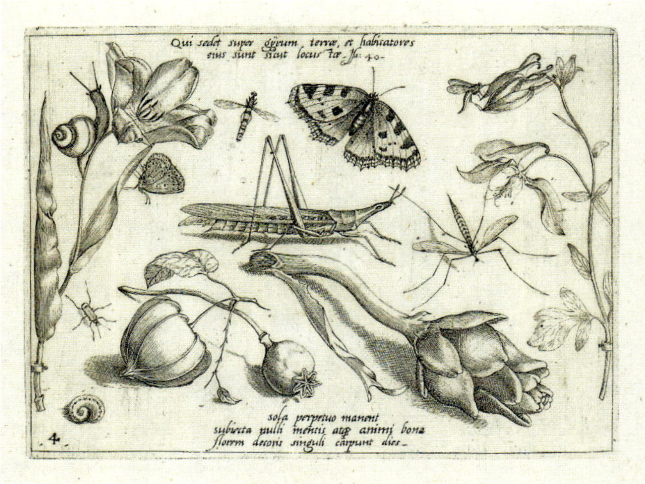

Jacob Hoefnagel, *Archetypa,* Pars I, 4.

schaft dargestellt. Dmitri Nabokov, dem ich eine Reproduktion des Kupfers zeigte, hält es für wahrscheinlich, daß sein Vater das Vogelvorlagenbuch kannte, und warum sollte in dem Stapel wundervoller Bücher, die der achtjährige Vladimir eines Tages auf dem Dachboden fand, neben Maria Sibylla Merians *Verwandlungen der surinamischen Insekten* und anderen prächtigen Werken früher Naturkunde, nicht auch das schmale Bändchen von Adriaen Collaert geschlummert haben? Wenn dem so wäre, hätte mir ein aberwitziger Zufall den Schlüssel zu Nabokovs *nom de plume* in die Hände gespielt. »Objektive Zufälle« hat André Breton solch wundersame Korrespondenzen genannt, während Nabokov darin »den kontrapunktischen Genius des menschlichen Schicksals« erkannte.

Das Rätsel, wie der Künstler darauf gekommen war, seine Ulula mit Schmetterlingen zu schmücken, schien mir zunächst unlösbar. Auch die Bestimmung der beiden Falter, die ohne Kolorit nur an Umriß und Muster

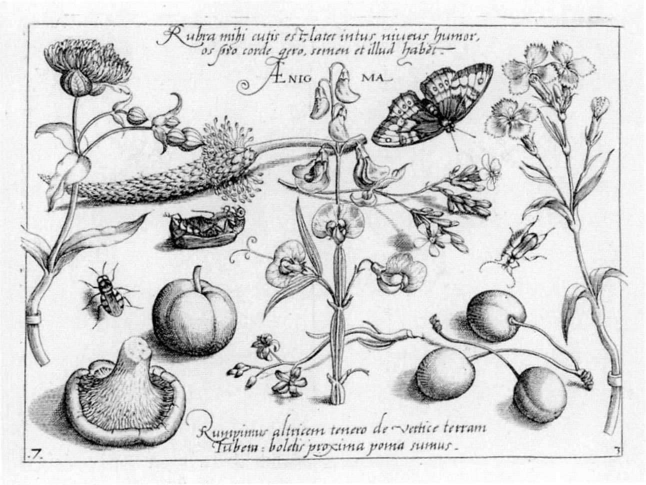

Jacob Hoefnagel, *Archetypa,* Pars III, 7.

erkenntlich sind, bereitete mir Schwierigkeiten. Zunächst glaubte ich in dem größeren einen Schachbrettfalter zu erkennen, aber das war zu schön, um wahr zu sein. Aus der übernatürlichen Größe der Schmetterlinge schloß ich auf eine emblematische Bedeutung, konnte aber in keinem Nachschlagewerk über Embleme eine Kombination von Eule und Falter finden. Da kam mir der von Vignau-Wilberg kommentierte Katalog der *Archetypa studiaque patris Georgii Hoefnagelii* in den Sinn, der eine wissenschaftliche Bestimmung der zahlreichen Insekten des von Jacob Hoefnagel in Zusammenarbeit mit seinem Vater geschaffenen emblematischen Werks enthält. Der Sohn des Dichters und Miniaturisten war neunzehn Jahre alt, als die *Archetypa* 1592 in Frankfurt am Main erschienen, wo die Familie Hoefnagel von 1591 bis 1594 lebte. Auch dieses Buch ist ein Musterbuch. Es erweckte die Bewunderung aller Natur- und Kunstliebhaber der Zeit. Einer von ihnen heißt Adriaen Collaert. Wie Visscher später dessen Vögel abkupfern sollte, so hat Collaert seine Sirin-Falter den *Archetypa* entnommen. Mein vermeintliches Schachbrett ist ein Kleiner Fuchs, *Aglais urticae* aus der Familie der Nymphaliden, auch Edelfalter genannt. Nabokov hat ihn in *Sieh doch die Harlekine!* beschrieben. Der andere Edelfalter stellt einen Mauerfuchs aus der Unterfamilie der *Satyrinae* oder Augenfalter dar, *Lasiommata megera,* zu deutsch: die rauhäugige Megäre.

Die Aufnahme der Schmetterlinge in Collaerts Vogelbuch mutet wie eine Hommage des Stechers für seine Kollegen aus Antwerpen an. Dank seinem Falterklau läßt sich das ohne Jahresangabe in Amsterdam erschienene Werk nun datieren. Es kann frühestens 1593 gedruckt worden sein. Sechsundsechzig Jahre später wird dem Nachahmer die Verknüpfung von Eulenaugentier und Augenfaltern nicht mehr eingeleuchtet haben, und so sind bei Nicolaus Visscher Kibitz, Ulula und Stieglitz wieder unter sich.

So scheinen die kleinen Rätsel gelöst, und unerforschlich bleibt das große des Knaben, der sich in einer dreihundertvierzehn Jahre alten Eule mit zwei Schmetterlingen wiedererkennt und als Achtjähriger die Devise von Hoefnagel, Merian, Collaert und Co. aufnimmt: *Natura sola magistra.*

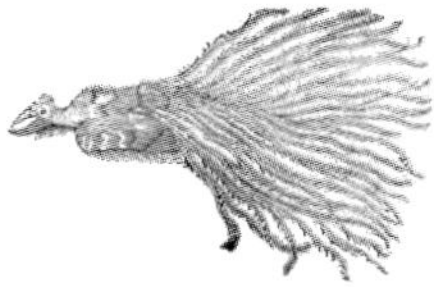

Wer ist wer?

ARIAS MONTANUS, Benedictus (Benito Arias Montano), Theologe, Orientalist, Naturforscher, Historiker und Dichter. Aus verarmtem adeligem Geschlecht 1527 in Frejenal (Estremadura) geboren und 1598 in Sevilla gestorben. Nach dem Studium der Theologie, Rhetorik, Grammatik, Philosophie und der orientalischen Sprachen in Sevilla und Alcala, wo ihm für seine lateinischen Gedichte der Lorbeerkranz des Poeten verliehen wurde, reiste er durch Frankreich, Italien, Deutschland, England und die Niederlande, wurde nach seiner Rückkehr in León zum Priester geweiht und in den Orden der Santiago-Ritter aufgenommen. Er beherrschte zehn Sprachen und glänzte als Begleiter des Bischofs von Segovia beim Konzil von Trient mit seiner Gelehrsamkeit. Anschließend zog er sich in eine Einsiedelei in den Bergen Andalusiens zurück, um ganz den Studien zu leben. Von Philipp II. den Bergen entrissen, die nunmehr in seinem Beinamen *Montanus* verewigt waren, wurde er zum Hofkaplan ernannt und besorgte ab 1568 im Auftrag der Krone die Herausgabe der Polyglotten Bibel in Antwerpen. Bis 1575 blieb er in der Scheldestadt, erfüllte seinen Auftrag, schrieb vier Bücher über Rhetorik (1569), Kommentare zu den zwölf Propheten (1571, 1582), Erläuterungen zu den vier Evangelien (1575) und ein emblematisches Werk *Humanae salutis monumenta* (1571, 1572). Der Druckort dieser Schriften war zugleich seine Bleibe: die Offizin des Freundes Plantin, in dessen Familie Arias Montanus lebte. Auch später in Spanien entstandene Werke, *Antiquitatum Judaicarum libri IX* (1593) und seine Kommentare zu den Reden des Propheten Jesaja (1599), sind in Antwerpen erschienen. 1576 nach Spanien zurückgerufen, unterrichtete er orientalische Sprachen und wurde zum Leiter der Kloster-Bibliothek in El Escorial ernannt. Von einem Orientalisten in Salamanca bei der Inquisition als Judaisierer denunziert, wurde ihm 1580 in Rom der Prozeß gemacht. Dem kritischen Jesuiten und Historiker Juan Mariana gelang es, ihn vom Verdacht der Häresie reinzuwaschen. Es blieb beim Tadel, Postel gelobt und dessen Schüler am Werk der königlichen Bibel beteiligt zu haben. Nach dem Abschied von Antwerpen schrieb Arias Montanus 1576 aus Rom an Ortelius, einzig die Hoffnung, die Freunde eines Tages wiederzusehen, und der sehnliche Wunsch, am Ende seines Lebens unter ihnen zu weilen, verhindere, daß der Kummer ihn überwältige. Die noch lebenden Wahlverwandten waren fern, als der Komtur des Ordens der Santiago-Ritter in Sevilla starb. Zu seinen zahllosen Werken gehört auch eine Naturgeschichte, die drei Jahre nach seinem Tod veröffentlicht wurde. Seine Unterscheidung der Tiere nach der Form von Schädel, Klauen und Zähnen stellt einen Ansatz moderner Klassifikation dar.

Belon, Pierre, Apotheker, Arzt und Naturforscher. 1517 in der Grafschaft Maine geboren und 1564 in Paris gestorben. Belon gilt als Mitbegründer der vergleichenden Morphologie, weil er als Erster die Ähnlichkeiten im Grundbauplan des Skeletts der Wirbeltiere wahrnahm. Knochen für Knochen vergleicht er in *L'Histoire de la Nature des Oyseaux* (Paris 1555) die Anatomie von Vogel und Mensch. Er verfaßte auch eine Naturgeschichte der Fische (Paris 1551) und beschrieb nach der Jerusalemreise im Gefolge des französischen Botschafters d'Aramont Pflanzen des Vorderen Orients (Paris 1553), gründete zwei Botanische Gärten und führte die Zeder in Frankreich ein. 1564 wurde er wahrscheinlich von einem seiner hugenottischen Feinde im Bois de Boulogne ermordet.

Benzoni, Gerolamo, Reiseschriftsteller. Als Sohn einer armen Familie 1519 in Mailand geboren, das Datum seines Todes ist nicht bekannt. Getrieben von dem Verlangen, die neu entdeckten Länder Westindiens zu sehen, reiste er 1541 nach Sevilla und von dort über die Canarischen Inseln zu den Kleinen Antillen, nach Puerto Rico, Haiti, Kuba, Panama, Quito und Cuzco. 1556 kehrte er über Spanien nach Mailand zurück und schrieb seine Papst Pius IV. gewidmete *Historia del mundo nuovo,* die 1565 in Venedig erschien. 1575 folgte eine zweite erweiterte Auflage daselbst. Eine lateinische und eine französische Fassung wurde 1578 und 1579 in Genf gedruckt, eine deutsche 1579 in Basel. Auch ins Holländische und Englische wurde Benzonis Bericht übertragen. Eine spanische Übersetzung gibt es bis heute nicht. In der Bibliothek der Konquistadoren wurde Benzoni wie Las Casas in der Rubrik »*Leyenda negra* im Dienst der protestantischen Propaganda« abgelegt.

Budé, Guillaume, bedeutender Humanist, königlicher Bibliothekar, Gründer des Collège de France und größter Gräzist seiner Zeit. 1467, im gleichen Jahr wie sein Freund Erasmus in Paris geboren und 1540 daselbst gestorben. Studium der Rechte in Orleans und Paris. Dann vertrödelt er einige Jahre mit Reiten und Jagen. Mit dreiundzwanzig packt ihn der Bildungshunger, und er gibt sich dem Studium des Griechischen hin. Unter Louis XII erfüllte er eine diplomatische Mission in Rom, und François I beauftragte ihn, mit Papst Leo X. eine Allianz gegen Karl V. zu erwirken. Budé übersetzte Aristoteles, Philon und Plutarch. Sein 1514 in Paris gedrucktes Hauptwerk *De Asse* über das römische Münzwesen erlebte zahlreiche Auflagen und machte ihn in ganz Europa bekannt. Budé korrespondierte mit Alciatus, Morus, Erasmus, Vivès und Bembo. Rabelais, der sich um 1521 mit einem Brief an den berühmten Gelehrten wandte, nennt ihn »Garant der Schönheit und des Lichts« und schreibt, die Gunst, seine Freundschaft zu erlangen, sei mehr wert als die Herrschaft über ganz Asien. Selbst am Tag seiner Hochzeit gab sich der eifrige Budé drei Stunden seinen Studien hin. Es heißt, seine gebildete Frau habe keine andere Rivalin gekannt als die Philologie. Sieben begabte Kinder sind aus der Ehe hervorgegangen. Budé veranlaßte François I nicht nur, die Bibliothek von Fontainebleau und das Collège de France zu stiften, er hielt den König auch davon ab, das von der Sorbonne 1533 geforderte Verbot der Buchdruckerei zu erlassen. Als Budé den König bei einer Reise in die Normandie begleitete, zog er sich ein Fieber zu, an dem er im August 1540 starb. Seine gesammelten Werke sind 1557 in vier Bänden in Basel erschienen.

Camden, William, Altertums- und Geschichtsforscher. 1551 in London geboren und 1623 in Chislehurst, Kent gestorben. *Britannia* (London 1586) heißt das Hauptwerk dieses Pioniers der Geschichtswissenschaft, das den ersten umfassenden topographischen Überblick Englands darstellt. Camden lehrte an der Universität Oxford und an der Westminsterschule in London, er war ein reges Mitglied der 1585 gegründeten Society of Antiquaries und wurde 1597 zum Wappenkönig der Königin Elisabeth ernannt.

Camerarius, Joachim, Arzt und Botaniker. 1534 als Sohn des gleichnamigen berühmten Philologen in Nürnberg geboren und daselbst 1598 gestorben. Nach dem Studium in Wittenberg, Leipzig, Padua und Bologna, wo Ulisse Aldrovandi einer seiner Lehrer war, ließ sich

berspiegel und eine Kristallkugel aus poliertem Rauchquarz dienten auf einem mit kabbalistischen Zeichen geschmückten Tisch der Geister-Beschwörung. Edward Kelly, ein ehemaliger Falschmünzer, der die Stummel seiner abgeschnittenen Ohren unter einer schwarzen Schädelkappe verbarg, bot sich für 50 Pfund jährlich als Medium an. Dieser war 28 Jahre jünger als Dee und in den okkulten Praktiken sehr bewandert. 49 verschiedene Engel sprachen über die Jahre durch Kelly mit Dee. 1583 lud ein polnischer Magnat Dee und Kelly ein, ihre magischen Künste in seinem Schloß bei Krakau auszuüben. Kaum hatten Dee und seine junge Frau, ihre fünf Kinder und das Ehepaar Kelly England den Rücken gekehrt, da plünderte der Pöbel in Mortlake Haus, Labor und Bibliothek des bösen Zauberers.

Die Goldmacher-Träume des Magnaten erfüllten sich nicht. 1584 reiste Dee von Krakau nach Prag, um Rudolf II. seine Alchimisten-Künste anzudienen. Außer einer Audienz beim Kaiser wurde ihm nichts gewährt. Auch dessen Erzfeind Stephan Báthory, König von Polen, konnte die Vorführung einer Engels-Anrufung nicht überzeugen. Das Angebot von Iwan dem Schrecklichen, Erster Rat am Zaren-Hof zu werden, lehnte Dee seinerseits ab. 1586 unterzeichnete Rudolf II. ein Verbannungsdekret, das Dee und sein Gefolge zwang, binnen sechs Tagen das Herrschaftsgebiet des Kaisers zu verlassen. Eine Weile irrte der Magier in Deutschland umher. Der Schutz des Grafen Rosenberg ermöglichte es ihm schließlich, nach Böhmen zurückzukehren und auf dessen Besitz in Wittingau weiter mit Engeln zu kommunizieren. In seinem Tagebuch *True and Faithful Relation* schildert Dee, daß der Erzengel Raphael ihm und Kelly befahl, Hab und Gut und auch die Ehefrauen zu teilen. Am 3. Mai 1587 unterzeichneten der Meister und sein Medium den entsprechenden Vertrag. Den Bruch zwischen ihnen, zu dem es zwei Jahre später kam, hatte kein

Engel vorausgesagt. Während Kelly am Prager Hof die Gunst des Kaisers errang, setzte Dee seine Séancen in England fort. Ein gewisser Bartholomew Hickman übernahm im wieder hergestellten Haus in Mortlake die Rolle des Mediums. Bis in den Tod suchte Dee nach dem Stein der Weisen. Nur wenige seiner 79 Schriften, die fast alle vor seiner Engels-Phase entstanden, erschienen im Druck. »Wer nicht versteht, der schweige und lerne!« lautet das Motto auf dem Titelblatt seiner *Hieroglyphischen Monade*.

DOUZA, Ianus (Jan van der Does, Herr von Noordwijk und Kattendijk), Humanist, Dichter und Diplomat. 1545 in Noordwijk geboren und 1609 in Den Haag gestorben. Er nahm am Kompromiß der Edelleute teil und wurde während der Belagerung von Leiden 1574 zum Gouverneur ernannt. Während einer diplomatischen Mission in London freundete er sich mit Camden und Sidney an. Er verfaßte *Odarum Britannicarum Liber,* veröffentlichte Essays, Annalen, Gedichte und Briefe und trug viel zur Verbreitung der Renaissance-Kultur in den Niederlanden bei. Sein gleichnamiger Sohn war ebenfalls ein begabter und gelehrter Dichter. Der 1571 geborene junge Douza schrieb vier Elegien auf Sidneys tragischen frühen Tod und starb selbst mit fünfundzwanzig Jahren.

LE FÈVRE DE LA BODERIE, Guy, französischer Dichter und Orientalist. 1541 in der Normandie geboren und daselbst 1598 gestorben. Der erklärte Lieblingsschüler von Postel verfaßte als Mitarbeiter der Polyglotten Bibel unter anderem eine chaldäische Grammatik und ein syro-chaldäisches Wörterbuch. Er übersetzte Pico della Mirandolas *Rede über die Würde des Menschen,* verschiedene Werke von Marsilio Ficino, Ciceros *De natura deorum* und *De harmonia mundi* des venetianischen Kabbalisten

Francesco Giorgi. Als *der* christliche Dichter seiner Zeit schrieb er geistliche Lobgesänge und kirchliche Hymnen, dichtete *La Galliade, ou de la révolution des arts et sciences* (Paris 1578) und veröffentlichte 1581 ebenda *Divers Mélanges poétiques.*

Le Fèvre de la Boderie, Nicolas, (1550-1613), Orientalist und Übersetzer. Nicolas war wie sein Bruder Guy Mitarbeiter der Polyglotten Bibel. Er übersetzte Pico della Mirandolas *Heptaplus: L'Heptaple, ou histoire des sept jours de la création* (Paris 1578).

Flacius Illyricus, Matthias, lutheranischer Streittheologe. 1520 im istrischen Albona geboren und 1575 in Frankfurt a. M. gestorben. Während des Humaniora-Studiums in Venedig geriet er unter protestantischen Einfluß. 1539 begab er sich nach Basel, dann nach Tübingen, wo ihn der Philologe Joachim Camerarius an Melanchton in Wittenberg weiterempfahl. Dort vollendete er sein Studium und erhielt 1544 eine Professur für Hebräisch. Er verdammte jegliche Abweichung von der lutherischen Lehre und tat sich mit einer maßlosen Polemik gegen Melanchton hervor. Wo immer er sich aufhielt, gab es Streit. Ob in Jena, Regensburg, Antwerpen oder Straßburg, stets rief er zur Verfolgung und Inhaftierung der Abweichler auf. Am Ende wurde der Verfolger selbst des Manichäismus bezichtigt, überall vertrieben und vom Unglück verfolgt. Flacius Illyricus besorgte die Redaktion der *Magdeburger Centurien,* verfaßte einen *Catalogus testium veritatis* (Basel 1556) und *Clavis Scripturae sacrae* (Basel 1567).

Franck, Sebastian, bedeutender deutscher Prosaist, Theologe, Historiker, Geograph, Buchdrucker und Seifensieder. 1499 in Donauwörth geboren und 1542 in Basel gestorben. Studium in Ingolstadt und Heidelberg.

1524-25 katholischer Priester in Augsburg. 1526 evangelischer Prädikant. 1528 heiratet er Ottilie Behaim, die Schwester der antitrinitarischen Dürer-Schüler Barthel und Hans Sebald Behaim. Hinwendung zu den Widertäufern, zu Schwenckfeld und Servet, die Franck 1530 in Straßburg kennenlernt. Mit der Veröffentlichung seines dreiteiligen Werks *Chronica Zeytbuoch und geschycht bibel* (Straßburg 1531) beginnt die Verfolgung. Verhaftet, verbannt, von allen Seiten geschmäht, mit Frau und fünf Kindern als Seifensieder sein Leben fristend, bleibt er seinen Überzeugungen treu: der Staat ist »eitel Tyranney«, der gute Fürst eine Erfindung der Philosophen, der Krieg ein Spiel der Fürsten auf dem Rücken des Volkes, gerecht ist nur der Freiheitskampf der Unfreien; der Glaube geht aus dem inneren Licht hervor, die Bibel ist ein Buch unter Büchern, kirchliche Kulte sind ohne Belang; Lehrmeisterin der Menschheit ist die Geschichte »dadurch, daß sie die Torheit, das Wesen und die Blindheit der Welt vor Augen (stellt)«. Franck übersetzte Erasmus' *Lob der Torheit* und schrieb außer den oben genannten Werken: *Weltbuch: spiegel und Bildniß des gantzen erdbodens* (1534), *Paradoxa* (1534), *Germaniae Chronicon* (1538), *Die Guldin Arch* (1538), *Das Kriegs-Büchlin des Friedens* (1538).

HEYNS, Pieter, Schulmeister, Dichter und Geograph. 1537 in Antwerpen geboren und 1598 in Staden gestorben. Sein Freund Ortelius führte ihn in die Geographie ein. 1562 gründete Heyns in Antwerpen eine Schule, in der er in den Wissenschaften und Sprachen unterrichtete. Nach dem Fall Antwerpens ging er mit seiner Familie nach Haarlem, später nach Staden. Er veröffentlichte 1577 bei Plantin in Antwerpen *Spieghel der Werelt* und *Miroir du monde,* eine flämische und eine französische Kurzfassung des *Theatrum orbis terrarum* in Versen. Außerdem schrieb er Komödien, Tragödien und Gedichte, verfaßte eine Einführung in die französische und bis zur Wiedereinschiffung nach Frankreich am 31. Januar 1556 das Bett hüten mußte. Um Weihnachten stahlen »diebische Wilde« seine Kleider und ließen den Kranken nackt wie einen Wurm zurück. 1558 erschienen in Paris *Les Singularitez de la France Antarctique, autrement nommée Amerique: et de plusieurs Terres et Isles decouvertes de nostre temps* in 4°, und im gleichen Jahr bei Plantin in Antwerpen in 8°. Da war Thevet bereits zum Seelsorger der Katharina von Medici und zum Kosmographen des Königs ernannt. Er schmeichelte Henri II mit einer erfundenen Ville-Henri auf einer Brasilien-Karte. Unter Charles IX stieg noch sein Ansehen am Hof. Die Dichter der Pléiade feierten ihn in Oden und Sonetten als »französischen Jason«. Die *Cosmographie universelle* wurde 1575 in Paris gedruckt, *Les Vrais Pourtraits et Vies des Hommes illustres Grecs, Latins et Payens, recueilliz de leurs tableaux, livres, medailles antiques et modernes* ebenda 1584. Friedlich wohnen zwischen den Buchdeckeln der *Vrais Pourtraits* Alexander der Große, Cäsar, François I und die Häuptlinge der Kannibalen nebeneinander.

Wacker, Johann Matthäus von Wackenfels, Humanist und kaiserlicher Reichshofrat. 1550 in Konstanz geboren und 1619 in Wien gestorben. Der im reformierten Glauben erzogene Wacker studierte die Rechte in Straßburg und Genf und promovierte in Padua. Crato und Languet empfahlen ihn 1576 dem berühmten Patrizier Thomas von Rhedinger als Reisebegleiter für dessen Neffen. Wacker und sein Zögling bereisten Frankreich, Süddeutschland und Italien. Mit knapper Not in ihrer einstürzenden Herberge in Venedig dem Tod entronnen, kehrten sie 1580 nach Breslau zurück, wo Wacker bald heiratete und eine Stelle bei der Kaiserlichen Kammer fand. 1585 erfüllte er diplomatische Missionen in Polen. Nach dem Tod seiner Gattin heiratete er die Schwester eines Domherrn und trat zum Katholizismus über, blieb seinen reformierten Breslauer Freunden aber treu. Rudolf II. belohnte seinen engsten Berater in allen rechtlichen Dingen mit dem Adelstitel von Wackenfels. Der Papst verlieh dem Konvertiten den Orden des heiligen Petrus. Wacker korrespondierte mit zahlreichen europäischen Gelehrten. Seine scherzhafte Ode auf das einst berühmte schlesische Bier wurde mehrfach gedruckt, und seiner Feder sind einige gedankenreiche lateinische Verse entflossen.

WECHEL, Andreas, Buchdrucker. Das Geburtsdatum ist unbekannt. Schon sein Vater Christian hatte sich als Buchdrucker in Paris niedergelassen. 1569 wurden die Bücher des protestantischen Druckers verbrannt, sein Vermögen wurde eingezogen und er selbst aus Paris verbannt. Im Juni 1571 setzte der zurückgekehrte Wechel in der wiederhergestellten Druckerei seine Arbeit fort. Ein Jahr später rettete ihm sein Freund Languet während der Bartholomäusnacht das Leben. Es gelang ihm, nach Frankfurt am Main zu fliehen, wo er im Dezember 1572 das Bürgerrecht erhielt. Bald florierte sein Verlag mit historischen Schriften, Bibel- und Klassiker-Ausgaben. Wechel starb 1581 in Frankfurt an der Pest.

VIVIANUS, Joannes (Jean Vivien), Humanist und Kaufmann. Um 1520 in Valenciennes geboren und 1598 in Aix-la-Chapelle gestorben. Vivianus zählte zu den großen Kaufleuten Antwerpens. Er war ein kenntnisreicher Archäologe und ein passionierter Sammler von Kunstobjekten, Antiken und Münzen. In sein *Album amicorum* haben sich alle illustren Gelehrten der Zeit eingetragen. Lipsius lobte die gereimten Paraphrasen zum Hohenlied und dem *Liber Ecclesiasticus,* die Vivianus 1580 und 1582 bei Plantin in Antwerpen veröffentlichte. Seine gemeinsam mit Ortelius verfaßte Beschreibung einer 1575 durch das »gallische Belgien« unternommenen Reise *Itinerarium*